講談社文庫

黎明に起《た》つ

伊東 潤

講談社

目次

黎明《れいめい》に起《た》つ

第一章　雲心月性《うんしんげつしょう》

一

日差しが強くなったのか、首筋に刺すような痛みを感じる。一方、川水にずっと浸《つ》けている膝《ひざ》から下は、感覚がなくなるほど冷えてきている。

――まだ、夏は終わってないはずなのだが。

河原に繁《しげ》る薄《すすき》の胞子《ほうし》が風に飛び、蜻蛉《とんぼ》の数は日に日に増えている。しかし、備中国《びっちゅう》荏原荘《えばらのしょう》を流れる小田川《おだがわ》の水は、骨に染みるほど冷たい。

――そういえば、去年の夏も同じだった。

夏が終わってないのに川水が冷たいと、旱魃《かんばつ》に襲われるという言い伝えを、土地の古老から聞いたことがある。

「そうならねばよいが」と思いつつ空を見上げると、西の空から、ちぎれ雲がやってきていた。

――あの雲が早く来ないものか。

空を通り過ぎる雲が日差しを遮《さえぎ》ってくれる時だけ、暑さは和《やわ》らぐ。それは一時《いっとき》の安らぎにすぎないが、それでも来ないよりはましだ。

空から急に視線を川底に移したためか、軽いめまいを覚える。

――間違いなく、魚《いお》は近づいてきておる。

そう思うことで意思の力を奮い立たせ、新九郎《しんくろう》は動くまいと努めた。

その時、くるぶしを細長い影がよぎった。

目を凝《こ》らしてみたが、雲で日が陰り、それが、魚か否かは定かでない。

わずかに足指の先を動かし、川底の砂を少しだけ舞い上がらせると、黒い影は慎重に近づいてきた。

――やっぱり、魚じゃ。

川底には、魚の好きな食い物が埋まっており、それを足の先で少しだけ掻《か》き出してやるのが、摑《つか》み漁《りょう》のこつである。

その時、雲が途切れ、日差しが川底まで達した。

――今だ。

魚の背が銀色に輝く。

次の瞬間、獣のような速さで水に手を突っ込んだ新九郎は、魚を摑んでいた。

「獲《と》ったぞ!」

新九郎の叫びに、そこかしこで摑み漁をしていた子らが顔を向ける。

「ハエじゃ。一尺はある!」

必死に身をよじらせる鮠《はや》を押さえつつ、新九郎が叫ぶと、どこからか「嘘《うそ》じゃ」

「そんなでかいハエがおるかい」という冷ややかな声が聞こえてきた。

「嘘などつくかい。これを見い」

暴れる鮠を高々と掲げ、新九郎が言い返した時である。

「新九郎様、お父上のお帰りじゃ」

葦原《あしはら》の間から家人《けにん》の顔がのぞいた。

「父上がお帰りと――」

「突然のことで、知らせを寄越す暇《いとま》もなかったそうじゃ」

慌てて川を出た新九郎は、鮠を竹魚籠《たけびく》に入れ、草鞋《わらじ》を手にして走り出した。

裸足《はだし》のまま櫓門《やぐらもん》をくぐり、館の庭に飛び込むと、ちょうど厩番《うまやばん》が、父の馬を引いていくところだった。

伊勢《いせ》家伝統の「つくりの鞍《くら》」にちりばめられた螺鈿《らでん》の青貝が、陽光にきらめいている。伊勢本家には鞍作りの伝統技術があり、代々、工房まで営んでいた。

「父上！」

下男に竹魚籠を託した新九郎は、中門をくぐって庭から対面の間に回った。

「父上、お帰りなさいませ」

父の盛定《もりさだ》は広縁に座し、早くも盃《さかずき》を傾けていた。

「おう、新九郎、随分《ずいぶん》と大きゅうなったな」

最後に会った半年前と少しも変わらず、盛定は、黒々とした髭《ひげ》の中に白い歯をのぞかせていた。

「最後にお会いしたのは、わずか半年前ですよ」

「そうだったか。早いものだな。そういえば、あの時は猿楽《さるがく》を披露してくれたな」

「はい。父上に披露しようと、家人の子弟たちと懸命に稽古《けいこ》しました。此度《こたび》もやりましょうか」

「残念だが、その余裕はない」

「と仰せになられると、すぐにお戻りになられるので」

「そういうことになる」

広縁に上がって正座すると、盛定が盃を差し出した。

「井戸水で冷やした清酒《すみざけ》だ。飲むか」

その時、奥から義母の猪乃《いの》が現れた。

「新九郎はまだ童子《どうじ》です。酒を勧めるのは、おやめ下さい」

猪乃は盛定の側室で、備中伊勢家の本貫地《ほんがんち》である荏原荘に住んでいる。

盛定には、新九郎の実母にあたる正室もいたが、すでに京で他界していた。

「さすが猪乃だ。目ざといの。致し方ない」

盛定は高笑いすると、差し出していた盃を自ら干した。


「さてと――」

しばしの間、夕餉《ゆうげ》を取りつつ他愛もないことを語らっていた盛定が、突然、あらたまった。

盛定が、給仕している猪乃に下がるよう目で合図したので、新九郎も威儀を正した。

「そなたは、いくつになった」

「十二です」

「そうか。それなら、もう大人も同然だな」

「はっ、はい」

新九郎が勇躍する。

「実はな、此度はそなたに頼みがあり、わざわざ京から戻ってきた」

「それがしにですか」

呆気《あっけ》に取られる新九郎をよそに、しばし逡《しゅん》巡《じゅん》した後、盛定は思い切るように言った。

「そなたに伊勢国に行ってもらいたいのだ」

「伊勢国と申されますか。いったい何のために」

あまりに唐突な盛定の言葉に、新九郎は啞《あ》然《ぜん》とした。

「証人となるためだ」

――あっ。

証人とは人質のことである。

武士の次男として覚悟はしていたものの、新九郎は来るべき時が来たと覚《さと》った。

「いったいどなたの――」

「将軍家（足利義政《あしかがよしまさ》）と、その弟の今出川《いまでがわ》様（同義視《よしみ》）が仲違《なかたが》いしたのは、そなたも知っておろう」

盛定が経緯《いきさつ》を語る。

室町幕府八代将軍・義政と、その正室・日野富子《ひのとみこ》の間には、長らく女子しかできなかった。それゆえ寛正《かんしょう》五年（一四六四）十二月、義政は異母弟《いぼてい》の僧・義尋《ぎじん》を還俗《げんぞく》させ、義視と名乗らせ、自らの後継予定者に据えた。ところが翌年、富子が男子（後の義尚《よしひさ》）を産むことで、将軍家の後継者争いが勃発《ぼっぱつ》する。

「将軍家は、ああいうお方だ。誰が次期将軍になろうと、いっこうに構わないのだろう。だが、御台所《みだいどころ》様（富子）は違う。それで御台所様は義兄上《あにうえ》と共謀し、今出川様を失脚させようとしたのだ」

義兄上とは、幕府政所執事《まんどころしつじ》の伊勢貞親《さだちか》のことである。貞親は伊勢本家の当主として、幕府内で隠然たる勢力を有していた。

ちなみに政所執事は主に徴税を担当し、金銭の出納《すいとう》を司《つかさど》っている。つまり貞親は、幕府と将軍家の金蔵《かなぐら》を握っており、絶大な権力を有していた。

富子の要請で義尚の傅《めのと》の座に就いた貞親は、文正《ぶんしょう》元年（一四六六）九月、義視が義政の暗殺を企てていると讒言《ざんげん》し、義政に義視追討令を出させることに成功する。

ところが、義視を支持する細川勝元《ほそかわかつもと》らに弾劾《だんがい》され、逆に貞親が、義政から切腹を命じられた。

これが文正の政変である。

「義兄上は政所執事を辞し、詫《わ》びを入れたため許されたが、近江《おうみ》に隠棲《いんせい》せざるを得なくなった。ところが事は、それで済んだわけではない」

盃をあおりつつ、盛定は続けた。

「義兄上が失脚したため、幕政は今出川様を中心にして、管領《かんれい》の細川京兆《けいちょう》家様（勝元）と、その舅《しゅうと》の山名《やまな》殿（宗全《そうぜん》）の二人が動かすことになった」

管領は幕府において将軍に次ぐ地位にあり、政務を執行する役割を担っていた。就任できるのは、「三管領」と呼ばれる足利氏一門衆の細川・斯波《しば》・畠山《はたけやま》三氏の宗家《そうけ》当主に限られている。

ちなみに細川京兆家とは、細川一族の本家のことである。

一方の山名氏は、それに次ぐ「四職《しき》」と呼ばれる家柄の一つで、かつて、全国六十六ヵ国中十一ヵ国の守護職を占め、「六分の一殿」という異名を持つほどの実力のある家だった。

ちなみに「四職」とは、京の警察・徴税機関を司る幕府の侍所頭人《さむらいどころとうにん》の家柄で、こちらも山名・赤松《あかまつ》・一色《いっしき》・京極《きょうごく》の四氏のいずれかが就く仕来りになっていた。

「ところがだ。赤松氏の再興をめぐり、京兆家様と宗全殿の仲は険悪となったのだ」

嘉吉《かきつ》元年（一四四一）、赤松満祐《みつすけ》が六代将軍家（義教《よしのり》）を弑逆《しいぎゃく》した折、満祐を討ち、乱を平定した宗全（持富《もちとみ》）は、自らの傀儡《かいらい》として十六歳の細川勝元を担ぎ出し、管領の座に据えた。当初、二人の関係は良好だったが、勝元は長ずるに及び、宗全の意のままに動くことをよしとしなくなった。

宗全の専横《せんおう》を阻止したい勝元は、赤松氏を再興させ、宗全の領国の一部を分け与えた。これに宗全は激怒し、二人の関係は悪化の一途《いっと》をたどっていた。

盃を重ねるのも忘れるほど、盛定の語りが熱を帯びてきた。

「そこに畠山家の継嗣《けいし》をめぐる争いが勃発し、右衛門佐《うえもんのすけ》殿（畠山義就《よしなり》）を支持する宗全殿と、弾正《だんじょう》少弼《しょうひつ》殿（畠山政長《まさなが》）を支持する京兆家様が対立したというわけだ」

応仁《おうにん》・文明《ぶんめい》の乱のきっかけとなった畠山家の内紛《ないふん》は、畠山持国《もちくに》の家督継承をめぐり、弟の持富と息子の義就との間で争われていた。その後、持富が死去し、義就の相手は持富の長男・義富《よしとみ》となるが、その義富も死去し、相手は持富次男の政長になった。

「さらに武衛《ぶえい》家（斯波氏）の内訌《ないこう》まで絡み、双方共に引くに引けなくなったというわけだ」

　斯波氏内部でも、義敏《よしとし》と義廉《よしかど》の間で、「武衛騒動」と呼ばれる後継者争いが続いており、勝元は義敏を、宗全は義廉を支持することで、両陣営の対立に拍車が掛かっていた。

　ちなみに武衛というのは、律令制《りつりようせい》における兵衛府《ひようえふ》の唐名《とうみよう》で、左兵衛督《さひようえのすけ》を世襲《せしゆう》した斯波氏当主の通称のことである。

「それで将軍家は、いかなる手を打たれたのですか」

　新九郎には、傍観者のような将軍義政の態度が解《げ》せない。

「むろん将軍家と今出川様は、そろって調停に乗り出したが、双方共に言うことを聞かぬ。そうこうしているうちに、この正月、畠山右衛門佐殿と弾正少弼殿が上御霊《かみごりよう》神社で合戦に及んだ」

　応仁・文明の乱の端緒となった御霊合戦である。

「遂《つい》に己の手に負えなくなった将軍家は、五月、義兄上の罪を許し、ひそかに近江から呼び戻した。この事態を収拾《しゆうしゆう》できるのは、双方に顔の利く義兄上しかおらぬからな」

　むろん貞親とて、ここまで来てしまえば、容易には鎮静化できないはずである。

「その一方で将軍家は、宗全殿を支持する御台所様とその兄・日野勝光《かつみつ》殿の反対を押し切り、細川様、すなわち東軍を支持することにし、宗全殿討伐の総大将に今出川様を指名した」

日野勝光は幕府奉行衆の頭人（筆頭）として、背後から妹の富子を操っていた。

「ところが八月になり、山名方すなわち西軍の大内周防介《すおうのすけ》（政弘《まさひろ》）が兵船二千艘《そう》を連ね、三万の精兵を率いて上洛《じょうらく》した。周防介は対明《みん》貿易で京兆家様に恨みがあり、この機に、その恨みを晴らそうというのだ。これに驚いた今出川様は、義兄上を呼び戻した将軍家への不信もあり、伊勢国に出奔《しゅっぽん》してしまわれたのだ」

すでにこの頃、義視は、義政が伊勢貞親を赦免《しゃめん》したことを知っており、不信感が高まっていた。そこに大内勢がやってきたのだ。劣勢となった東軍の旗頭に担ぎ上げられるなど、義視は真《ま》っ平《ぴら》御免だった。

そのため義視は伊勢国に出奔し、中立的立場の伊勢国守護・北畠教具《きたばたけのりとも》の庇護《ひご》下に入った。

「その間も双方の衝突はやまず、上京《かみぎょう》の北半分が焼かれた」

九月十三日には、西軍が内裏《だいり》を占拠し、上京の北端にある細川勝元邸も包囲された。ところがこの頃になると、東軍与党も京に集まってきており、相国寺《しょうこくじ》の戦いで西軍を破るなどして、劣勢を挽回《ばんかい》し始めていた。

義政は、義視が宗全と手を組むことを恐れ、京に戻るよう要請した。

少なくとも、この時点で西軍の優位は崩れており、義視を召還《しょうかん》する上で問題となるのは、伊勢貞親の存在だけである。

義視も京に戻ることに異存はなかったが、一度は自分を抹殺《まっさつ》しようとした貞親を過度に恐れており、それで伊勢家に人質を要求してきたというのだ。

「つまりその役を、それがしに仰せ付けられるというわけですね」

「そうだ。証人といっても体裁《ていさい》があり、表向きは小姓を出す形になる。ところが伊勢本家には、小姓にちょうどいい年の子がおらぬ。それゆえ、証人を当家で引き受けることになった。親として真《まこと》に心苦しいことだが、本家の命には逆らえぬ」

宗全の説得に応じて義視が心変わりすれば、新九郎は殺されるかもしれない。

「嫌か」

「いいえ、いっこうに」

伊勢家の一員として父のために働けることは、新九郎にとって、この上ない喜びである。

「新九郎、都には、多くの魔が棲《す》んでおる。そなたを今出川様の許《もと》に送るということは、その魔の一人とかかわりを持たせることになる。できればそなたを、このまま備中に残しておきたかったのだが――」

「父上、今出川様は、都に棲む魔の一人なのですか」

不安になった新九郎が、おずおずと問うた。

「ははは、魔といっても今出川様は小者だ。いわば毘沙門天《びしゃもんてん》に踏みつけられている邪《じゃ》鬼《き》のようなものだ」

「邪鬼と、仰せか」

邪鬼をよく知らない新九郎には、それでも十分に恐ろしかった。

「案ずるには及ばぬ」

盛定は笑い飛ばすと、「そうだ、よき話もある」と話題を転じた。

「桃子《ももこ》が嫁ぐことになった」

「姉上が――」

新九郎と同腹の桃子は、康正《こうしょう》二年（一四五六）生まれの新九郎より三歳年上である。

「して、どなたに嫁ぐのでございますか」

「駿河《するが》の太守《たいしゅ》、今川治部《じぶ》大輔《たいふ》殿だ」

今川治部大輔義忠《よしただ》は、駿河今川家六代当主として、実力と人格を兼ね備えた逸物《いつぶつ》と言われている。

「この上なき縁談ですね」

「うむ、これほどの良縁はない」

盛定は、いかにも満足そうである。

盛定が今川家に対する申次《もうしつぎ》（交渉窓口）を務めていたことから、義忠が伊勢邸を訪れた折、桃子を見初《みそ》めたのが、きっかけだという。

「それゆえ、いったん京に上り、姉と別れを惜しんだ後、伊勢国に向かってもらう。そうだ。新八郎（貞興《さだおき》）も、そなたに会いたいと申していたぞ」

「えっ兄上が――」

「ああ、新八郎も京でそなたを待っている」

「はい」

新九郎は力強く返事をした。

――いよいよ、わしも大海に漕《こ》ぎ出す時が来たのだ。

新九郎の心は沸き立った。

二

室町幕府草創期、備中国荏原荘に三百貫文の所領を拝領した伊勢氏は、庶家を創出し、その所領を与えた。これが備中伊勢氏の始まりである。

すなわち伊勢氏は、「貞」の次を通字とする宗家と、「盛」の次を通字とする備中伊勢氏に分かれ、それぞれ政所執事と申次衆という形で、室町幕府を支えていくことになる。

この時の備中伊勢氏の当主・盛定には、三男一女がいた。

嫡男の新八郎貞興《さだおき》はすでに成人し、幕府申次として京で活躍している。申次は奏者《そうじゃ》とも呼ばれ、公家《くげ》・諸大名・幕臣諸家からの連絡を、将軍に取り次ぐ役割を担っている。

次男が新九郎、三男が庶子の弥次郎《やじろう》で、女子は桃子一人である。

新九郎の兄の貞興だけが、備中伊勢氏でありながら通字として「貞」を使っているのは、幼い頃から宗家当主の貞親の側近くに仕え、その覚えがめでたかったからである。

盛定は、備中伊勢氏の将来を聡明《そうめい》な貞興に託していた。

一方、備中の所領管理を行わせる予定の次男新九郎は、在地衆との紐帯《ちゅうたい》を強くさせるために、幼い頃に荏原荘に移されていた。

そのため新九郎は、多感な少年時代を、自然の豊かな備中の山野で過ごすことができた。

「という次第で明日、わしは伊勢国に行くことになった。それゆえ皆とは、しばしの別れとなる。いや、これであい見《まみ》えることは二度とないやもしれぬ」

同年代の遊び仲間を水小屋に集めた新九郎が、そう宣言すると、どよめきが起こった。

「兄者は、かように危険な仕事を引き受けたのか。下手をすると殺されるのだぞ」

二つ年下の庶弟・弥次郎が、顔を引きつらせて問う。

長身痩軀《ちょうしんそうく》の新九郎と違い、弥次郎は背が低く小太りで、二人は、とても兄弟には見えない。

「何も殺されるとは限らん。証人とは、そうした覚悟を持たねばならぬと言いたいんじゃ」

「とは申しても、敵中に身を投じるということは、殺されることになるかもしれんよな」

乳兄弟の大道寺太郎《だいどうじたろう》が他人事《ひとごと》のように言うと、周りに集まった童子たちは「そうだ、そうだ」と同意の声を上げる。

さすがの新九郎も、少し不安になってきた。

「これで、新九郎とも永の別れか」

従兄弟《いとこ》の平三郎《へいざぶろう》が、いかにもうれしそうに言った。

備中伊勢氏の庶家に生まれた平三郎は、新九郎と同い年で、何かと対抗意識を燃やすのを常としていた。

新九郎のことを呼び捨てにするのも、平三郎だけである。

咳払《せきばら》いしつつ新九郎が声を荒《あら》げた。

「それゆえ、これが今生《こんじょう》の別れとなるやもしれぬので、皆と水盃を交わしたい」

神社からくすねてきた〝かわらけ〟を懐から取り出した新九郎は、瓢箪《ひょうたん》に入れてきた水を注いだ。

こうした儀式めいたことをすることで、悲壮感は高まり、水小屋は厳粛な空気に包まれる。

最初に盃を上げた新九郎が、弥次郎に盃を渡す。

それを弥次郎が飲み干すと、平三郎、大道寺太郎、笠原平左衛門《かさはらへいざえもん》、清水孫三郎《しみずまござぶろう》、平井九右衛門《ひらいきゆうえもん》、山中才四郎《やまなかさいしろう》ら、伊勢家の被官の子弟たちが続いた。

「もう、おらぬか」と新九郎が声をかけた時である。入口付近にいた一人が、すすり泣きをしながら走り去った。

その後ろ姿を認めた新九郎は、「待て、菜穂《なほ》」と呼びかけつつ後を追った。

菜穂とは、大道寺太郎の妹のことである。

新九郎は走った。

裏の田を走り抜け、小川を跳び越えると、菜穂の後ろ姿が見えてきた。いつものように少し肩をいからせ、菜穂は新九郎よりも先を走っていく。

菜穂は足が速く、以前は新九郎さえ敵《かな》わなかった。

これまでは「追いついてごらん」と言わんばかりに、振り向いて微笑《ほほえ》むのが常の菜穂だが、この時ばかりは違っていた。

「待ってくれ」

ようやく追いついた新九郎が、菜穂の腕を摑むと、菜穂は身をよじらせて逃れようとする。

「菜穂、何で泣いている」

菜穂は、泣きはらした顔を新九郎に見せまいと顔をそむけた。

「だって、新九郎様が遠くに行くと聞いたから、それだけでも寂しいのに、まさかこんなに辛いお役目とは――」

しゃくり上げる菜穂の両肩を押さえつつ、新九郎は力強く言う。

「心配するな。わしが死ぬわけないだろう」

「本当に」

菜穂の瞳に希望の灯がともるのを見た新九郎は、己の胸に芽生え始めた不安をねじ伏せた。

「約束する」

「うん、そうだね。新九郎様が死ぬわけない」

ようやく納得したのか、菜穂の顔に安堵《あんど》の笑みが広がる。

獲り入れを待つ稲は膨《ふく》らみ、頭をぶつけ合って豊穣《ほうじょう》の音を奏《かな》で、初秋の空には、大《おお》鷹《たか》が舞っていた。

頭上にそびえる高越山《たかこしやま》は常と変わらず、そのなだらかな山容を横たえている。

だが明日からは、この風景を見ることもなくなるのだ。

新九郎は、これまで退屈なだけだった故郷が、これほど愛《いと》しくなるとは思ってもみなかった。

その夜、新九郎が住む離れに、平三郎がぶらりとやってきた。

「何をしている」

「見ての通り、荷造りをしておる」

荷造りといっても、何枚かの下帯《したおび》と何冊かの兵法書を小さな笈《おい》に詰めるだけだ。それでも新九郎は、いったん詰めたものを引き出し、あらためて詰めるなどして、いかにも長い旅に出るかのように支度をしていた。

それを見た平三郎が「くす」と笑う。

また何か皮肉を言われるのではないかと身構える新九郎に、真顔になった平三郎が言った。

「いよいよ一族のために働くのだな」

「まあ、そういうことになる」

この時代、武家に生まれた者の命は、己一個のためよりも一族のためにあると教育された。とくに次三男や庶家に生まれた者は、一族にいかに尽くすかを試される。

新九郎は、伊勢一族の庶家・備中伊勢家の次男であり、平三郎は、さらにその庶家の嫡男という立場である。二人とも、一族のために一身を捧《ささ》げられるかどうかで、その真価が問われるのだ。

「いずれにせよ、この地を出ていけるおぬしが羨《うらや》ましい」

「何を申す」

平三郎の意外な言葉に、新九郎は面食らった。

「わしは多分、この地から出られずに生涯を終えることになる」

「そんなことはない。それは己次第ではないか」

「それでは、おぬしは己の意思によって伊勢国に行くのか」

そう言われてしまえば、新九郎に返す言葉はない。

「備中伊勢家の次男という歴《れっき》とした出自があるからこそ、おぬしは動乱の世に漕ぎ出せるのだ。わしのような庶家の庶家の跡取りでは、猫の額ほどの所領を守りつつ、この鄙《ひな》の地で朽ちるしかない」

「それはそれで立派なことではないか」

新九郎の言を、平三郎は鼻で笑う。

「男子たる者、世に存念《ぞんねん》（理想）を問わずして何のための一生か」

「おぬしは、かような大望を抱いておったのか」

「当たり前だ。幕府を助け、この煉獄《れんごく》のような世を正す。これこそ男子たる者が、一生を懸けるに値する仕事ではないか」

中空をさまよう平三郎の視線は、別の何かを見ていた。

「おぬしは立派だ。わしは足元にも及ばぬ」

それが新九郎の本音だった。

これまで互いに対抗意識を燃やし、武術、馬術、勉学に競い合ってきた二人だが、漠然と「世に出たい」と思っていた新九郎に対し、平三郎は、己の生涯に確固たる信念を持っていた。

「まあ、おぬしが幕府で立身出世し、大身《たいしん》となったら京に呼んでくれ。おぬしの家臣になってやる」

「分かった。約束する」

「忘れるなよ」

そう言うと、縁先から立ち上がった平三郎は、来た時と同じように、両手をぶらぶらさせながら帰っていった。

——わしもいつか、存念を世に問える男になる。その時を待っていろよ、平三郎。

この夜だけは、秋の虫の声さえ心に染み入るような気がした。

三

十月、紅葉の舞い散る西国街道を東に向かった盛定と新九郎は、山崎《やまざき》に至った。

そこでは、意外にも兄の貞興が待っていた。

貞興は新九郎より六つ上の十八であり、すでに元服も済ませている。その長身痩軀の体型は新九郎同様、父の盛定譲りだが、京で育てられたためか人柄は温和で、周囲の人望も厚い。

「新九郎、随分と大きゅうなったな」

満面に笑みを浮かべた貞興は、昔のように新九郎の頭を撫《な》でようとした。

「兄者、おやめ下さい。それがしはもう十二です」

「もう、そんなになるのか」

「兄者は、これだから困る」

父子三人は笑い合った。

しかし雰囲気がよかったのもそこまでで、二人を近くの農家まで導いた貞興は、一転して沈痛な面持ちで語り始めた。

「父上、ここから先には進めませぬ」

「それは真《まこと》か」

盛定が唇を嚙《か》む。

「父上が備中に向かった後、山名方の右衛門佐（畠山義就）が内裏を占拠し、大内勢も将軍家の室町殿《むろまちどの》（花の御所）と細川邸を囲み、当方は劣勢に立たされました。それでも弾正少弼殿（畠山政長）らが駆けつけ、敵を打ち払いましたが、お味方が本陣にしていた相国寺は焼け落ちてしまいました」

十月三日、両軍の衝突により、臨済宗《りんざいしゅう》の名刹・相国寺は三日間燃え続け、その堂塔《どうとう》伽藍《がらん》のほとんどを焼失した。

山崎に至るまでも、まとまった人数の兵に幾度か追い越されたので、畿内周辺に不穏な動きがあるとは思っていたが、まさか激しい戦闘が行われているとまでは思わなかった。

無念やる方ないといった様子で、貞興が続ける。

「この先の勝龍寺城《しょうりゅうじ》には、右衛門佐の兵が関を設けておるので、西国街道から京に入るのは容易でありませぬ」

「そこまで深刻な情勢となっていたのか」

盛定の予想を上回り、双方の武力衝突は拡大の一途を続けていた。

「それで、桃子の婚儀はどうなった」

「この状態では、京で婚儀を執り行うわけにもいかず、今川殿は、桃子を連れて駿河に戻られました。婚儀は駿河で行うとのこと」

「そうか、残念だが致し方ない」

——姉上に会えぬのか。

桃子と会えるのを楽しみにしていた新九郎は落胆した。

京で生まれた新九郎は、実母が亡くなると備中に送られ、盛定の側室の猪乃に育てられた。しかしほんの数年とはいえ、三つ違いの姉と過ごした京での日々は、新九郎にとって忘れ難《がた》いものとなっていた。

「実は、ここまで来るのも難儀なことでした」

戦乱の京を抜け出して山崎まで来るのが、いかに大変だったかを、貞興は語った。

「しかし父上、それがしは将軍家をお守りするため、脇往還を使って京に戻らねばなりません。父上は、いかがなされますか」

「わしも京に戻り、七郎《しちろう》殿と向後《こうご》の策を講じねばならぬ」

義兄の伊勢貞親が近江にいる間、盛定は、その息子の七郎貞宗《さだむね》と語らい、様々な対策を練っていた。

「それでは京に向かいましょう。だが、われらはそれでよいとして、新九郎はどうなさる」

二人の視線が新九郎に注がれる。

「それがしもお連れ下さい」

ここぞとばかりに、新九郎が膝をにじる。

戦《いくさ》というものがいかなるものか、新九郎は己の目で見ておきたかったが、盛定は首を左右に振った。

「それはだめだ」

「なぜですか」

「その方には、重大な使命がある」

「それは分かっております。しかし――」

「よいか」

盛定が新九郎の肩を摑む。

「洛中《らくちゅう》で武力衝突が起こるとは、わしも思っていなかった。だが、こうなればなおさら、今出川様をつなぎとめておかねばならぬ。そのためには、一日も早く今出川様を将軍家の許に連れ戻さねばならぬ」

「それがしの使命は、それだけ重大なのですね」

「そうだ。将軍家や幕府の命運が懸かっておると言ってもよい」

「そこまでのことを、それがしなどに――」

新九郎としても、そこまで言われれば、父の言に従わねばならない。

「よいか、新九郎」

盛定が、いつになく険《けわ》しい声音で言った。

「われら人は、一人だけでは、わずかなことしかできぬ。いかに英雄豪傑とて、戦場《いくさば》で一日に倒せる敵は、三人か四人がいいところだ。しかし皆が力を合わせれば、大きなことができる。そのためには、一人ひとりが己の役割をわきまえ、課された仕事を忠実にこなさねばならぬのだ」

父の言葉が新九郎の胸を射た。

宿は街道筋にしかなく、そんなところに泊まれば、敵の警戒網に引っ掛かってしまう。それゆえ三人は、目立たない場所にある農家に頼み入り、一夜の宿を借りた。

父の盛定には個室が用意されたが、農家は手狭だったので、兄弟は一つ部屋で寝ることになった。

「こうして二人で床を並べて寝るのは、何年ぶりかの」

天井の梁《はり》を見つめながら貞興が言う。

「さて、兄上が備中に来られた時以来ですから、かれこれ三年ぶりくらいでは」

「もう、そんなになるか」

「早いものです」

新九郎の言いようが面白かったのか、貞興が声を上げて笑った。

「年寄りのような物言いをしおって。そなたはまだ十二であろう」

「はい、もう十二です」

「そうだな。わしも、もう十八だ」

貞興の言葉には、若者とは思えない疲労感が漂っていた。

「兄上、やはり都には、魔が棲んでおるのですか」

「魔か——。父上がそう申されたのか」

「はい」

「そうだな」と言いつつ、貞興が頭の後ろで手を組む。

「いかにも都には、退治しきれぬほど多くの魔が棲んでおる」

「やはり」

新九郎は、義視とあい見えることに少し不安になった。

「わしは都を静謐《せいひつ》に導くべく、父上や宗家様（貞親）の手足となって働いてきた。しかし都に棲む魔を、すべて退治することなど、しょせん無理だと覚った」

「では、どうなされるおつもりか」

「わしはもう都に身を沈めた男だ。魔の中に入り、己も魔の一人と化し、少しでも魑《ち》魅魍魎《みもうりよう》の跋扈《ばつこ》を抑えるしかない」

「兄上も、魔の一人になると仰せか」

新九郎が、筵《むしろ》を撥《は》ねのけて半身を起こす。

「もう魔と化しているやもしれぬ」

貞興は、冷めた瞳で天井を見るともなしに見ていた。

備中伊勢家の跡取りである貞興には、新九郎の考えも及ばぬほどの複雑な人間関係が、すでに構築されていた。つまり正邪を問う前に、伊勢家の一員として、その利益を守るために働かねばならないのだ。

――兄上は変わられた。

三年ほど前に会った時、兄は若者らしく潑剌《はつらつ》としていた。だが今では、老人のように疲れ果てている。そうした兄を見るのは何よりも辛い。

——都とは若者の精気を吸い取り、それを糧として生きている魔物なのか。

新九郎には、そうとしか思えなかった。

「できれば父上もわしも、そなたを備中から引っ張り出したくはなかった」

「そんなことはありません。それがしにとって、父上や兄上のために働けることは、何よりも喜びです」

貞興の視線が新九郎に向けられた。

「そう言ってくれれば、少しは気も楽になる。しかし此度《こたび》のことは、父上のお考えから出たものではない。近江におられる宗家様のご意向だ」

「やはり、そうでしたか」

「われらは、その命に抗《あらが》うことなどできぬ。宗家様あっての備中伊勢家だからな」

伊勢家という枠《わく》の中に、父も兄も閉じ込められていることが、新九郎にもよく分かる。

「兄上は、宗家様の命が理に適《かな》っていなくとも、それを唯々諾々《いいだくだく》と聞かれるのかぶしつけとは思いつつも、それだけは聞いておきたい。

「よいか新九郎、大人の中では、己の意思を通せぬこともあるのだ」

「わしは、そんな生き方をしたくはありませぬ」

「そうだな、その意気だ。わしにも、そういう時期があった」

「なぜに、それをお捨てになられたのか」

その問いには答えず、貞興は寝返りを打ち、反対側を向いた。

「年を取れば、それが分かってくる」

――そんなものなど分かりたくはない。

新九郎は、憧れていた兄を、こうまで変貌させた都に敵愾心《てきがいしん》を抱いた。

しかしこれ以上、何を言っても、兄が考えを変えるわけはない。

――それが、大人になるということなのか。

割り切れない思いを抱きつつ、様々に考えをめぐらせていると、知らぬ間に睡魔が訪れていた。

翌朝、盛定と貞興と別れた新九郎は、二人の供を従え、東高野《ひがしこうや》街道を使って伊勢国に向かった。

伊勢国司・北畠氏の当主とその館は、多芸《たげ》（多気）御所と呼ばれる。

御所という呼び名は、天皇本人やその御座所を指す言葉から始まり、人口に膾炙《かいしゃ》していくうちに、皇族や将軍やその邸宅までも、そう呼ばれるようになった。村上源氏を祖とする北畠氏は、勤皇の志が篤《あつ》く、南北朝争乱の頃、北畠親房《ちかふさ》が南朝方の支柱として活躍したこともあり、後醍醐《ごだいご》天皇から、その住《す》み処《か》を御所と呼ぶことを許されたという。

応仁・文明の乱当時、細川、山名、大内などの有力大名に匹敵するほどの軍事・経済力を有していた北畠氏だったが、当主・教具は政争を好まず、多芸御所で文化的生活を楽しんでいた。

中立という北畠氏の立場が、細川・山名のどちらに加担するつもりもない義視にとっては都合よく、教具の迷惑も顧みず、その懐に転がり込んだ。

突然、舞い込んできた窮鳥《きゆうちよう》を追い返すわけにもいかず、教具は多芸御所の三里南東の丹生《にう》にあった別邸を改築し、義視に仮の住処《すみか》として与えた。

これが丹生御所である。

伊勢の山深い里にある丹生御所が、義視の新たな生活の場となった。

奈良《なら》の中心部を抜け、桜井《さくらい》から伊勢本街道を東に向かった新九郎は、いくつもの峠を越え、ようやく丹生御所に着いた。

山深い土地には慣れている新九郎でも、そのあまりに鄙びた風情《ふぜい》に啞然とさせられた。


「そちが伊勢新九郎か」

御簾《みす》を隔て、少年のように甲高《かんだか》い声が聞こえた。

「はっ、伊勢備中守盛定の次男、新九郎に候」

庭に布《し》かれた莚《むしろ》の上に両拳を突きつつ、新九郎が答えた。

「いくつになる」

「十と二でございます」

この時、義視は二十九歳である。

「御簾を上げよ」

義視の命に従い、近習《きんじゅ》が御簾を巻き上げた。

「ほう、伊勢家の者らしき、小生意気な面《つら》をしておるわ」

皮肉交じりにそう言うと、義視は広縁まで出てきた。

その顔を見た新九郎は、肩透かしを食らわされた気がした。

義視は眉毛《まゆげ》を剃《そ》り、お歯黒を塗り、公家風の長烏帽子《ながえぼし》をさも自慢げにかぶっていた。しかし目が大きく、鼻が鉤《かぎ》のように下方に曲がっているその顔は、大和の猿楽衆が巡業にやってくる度に見た小飛出《ことびで》によく似ている。

——これが都に棲む魔の一人か。

「そなたは、己の立場を分かっておろうな」

金壺眼《かなつぼまなこ》を見開き、小飛出が居丈高《いたけだか》に問うてくる。

「はっ、父から聞かされております」

「わしの寝首を掻《か》こうなどとは思うまいよ。尤《もっと》も、わしは衆道を好かぬで、掻きたくとも掻きようもないが」

何が面白いのか、義視が高らかに笑ったので、周囲に控える家臣たちも追従《ついしょう》笑いを漏らした。

——まるで田舎猿楽だな。

鄙びた山奥で演じられる猿楽のようなやりとりに、新九郎は拍子抜けした。

「ときに今出川様——」

笑いが収まった後、新九郎が控えめに切り出した。

「それがしがこの地に参ったからには、すぐにでも京にお戻りいただけるのでしょうな」

「何と」

義視が大げさなそぶりで驚く。

「小僧が何とも憎体《にくてい》な物言いをするわ。よいか――」

庭に飛び降りた義視は、履物も履かず、平伏する新九郎の前に立った。

「わしとて、かような鄙の地に好きで参ったわけではない。兄上が、わしに談合もなく伊勢の狐《きつね》を呼び戻したからだ。かつて彼奴《あいつ》は、わしが謀叛《むほん》を企てているなどという根も葉もない絵空事を兄上に吹きこみ、わしを殺そうとした。かような物《もの》の怪《け》と座を同じゅうして、政事《まつりごと》を談ずることなどできようか」

伊勢の狐が貞親のことだと、新九郎にも分かった。

――しかし、小飛出の言っていることは間違っていない。

義視の立場を考えれば、その言は尤もだった。しかし新九郎にも立場がある。仕事を全うできなければ、父の信頼を失う。

「それでは話が違います。わが父によると、今出川様は、それがしが証人としてこちらに来れば、帰洛《きらく》すると仰せになられたと聞いております」

「あの時と今では、状況が違う。そなたは、京がどうなっておるか知らぬのだ。こんな時にのこのこ帰れば、細川方の大将に祭り上げられ、宗全と戦わねばならなくなる」

義視はその目をさらに大きく見開き、吐き捨てるように言った。

「そんなことは真っ平だ」

——やはり容易な仕事ではなさそうだな。

心中、ため息をつくと、新九郎は、この地の滞在が長くなることを覚悟した。

四

新九郎の新たな生活が始まった。

毎朝、日が昇る前に起き出し、義視の朝駆けの支度をするのだが、朝の弱い新九郎には、これが大変な苦痛だった。

夜明けが近づくと必ず鳴くという鶏を土間に入れたが、そのくらいで起きられるものではない。仕方ないので土間に蓆《むしろ》を敷き、鶏の傍らで寝るようにしたところ、ようやく起きられるようになった。

義視が近習や馬廻《うままわり》と共に朝駆けに出た後は、空いている馬を馬場に引き出し、乗馬の稽古《けいこ》をした。むろん馬術の師などいなかったが、義視が戻るまで暇を持て余している厩番が、指導に当たってくれた。その厩番は、馬術の指南役が義視に教授するのを間近で見てきているので、人並み以上に馬術の知識がある。おかげで新九郎の馬術は、見る間に上達していった。

義視が戻ってくると、朝餉《あさげ》の給仕である。

都の飯はうまかっただの、川魚ばかりで飽きたといった義視の愚痴に相槌《あいづち》を打ちながら、飯を盛ったり、汁のお代わりを運んだりする。

とくに来客でもない限り、その後は自由になるが、小姓たちには、「論語」などの「四書五経」や「孫子」など「武経七書《ぶきょう》」の手習いが課せられていた。

近くの禅寺から高僧が教えに来てくれるので、本来なら、これほどありがたいことはないのだが、いかんせん夜明け前から起きている身としては眠くなる。新九郎が、こくりこくりとやる度に、高僧は警策《けいさく》で強く肩を叩《たた》いた。おかげで新九郎の肩は、いつも赤くなっていた。

続いて義視の中食《ちゅうじき》の給仕をし、午後になると武術の稽古である。これは、北畠教具が義視警固のために付けた、地侍衆が教えてくれた。

新九郎は、地侍衆が驚くほど、武芸の上達が早かった。

摑み漁で培った忍耐力と俊敏性が役立ったのだ。

ほかの小姓と立ち合いをやらされても、緊張に耐えきれず先に打ち込んでくる相手の一撃をよけ、すぐに返し技を繰り出すことに長《た》けていた新九郎は、大人相手でも引けを取らないほどになっていった。

そうした地侍衆の中に、武芸全般に精通した男がいた。

荒木《あらき》兵庫《ひょうご》といい、土着の地侍の次男である。兵庫は無口で無愛想な男だが、伊勢や伊賀《いが》の山野をめぐり、様々な武芸者と稽古をしてきたというだけあり、実戦的な武芸に精通しており、新九郎のよき師となってくれた。

後に兵庫は、新九郎の呼び出しに応じて東国に下向する。

夜は、義視の求めに応じて身の回りの世話をする。義視が墨をすれと言えば、その通りにし、肩を揉《も》めと言えば、それに従った。

そうこうしているうちに、半年ほどが瞬く間に過ぎていった。

そんなある日、京から貴人がやってきた。

義視に従い、太刀を掲げて対面の間に入ると、得も言われぬ甘い香りが漂ってきた。

――まさか女人か。

女人が来るとは考えてもいなかったので、その姿を見た時、新九郎は虚を突かれた。

「久方ぶりだの」

「お久しゅうございました」

女人が顔を上げる。新九郎は、その美しさに目を見張った。

「満殿《やまん》も、一段と女らしゅうなったの」

「戯《ざ》れ言《ごと》はおやめ下さい」

満と呼ばれた女人が、左手で義視をぶつような仕草をする。

――このお方が、父の話や姉の書状で、よく出る満殿か。

その女人こそ、武者小路《むしゃこうじ》隆光《たかみつ》の息女・満だった。

武者小路隆光とは、日野富子と同じ藤原北家《ふじわらほっけ》の一員で、富子の信頼を得て、公家でありながら、幕府内に隠然たる勢力を築いている野心家である。

その野心が、満の生涯に影を落とすことになるとは、この時の三人は思いもしなかった。

「この香りは何だ」

義視が目を白黒させながら、くんくんと鼻を動かす。

「ご存じありませんか」

満が、こぼれんばかりの笑みを浮かべた。その口端《くちのは》に浮かんだ笑窪《えくぼ》が何とも愛らしい。

――年の頃は十七、八か。

ここのところ、妙齢の女人に接したことのなかった新九郎は、都の雅《みやび》を体現するかのような満に魅せられた。

――このお方の生涯は、きっと幸せに満ちているはずだ。

新九郎がそう思った時、義視が膝を打った。

「ああ、そうか。唐《から》渡りの薫香《くんこう》だな」

「はい」

「こんな山奥におると、都のことを忘れ、だんだん山作所《やまつくりどころ》のようになってくる」

「まあ」

湿った紅色の唇から発せられるその繊細な笑い声に、新九郎の脳髄《のうずい》は、とろけそうになる。

「書状で知ったが、いよいよ嫁ぐというではないか」

「はい。今出川様の兄上に嫁ぐことになるとは思いませんでした」

義視の兄とは、遠い伊豆《いず》国にいる堀越《ほりごえ》公方《くぼう》・足利政知《まさとも》のことである。富子の意を受けた武者小路隆光は、関東と良好な関係を保つべく、一つの布石として満を政知に嫁がせることにしたのだ。

「よもや、あの兄上が、これほど美しき女人を娶《めと》るとはな」

いかにも羨ましそうに義視が言う。

「兄上様は、どのようなお方なのですか」

「鬼のような面付きをしておる」

「おやめ下さい」

扇子を口に当て、二人が笑う。その様子から、二人は、幼い頃から親しい間柄だったことが察せられる。

義視も威厳ばかり取り繕っている普段とは違い、実に楽しそうにしている。

「いずれにせよ、都がかようなことになってしまえば、われら女人は皆、遠国《おんごく》に嫁ぐほかありませぬ」

「戦続きで、公家たちも難渋《なんじゅう》しておろうな」

「はい、父も『みどもが女人だったら、どこかに嫁ぎたい』と仰せでした」

再び明るい笑い声が室内を満たす。

「お父上はお元気か」

「おかげさまで」

「満殿も、長年住み慣れた都を後にするのは、寂しいことだな」

「はい」と言いつつ、満が初めて寂しそうな顔を見せた。

その儚《はかな》さが、また新九郎の心を射る。

「このところ皆、鄙に嫁いでいきました。もう都には、妙齢の女人はおりませぬ。伊勢家の桃子殿も今川様に嫁ぐべく、駿河に下向しました」

唐突に姉の名が出たので、新九郎は驚いた。

「そういえば、満殿は桃子殿と親しかったな。それでも伊豆と駿河であれば隣どうしだ、また会うこともできる」

「はい、もう書状にて、その算段をつけております」

「気の早いことだな」

ひとしきり笑った後、「おう、そうだ」と言いつつ体をねじった義視は、背後に控える新九郎を扇子で指した。

「この者は桃子殿の弟の――」

「伊勢新九郎と申します」

新九郎が軽く会釈をした。礼式に則《のっと》った挨拶《あいさつ》ができないのは、義視の刀を捧げ持っているからである。

「まあ、こちらのお方が新九郎様とは――。桃子殿から、よくお話を聞いておりました」

その切れ長の瞳で、満が新九郎を注視したので、思わず新九郎は赤面した。

しかし新九郎は小姓なので、礼式として、それ以上の会話には加われない。

「新九郎様、何かの用向きで駿府《すんぷ》に参られた折は、ぜひ伊豆韮山《にらやま》にもおいで下さい」

「はっ、はい」

満が、科《しな》を作るように小首をかしげた。

「いつかまた、お会いできるのを楽しみにしております」

この後の義視と満の会話で、満は伊勢国の鳥羽《とば》から船に乗り、伊豆に向かう途次に寄ったと分かった。

後に北畠家の者から聞いた話だが、満が義視と親しいのは、満の父である武者小路隆光が、朝廷の武家伝奏《てんそう》だったからだという。つまり二人は、幼馴染《おさななじみ》ということらしい。

京の雅は瞬く間に去り、翌日から再び退屈で平凡な日々が続いていった。

五

応仁二年（一四六八）、春から夏にかけて上京《かみぎよう》に端を発した戦火は、下火になるどころか、山科《やましな》、鳥羽、嵯峨野《さがの》にまで広がっていた。

上は将軍家から下は土豪や地侍まで、家督をめぐり、あるいは猫の額ほどの田畑をめぐり、争いはいつ果てるともなく続いていた。

上御霊社に始まった大社大寺《たいしやだいじ》の被害は、南禅寺《なんぜんじ》、相国寺、大徳寺《だいとくじ》、建仁寺《けんにんじ》に及び、貴重な仏像や漢籍が失われた。

洛中の被害は百町余に及び、おおよそ三万軒の家屋敷《やしき》が灰となり、焼け出された人々は飢えと渇きに苦しみつつ、流浪《るろう》の民と化していった。

こうした話が、相次いで伊勢国にもたらされることにより、義視の帰洛は延びに延びた。

伊勢国では相変わらず平穏な日々が続いていたが、遂に父や兄からの書状も滞るようになり、新九郎は、矢も盾もたまらない日々を過ごしていた。

それがようやく終わるのが、九月になってからである。

洛中の戦火が一段落したとの報を受けた義視は、将軍義政の懇望《こんぼう》を入れるという形で、京に戻ることにした。むろん新九郎も一緒である。

細川勝元の軍勢に供奉《ぐぶ》された義視は、帝《みかど》か将軍かと見まがうばかりの豪奢《ごうしゃ》な輿《こし》に乗って京を目指した。

新九郎にとって、物心付いてから初めての都である。新九郎の胸はときめいた。

西国街道を経て、鳥羽口から下京《しもぎょう》に入った一行は、室町小路《こうじ》を北上した。

下京の被害はさほどでもなかったが、次第に焼け野原は広がり、「上京壊滅」の雑説《ぞうせつ》は事実と分かった。

瓦礫《がれき》の山の間には、焼けただれた遺骸《いがい》が横たわり、凄《すさ》まじい悪臭を放っている。中には、一面に蠅《はえ》がたかっているものさえある。

万余の数に膨れ上がった烏《からす》が、人を威嚇《いかく》するような鳴き声を上げつつ、狂乱の宴《うたげ》を楽しむその様は、都というより地獄だった。

——戦乱とは何と悲惨なものか。

おぼろげに記憶に残る都は、大きな館や寺院が無数に軒を並べ、多くの人々が楽しげに行き来していた。

しかしその光景は、もはやこの世にはなく、ただ死骸の転がる荒れ野が、どこまでも広がっている。

——人とは何と愚かなのか。

それもこれも欲に駆られた者たちが、己の利だけを求めて争った結果である。

しかし、そうした光景など全く目に入っていないような様子で、細川勢に守られた義視一行は粛々と行進し、かろうじて焼け残っていた今出川邸に入った。

今出川邸は将軍の邸宅である室町殿に近接しており、それが幸いして、戦火に見舞われずに済んでいた。

しかし焼け残ったとはいえ、今出川邸の築地塀《ついじべい》は、ところどころ破壊され、そこから野盗が押し入ったらしく、蔵という蔵からは、すべての財が運び出されていた。

それを知った義視は、とたんに不機嫌になり、屋敷の警備にあたっていた細川家の郎党に対し、さんざん悪態をついた。

夕刻までかかった荷解《にと》き仕事も終わり、新九郎は、己の役割が終わったことを覚った。

——どうやら命を失わずに、使命を全うできたようだな。

しかし明日からどうすべきかは、誰も教えてくれない。

周囲は、新九郎のことなど忘れたかのように忙しげに立ち働いている。

——父上と兄上は、いったいどこにおられるのだ。

すでに義視が入京したという情報は、父と兄の耳にも届いているはずであり、それでも迎えに来ないということは、何か重大な差し障りが生じたのかもしれない。

だが新九郎には、備中に戻ろうにも路銀はなく、当面、今出川邸に居候《いそうろう》するしかない。

——ええい、ままよ。

義視の荷を入れてきた空櫃《からびつ》の間に床を設けた新九郎が、横たわろうとした時である。門の外で鬨《とき》の声《こえ》が上がった。掛け声を合わせながら、大木らしきものをぶつける音も続く。

——まさか、敵か。

反射的に起き上がり、義視の寝室に向かうと、敵襲に気づいた義視が、素襖《すおう》のまま飛び出してきた。その背後には、立烏帽子《たてえぼし》に真紅の袴《はかま》をはいた白拍子《しらびようし》たちが続いている。

着いた早々、義視は白拍子を招いて酒宴を開いていたのだ。

「あっ」

新九郎の姿を認めた義視は、小飛出のように目を剝《む》くと、しがみつく白拍子を振《ふ》り解《ほど》き、反対方向に逃れようとした。

「お待ち下さい」

広縁を走り出した義視だったが、酔っているのか、足がもつれて転倒した。

「頼む、助けてくれ！」と叫びつつ、義視は新九郎に向かって手を合わせた。

「何を仰せです」

「そなたが、敵を引き入れたのではないのか」

義視が金壺眼を白黒させる。

「それがしが、かようなことをしましょうか。それより一刻も早く、この場を逃れましょう」

敵の掛け声は、先ほどより高まっていた。門が破られるのは時間の問題である。

どこに逃れるべきか周囲を見回していると、細川家から付けられた護衛の者たちが駆けつけてきた。

「今出川様、敵は、一色修理大夫《しゅりだいぶ》（義直《よしなお》）の手勢のようです」

「血迷いおって。わしは中立ぞ」

「今更、何を言っても、敵は聞く耳を持ちませぬ。この場は、われらが防ぎますので、すぐに室町殿にお移り下され」

それだけ言うと、細川家の者たちは走り去った。

ほぼ時を同じくして門が破られたらしく、喚《おめ》き声《ごえ》と共に槍《やり》の穂先のぶつかる音が聞こえてきた。見上げると、上空には無数の矢が行き来している。

——大変なことになった。

事態は切迫していた。

「どうする」

義視の周囲に側近や馬廻衆の姿はなく、義視は十三歳の新九郎に問うていた。

「細川殿が加勢を引き連れてくるまで、時を稼ぐしかありませぬ」

すでに敵が邸内に溢《あふ》れていることから見ても、諸門は奪われているはずであり、この状況下で外に逃れることは至難《しなん》の業《わざ》である。

その時、庭に転がる梯子《はしご》が目に入った。雑人《ぞうにん》が、屋根瓦の間に生えた雑草を刈るために架けたものだ。

「屋根に上りましょう」

「屋根だと」

庭に転がっていた梯子を立て掛けた新九郎は、義視に上るよう促した。

「そなたはどうする」

「しばし屋根の上でお待ち下さい」

義視の尻を押し上げてから、櫃《ひつ》の置かれた部屋まで行った新九郎は、伊勢の丹生館で自ら詰めた武具の櫃を開けると、弓矢を取り出して梯子の下に戻った。

「はようせい」

屋根の上から小飛出のような顔を突き出し、義視が手招きしている。

生死の境にいるにもかかわらず、その顔がおかしく、新九郎は思わず吹き出してしまった。

「何を笑っておる。早く上れ」

義視に促され、ようやく屋根に上った新九郎は、梯子を引き上げると、四囲を這《は》い回《まわ》って下の様子をうかがった。

義視を警固してきた細川勢は、すでに制圧されたらしく、館の内外には、多くの敵兵が行き交っている。

「新九郎、どこぞに下りられぬか」

「すでに館の周りは取り囲まれております」

「何だと」

そうこうしているうちに、邸内に多くの松明《たいまつ》が持ち込まれてきた。

――まずいな。

館に火をかけられれば、屋根の上にいる者は蒸し焼きにされる。

やがて黒煙が上がると、パチパチという木の焼ける音が聞こえてきた。火をかけられたのだ。

「どうする新九郎」

長らく僧籍にあった義視は、こうした場合にどうすべきか判断できない。

――わしがしっかりせねば。

そう思ってみたところで、新九郎自身、屋根の上で窮地《きゆうち》に陥った経験はない。

「おい、瓦《かわら》が熱うなってきたぞ」

すでに義視は、瓦の上でたたらを踏んでいる。新九郎の足の裏にも、足袋《たび》を通じて、じんわりと熱が伝わってきた。

二人は顔を見合わせながら、屋根の上で、足を上げては下ろすことを繰り返した。

――そうか、煙に紛《まぎ》れれば逃げられるやもしれぬ。

それ以外に残された手はない。

「下りましょう」

「何だと」

義視が目を剝く。

「さあ、早く」

あえて黒煙の激しい風下を選んだ新九郎は、梯子を下ろすと、弓を片手に持ち、箙《えびら》を肩に掛けて、先に梯子を下った。続いて激しく咳《せ》き込みながら義視が続く。

「おっ、いたぞ！」

その時、敵の声が聞こえた。

「こちらへ早く！」

館の結構も把握していないのに、新九郎は義視を促して闇雲に逃げた。幸いにして黒煙が二人を隠し、追跡者から逃れることができた。

どこをどう走ったのかは分からないが、気づくと二人は厩の前に出ていた。義視を探す敵の声は背後から迫っており、言葉を交わす暇《いとま》さえない。

迷わず厩に飛び込むと、幸いにして五頭ほどの馬がつながれていた。

すでに厩の中は、白煙が漂っており、飼葉《かいば》に火が付くのは時間の問題である。それを知ってか、馬たちも興奮していないている。

鞍を見つけた新九郎は、それを義視の愛馬に載せると、義視の尻を押し上げた。その拍子に義視の太刀が落ちたが、馬上の義視はそんなことを意に介さず、泡を食って走り去った。致し方なく新九郎は、義視の太刀を腰に差すと、残る馬を放ち、鞍も置かずに最後の一頭にまたがった。

外に飛び出すと、すぐに「いたぞ」という声が聞こえ、矢の雨が降ってきた。

表門の前では、長柄《ながえ》を構えた足軽や小者が槍衾《やりぶすま》を作ろうとしている。

さすがの義視も肚《はら》を据えたのか、身を低めて槍衾に突進した。新九郎もそれに続く。

この無謀な突進に、敵の槍衾は呆気《あっけ》なく破れた。

しかし、ようやく外に逃れ出たのも束《つか》の間《ま》、肩越しに振り向くと、敵が馬に乗って追いかけてくる。

「室町殿へ行きましょう」

「おう、そうであった」

二人は、一町もしない先にある将軍の御座所・室町殿に向かった。だが室町殿は扉を固く閉ざし、櫓門にも人影は見えない。

――これが将軍家なのだ。

新九郎はこの時、一切の争い事に関わろうとはせず、「事なかれ主義」を貫く将軍義政の姿勢を知った。

「兄上、義視でございます。どうかお助け下さい！」

義視が懸命に喚《わめ》いても、門内からは一切、返事がない。

「このままでは捕まります。逃げましょう」

「嫌だ。ここに入りたい」

二人がやり合っている間にも、敵は追いすがってきた。

――致し方ない。

馬上、新九郎は矢を引き絞ると、先頭を走る騎馬武者に向けて放った。

「ぐわっ」

新九郎の矢を胸板で受けた騎馬武者は、どうとばかりに馬から落ちた。

――死んだのか。

あらためてそのことに気づくと、新九郎は動転した。

――わしが人の命を断ったのか。

馬から落ちた武者は微動だにしない。

初めて人を殺した衝撃から立ち直れぬまま茫然《ぼうぜん》としていると、黒煙の中から湧《わ》き出てきた敵に、瞬く間に取り囲まれた。

「兄上、どうかご慈悲を！」

いまだ諦《あきら》めきれず、義視は室町殿に向かって叫び続けていた。しかし邸内からは、何の反応もない。

――これで万事休すだ。わしの命もこれまでだ。

成り行きからこうなってしまったとはいえ、人質である己が、義視のために命を捨てるという皮肉に、新九郎は呆《あき》れていた。

――人のよさにもほどがある。

しかし敵は、いつまで経《た》っても義視と新九郎を討ち取ろうとせず、遠巻きに包囲しているだけである。

――何を待っておるのだ。

新九郎は馬上、敵と正対したまま興奮する馬をいなしていた。

その時、輪の一角が割れると、中から一人の男が現れた。

「まさか新九郎か」

「兄者――」

二人が茫然として顔を見交わす。

なぜ兄が西軍の一色勢と共にいるのか、新九郎には、いっこうに分からない。

「新九郎、今出川様をお守りしていたのだな。もうよいから、今出川様をこちらに渡せ」

「何を申される」

「これには父上も同意しておられる。まずは今出川様を保護しろと仰せなので、わしが、ここまで出張ってきたのだ」

「嘘だ！」

義視の絶叫が肩越しに聞こえた。

「この者たちは、偽りを申してわしを捕らえ、わしを殺そうとしておるのだ」

「それは違います。今出川様をお連れいたせというのは将軍家の命なのです」

貞興が懐から出した書き物を掲げた。遠すぎて見えないが、それは将軍御教書《みぎょうしょ》か奉《ほう》書《しょ》に違いない。

「何を馬鹿な。伊勢の狐め。またしても兄上をたらし込み、偽の御教書を出させたな」

義視の顔が憎々しげに歪《ゆが》む。

「そんなことはありませぬ。あまり勝手を申しておると、力ずくでお連れいたしますぞ」

そう言うと貞興は、左右に控える郎党に顎《あご》で合図した。

「お待ちあれ」

馬から下りた新九郎が、義視の前に立ちはだかる。

「どけ、新九郎」

「どきませぬ」

「弟の分際で兄に盾突くのか」

「理を貫くのに兄も弟もありませぬ」

それを聞いた貞興が鼻で笑う。

「理を貫くも何も、そなた一人で何ができる」

「仰せの通り。ここでそれがしは死にましょう。しかし、後ろめたい気持ちを抱きつつ生涯を送るくらいなら、この場で死んだ方が、ましというものではござらぬか」

貞興の顔が怒りで歪む。その言葉が、都の魔に染まりつつある貞興の生き方を揶揄《やゆ》していたからだ。

「新九郎、よくぞ申した」

一方の義視は、手を叩かんばかりに喜んでいる。

「新八（貞興）、よき弟を持ったな」

やけくそになったのか、義視が呵々《かか》大笑した。

「致し方ない」

砂塵《さじん》の舞い踊る中、貞興が太刀を抜く。

――どういうことだ。

新九郎には、兄が何をしようとしているか理解できない。

どこかの寺の軒端《のきば》に揺れる鉄風鈴《てつぷうりん》の音だけが聞こえる中、貞興が肺腑《はいふ》を抉《えぐ》るような声で言った。

「わが弟は、わが手で討つ。誰も手出しするな」

遠巻きにしていた一色勢が包囲を広げる。

新九郎が腰に手をやると、義視の太刀が触れた。見事な拵《こしら》えの逸品《いっぴん》である。

それをゆっくり抜くと、眩《まぶ》しいばかりの光芒《こうぼう》が溢れた。

――わしは兄上と戦うのか。

茫然としながらも、新九郎の中の別の何かが太刀を抜かせた。

周囲は固唾《かたず》をのんで見守っており、咳《しわぶき》一つ聞こえない。

――わしは斬られるのか。それとも斬るのか。

年齢からすれば、兄の貞興に敵うはずがない。しかし新九郎には、荒木兵庫から伝授された実戦剣法がある。

「新九郎、覚悟せい」

貞興が踏み込んできた。

白刃が淡黄色《たんおうしょく》の日を反射し、二つの影が交錯した。

六

先ほどまで聞こえていた蟬《せみ》の声も遠のき、新九郎は無我の境地をさまよっていた。

すべての懊悩《おうのう》は消え去り、周囲の万物と一体化したかのような感覚が生まれてきた。

――心を空《くう》にするのだ。

それ以外に己を救う方法はないと、新九郎は信じていた。

やがて新九郎は座したまま浮き上がった。実際には浮き上がっていないのだが、体表の感覚が消え、浮き上がったように感じられるのだ。

それが只管打坐《しかんたざ》の境地である。

――このまま息絶えてもよい。

そう思った時である。誰かの足音が聞こえてきた。

「坐禅《ざぜん》の最中に申し訳ありませぬが、客人がおいでです」

障子越しに聞こえた雑掌《ざっしょう》の声によって、新九郎の体は冷たい板敷きの上に下ろされた。続いて圧するばかりの蟬の声がよみがえり、新九郎は三井寺上光院《みいでらじょうこういん》の一室にいることを思い出した。

ゆっくりと目を開くと、真っ暗の堂内とは対照的に、広縁越しに見える庭は、真夏の陽光を浴びて明るく輝いている。

「客人とは誰か」

「伊勢盛定様と——」

その名を聞いた時、様々な思いが去来した。

——わしは父上と会うのか。

しかし己の犯した罪を思えば、いつかは会わねばならない。

「お通し下され」

いったんその場を去った雑掌は、すぐにもう一つの影を伴って戻ってきた。

「新九郎」

その声こそ、幼い頃に郷里で待ちわびた父のものだった。

「父上、お久しゅうございます」

「達者にしておったようだな」

「父上こそ、お変わりなく――」

二人が顔を合わせるのは、約一年ぶりである。

「あれから、ここにおったのか」

「はい、山城国《やましろ》の山野をさまよった挙句、こちらの門を叩きました」

新九郎の対面に座した盛定は、思い切るように問うてきた。

「それで――、心の平穏を取り戻せたか」

「いいえ。いかに長く坐禅したからといって、兄を殺した者が禅定《ぜんじょう》の境地に達することはありませぬ」

新九郎の脳裏に、あの時のことがよみがえった。

室町殿の前で一騎打ちとなった貞興と新九郎は、当初、互いに殺し合う気などなかった。しかし刃を合わせるうちに、男の本性が頭をもたげ、二人は本気で斬り合った。

気づいた時、新九郎の眼前に兄が横たわっていた。

都での生活が長い貞興は、剣術の稽古など全くしていなかったに違いない。一方の新九郎は、伊勢の丹生御所で武芸の鍛錬《たんれん》を怠らなかったため、いつしか兄を追い越していたのだ。

兄を殺して茫然としているところに、細川勢が駆けつけてきた。一色勢と細川勢は入り乱れて争い、やがて双方は、戦いながらどこかに移動していった。

混乱に乗じて義視も姿をくらまし、その場には、新九郎と貞興の遺骸だけが取り残された。

貞興は血だまりの中に倒れていた。

その顔には苦悶《くもん》の色一つなく、ようやく安住の地を見つけたかのような喜びに溢れていた。

しばし茫然とした後、ようやくわれに返った新九郎は、貞興の体を揺すり、懸命に名を呼んだ。しかし貞興は、二度と目を開けなかった。

「いまだ得度《とくど》しておらぬようだな」

新九郎の心中を推し測るように、盛定が問うた。

「それがしは望みましたが、三井寺の長吏《ちょうり》（別当《べっとう》）が、出家を許してくれませぬ」

「そうであったか」

盛定が、ほっとしたようにため息をつく。

その面からは、かつての精悍《せいかん》な面影が消え失せ、鬢《びん》の白髪も目立つようになっていた。

「新八の死は、わしに責がある。そなたが苦しむことではない」

盛定は肩を落とすと、経緯《いきさつ》を語った。

義視が政界に復帰することで、自らの復権が妨げられると思った伊勢貞親は、ひそかに義視を亡き者にしようとした。しかし義視の復帰は、義政と細川勝元の意向であり、同陣営の貞親が、それを邪魔するわけにはいかない。そこで西軍の一色勢を買収し、義視を襲わせた。その際に、貞親と一色義直の連絡役となったのが貞興だった。

すでに応仁の乱は、細川方も山名方もなく、有力大名や幕臣が、それぞれの思惑で動き始めていた。盛定と貞興は、そうした複雑な蜘蛛《くも》の巣に知らぬうちに絡め取られ、目先のことしか見えなくなっていたのだ。

「そなたも知っておると思うが、あの後、すぐに義兄上は復権した」

応仁二年閏《うるう》十月、貞親が政所執事の座に返り咲く。

一方、北岩倉《きたいわくら》の聖護院道興の山荘に逃げ込んだ義視は、これを聞いて驚愕《きょうがく》し、細川勝元に貞親復帰を阻止するよう要請した。ところが、すでに義視に愛想を尽かしていた勝元は、逆に義視に出家を勧めた。

「これに怒った今出川様は、愚かにも西軍に身を投じたのだ」

同年十一月、身の危険を感じた義視は、山名宗全の懐に逃げ込んだ。これを喜んだ宗全は義視を新将軍に擁立、ここに東西二人の将軍が並立することになった。

新九郎が人質となったことも、これで水泡に帰した。それどころか、あの時、貞興に義視を渡してしまえば、このような混乱も起こらなかった。兄を討ってまで守った男は、己の権力欲を満たすためだけに行動する小才子《こざいし》にすぎなかったのだ。

「それがしは、かようなお方を守るために、兄上を殺したのですね」

「あの時のそなたの立場を考えれば、致し方なきことだ」

盛定の慰めの言葉が、空《むな》しく聞こえる。

「新九郎よ、世の中は不条理ばかりだ。一つの不条理に囚《とら》われると、二つ目の不条理も受け入れねばならぬ。それを繰り返しているうちに、目先の物事しか見えなくなる。わしも新八もそうだった。その挙句がこの様だ。新八が死に、わしも多くのことに気づいた。だがもう遅い。わしは都の魔の一人と化している。だがそなたは違う」

「いいえ。兄上を殺した時から、それがしも魔の一人になったのです」

「いや、そんなことはない。都の魔に絡め取られぬうちに、そなたは都を出るのだ」

――都の魔、か。

都の魔物たちが織り成す情勢は混沌《こんとん》を極めていた。

細川方いわゆる東軍は将軍義政を頂点に、次期将軍候補の義尚（五歳）、日野富子、日野勝光《かつみつ》（富子の兄）、管領の細川勝元、畠山政長、赤松政則《まさのり》、斯波義敏、そして伊勢貞親といった面々であり、動員兵力は二十四ヵ国十六万を数えた。

一方の山名方いわゆる西軍は、将軍を僭称《せんしょう》する義視、管領の斯波義廉、山名宗全、大内政弘、畠山義就、一色義直、さらに伊勢貞藤《さだふじ》といったところで、動員兵力は二十ヵ国十二万に達していた。

西軍は幕府と同様の統治機構を備えたため、西幕府と呼ばれるようになる。

貞親庶弟の貞藤は、以前から義視に寄り添い、兄貞親を追い落とそうと画策しており、義視の将軍職就任に伴い、西幕府の政所執事の座に就いていた。

遂に伊勢本家も分裂したのだ。

西幕府に欠けているのは天皇だけとなり、宗全は吉野《よしの》に人を送り、草木をかき分けるようにして南朝末裔《まつえい》の人物まで探していた。

「ようやく京洛《きょうらく》の地での戦乱は下火になった。そろそろ、そなたに備中に戻ってほしいのだ」

「備中に――」

「そうだ。備中に戻り、わが所領を統治してもらいたい」

「何を仰せか」

「新九郎、人はいつまでも過去を引きずって生きてはいけぬ。わしは、そなたに前を向いて生きてほしいのだ。冥途《めいど》の新八も同じ思いでいるはずだ」

　盛定の瞳には、光るものがあった。

「兄上を討ったそれがしに、かようなまねができましょうか。それより、それがしに出家得度をお許し下され。父上のお許しがあれば、長吏も納得いたします。所領は、弥次郎に託せばよいではありませぬか」

「それができぬは、そなたも分かっておろう」

　戦乱によって諸国の農地は荒れ果て、荘園《しょうえん》領主たちは、これまでのように年貢が徴収できなくなっていた。しかも所領の管理に手を抜けば、在地土豪たちに押領《おうりょう》を許してしまう。そのため諸大名は京洛の地を後にし、所領のある本貫地に戻らねばならなくなっていた。

　荏原郷三百貫の地も危機に瀕《ひん》していた。しかし貞親の片腕である盛定は帰郷できず、備中守護代の庄《しょう》氏とその家臣が、じわじわと伊勢家の所領を侵し始めていた。

「周囲の人望が厚い弥次郎なら、立派に父上の跡を取れます」

「庶腹《しょばら》の弥次郎では、幕府に顔が利かず、その支援も得られぬのは知っておろう」

盛定の言うことは尤もである。守護代勢力の違法行為を停止《ちょうじ》させるためには、将軍御教書か奉書が必要であり、盛定に何かがあった場合、それを出させることは、伊勢本家に伝手《つて》がない弥次郎には無理である。

「しかし、兄上を討ったそれがしが、父上の所領を相続するなど——」

「何を甘えておる！」

父の一喝が静寂を破る。

「そなたは誰のために生きておる」

「誰のため——、と仰せか」

「それでは、そなたの命は誰のためにある」

新九郎は言葉に詰まった。

——わしは、なぜこの世に生まれたのか。兄上を殺したにもかかわらず、わしだけ、なぜ生き長らえておるのか。

「わしや亡き新八は、民のために、よりよき世を創ろうとしてきた」

「民のためと——」

「そうだ。われらは民のためにある。将軍家も管領も四職も皆、そう思っておる」

「しかし、それならばなぜ、かような戦火によって民を苦しめるのですか」

「それはな――」

盛定は、苦しげに顔をしかめると言った。

「われらは囚われ人だからだ。分かりやすく申せば、われら高位の者どもは地位や財に縛られ、それが利害を生み、利害の反する相手を斃《たお》さねばならなくなる。つまり、われらは魔と化しておるからだ」

「父上も、そうした魔の一人と仰せか」

「そうだ。わしはそうした魔の中に新八を放り込み、その命を失わせた。それと同じ轍《てつ》を、そなたに踏ませたくはないのだ」

盛定が口惜しげに板敷きを叩く。

「そなたは都の政争とは離れた場所で、民のために生きてくれ」

「それでは父上は、いかがなされますか」

「わしはもはや手遅れだ。動き出した車輪の一つと化した者は、車が動きを止めるまで、回り続けねばならぬ」

盛定は幕府要人の一人であり、それを放り出すには、自らの地位を継ぐ者を立てるしかない。しかし己の代わりに新九郎を立てれば、貞興同様、新九郎を魔境に引き込むことになる。

「幸いにして、そなたはまだ若い。備中で土と共に生きることもできるはずだ」

新九郎の脳裏に、備中で待つ仲間たちの顔が浮かんだ。

——所領を継ぐことが財を築くことではなく、民のために尽くすことになるのなら、話は違う。それが兄上の遺志であるなら、なおさらだ。

「父上、分かりました。それがしは備中に戻ります」

「分かってくれたか」

涙を流さんばかりに喜ぶ盛定には、老いの影が迫っていた。

「わしも若ければ、政争から距離を取り、そなたのように大地に根を下ろした生き方ができたはずだ」

櫓のように組み上げられた人間関係に縛られ、思うようには生きられない父や、志半ばで斃れた兄のためにも、新九郎は所領を守らねばならないと思った。

——民のために、か。

新たな生きがいを見つけた新九郎は、勇躍して故郷備中に戻っていった。

七

「たった今、息を引き取りました」

大道寺太郎の太い腕の中で、老婆が力なく首を垂れていた。

「間に合わなかったか」

乳鉢《にゅうばち》に入れた薬草をすりつぶしていた新九郎が、口惜しげに手を止める。

「これだけ瘧《おこり》（疫病《えきびょう》）が流行《はや》れば、われらだけでは、いかんともし難い」

従兄弟の平三郎が、新九郎をとがめるように言う。

「あきらめてはいかん。もうすぐ笠岡《かさおか》の湊《みなと》に船が入る。明日にも弥次郎が、唐渡《からわた》りの薬と兵糧を荷駄に載せて戻ってくる」

一隻の大船を借りた新九郎は、いまだ疫病の広がっていない北九州の博多《はかた》に送り、私財をはたいて食料と漢方薬を調達させていた。

「おぬしは、昨日も同じことを言ったぞ」

平三郎の冷たい視線を背に感じつつ、救恤《きゅうじゅつ》小屋を出た新九郎は、口に幾重にも巻いた手巾《しゅきん》を外すと、庭の大木に身をもたせかけた。

——われらのしていることは無駄なのか。

寛正年間（一四六〇－一四六六）以来、旱魃や長雨、さらに蝗《いなご》の異常発生により、畿内周辺諸国は、未曾有《みぞう》の不作に見舞われていた。それに輪をかけるように、戦乱が地方に飛び火し、耕作地は荒れ果て、農耕を放棄した百姓たちは流浪《るろう》の民と化し、京に流れ込んでいた。むろん、京に行ったところで食べ物などなく、大半の者が飢えの中で死んでいった。

そうなれば疫病が蔓延《まんえん》するのは、時間の問題である。

京を中心に同心円状に広がっていった疫病は、備中にも達し、多くの民が罹患《りかん》した。

これを憂えた新九郎は、私財をなげうって領内に救恤小屋を作り、民の救済に努めた。しかし疫病の猛威は、とどまるところを知らず、多くの民が苦悶のうちに死んでいった。

時は文明十二年（一四八〇）二月、新九郎は元服を済ませて盛時《もりとき》と名乗り、二十五歳になっていた。

その間にも、様々なことがあった。

文明五年（一四七三）正月、将軍義政を陰で操っていた〝伊勢の狐〟こと伊勢貞親が死去したのを皮切りに、応仁・文明の乱の主役であった山名宗全と細川勝元が、三月と五月に相次いで病没し、乱は終結に向かった。

これを機に同年十二月、義政が将軍職を息子の義尚に譲ると、盛定も家督を新九郎に譲り、隠居の身となる。

こうした変化により、戦乱は去ったかに見えたが、実際は地方に飛び火しただけであり、伊勢家も、それと無縁ではなかった。

文明八年（一四七六）二月、桃子の夫・今川義忠が遠江《とおとうみ》で討ち死にを遂げた。応仁・文明の乱が地方に飛び火した結果である。

これにより桃子は、嫁入り後、わずか八年で未亡人となった。桃子の許には、一男一女が残されたが、息子の竜王丸《りゅうおうまる》は六歳と幼く、その後の今川家中の評定で、竜王丸の元服まで、従弟《いとこ》の小鹿新五郎範満《おしかしんごろうのりみつ》という男が、当主を代行することになった。

新九郎は、姉とその幼い息子が心配でならなかったが、駿河と備中では、あまりに離れており、二人の無事を祈るしかない。

「新九郎様」

振り向くと、菜穂が心配そうに見つめていた。

「具合がお悪いのですか」

「心配要らぬ。少し疲れただけだ」

「とは申しても、お顔色が――」

「心配要らぬと申したはずだ！」

新九郎の強い口調に、菜穂がたじろぐ。

「すまぬ」

新九郎は菜穂の腕を取って引き寄せると、優しく抱きしめた。

昨年、二人は祝言を挙げ、すでに菜穂の腹には、新九郎の子が宿っていた。

「わしは無力だ。死にゆく者たちに何もしてやれぬ」

がっくりと肩を落とした新九郎を、今度は菜穂が抱きしめた。

「嬰児《やや》のためにも、気をしっかりとお持ち下さい」

――そうであったな。

新九郎には、菜穂とその腹の赤子という、守らねばならない存在ができていた。

――わしは、民と家族を守っていかねばならぬ。

新九郎が気を取り直した時である。

「兄者！」

こちらに走り来る弥次郎の姿が目に入った。

「弥次郎か。待っておったぞ！」

新九郎の顔に笑みが広がる。

「それが兄者――」

しかし、息せききってやってきた弥次郎の顔は、曇ったままである。

「どうした。糧秣《りょうまつ》はもう積み下ろしたのか。唐渡りの薬はどこにある」

「兄者、どうか心して聞いてくれ」

新九郎の肩を摑み、その瞳を見つめつつ弥次郎は言った。

「船が座礁《ざしょう》した」

「今、何と申した」

「われらの船が玄界灘《げんかいなだ》に沈んだのだ」

その言葉の意味が、新九郎には理解できない。

「それは――、それはどういうことだ」

「笠岡の湊で待っていると、早船が着き、われらの船が沈んだことを知らせてきた」

そう言いつつ、弥次郎が懐から何かを出した。

「これは――」

「わが家の船に翻《ひるがえ》っていた幟《のぼり》だ」

それは、伊勢家の紋所である変わり対《むか》い揚羽蝶《あげはちょう》が描かれた幟だった。

「幸いにして船子たちは、後続する別の船に助けられたが、積荷《つみに》は、すべて海の藻屑《もくず》と消えた」

かつて船の舳《へさき》に翩翻《へんぽん》とはためいていた幟を抱き、新九郎は言葉もなかった。

「兄者、無念だが、いつまで待っても、もう何も届かぬのだ」

弥次郎が肩を落とした。


すぐさま一族郎党を集めた新九郎は、善後策を講じるべく評定を開いたが、もはや誰にも私財を供出する余力はない。

――何とかして金を集めねば。

皆で知恵を出し合ったが、これといった妙策は浮かばない。しかしその中に、備中守護代の庄元資《しょうもとすけ》が、兵を集めているという話があった。

十四歳の管領・細川政元《まさもと》が、丹波《たんば》の国人・一宮宮内大輔《いちのみやくないたいふ》に誘拐《ゆうかい》されたので、それを奪還しに行くというのだ。

実は、これにも土地をめぐる根深い問題があった。

文明五年に病死した父勝元の家督を継いだ政元は、その時、わずか八歳だった。それゆえ、守護代や細川家内衆《うちしゅう》（家臣団）の傀儡《かいらい》とされ、彼らの望むままに所領の宛行《あてがい》状を発行したため、細川領の在地国人たちの所領が侵食され始めた。それに抗議しても、いっこうに埒《らち》の明かないことに業を煮やした一宮宮内大輔は、政元を拉致《らち》するという強硬手段に出たのだ。

これに驚いた細川家内衆は、同じ一宮一族の賢長《かたなが》、有力内衆の安富元家《やすとみもといえ》、そして備中守護代の庄元資に、宮内大輔の討伐と政元の奪還を命じた。

政元を救出すれば多大な恩賞に与《あずか》れると聞いた新九郎は、この作戦に参加することにした。

いよいよ出発は明日となり、留守を託した平三郎らとの打ち合わせが亥《い》ノ下刻（午後十時頃）に終わった。

皆を門まで送った新九郎が、湯浴みをしてから寝所に入ると、菜穂が待っていた。

「先に寝に就くよう申し付けたのに、まだ起きていたか」

「いよいよ明日、御出陣というのに寝てはいられませぬ」

「それもそうだな」

新九郎は優しく微笑むと、菜穂の手を取った。

「新九郎様も、いよいよ合戦に行かれるのですね」

「ああ、そういうことになる」

これまで褒賞金《ほうしょうきん》のことしか頭になかったが、実際は合戦に赴くのであり、命を危険に晒《さら》すことになる。そのことに初めて気づいた新九郎は、己の浅はかさに思わず苦笑した。

「これが、初陣《ういじん》となられるわけですね」

「そういえば、そうだな」

慌しい日々を過ごしてきたため、すっかり忘れていたが、これが新九郎の初陣となる。

——敵が降伏すれば戦うこともなかろうが、合戦となれば、何があるか分からぬ。

新九郎は、気を引き締めねばならぬと思った。

しかし今夜だけは、それを忘れたい。そう思った新九郎は菜穂の肩を抱き、その腹を大切そうに撫でた。

「あと、どれほどで生まれる」

「さて、半年ほどでしょうか」

「帰ってくるまでに生まれぬとよいのだがな」

「戦が長引かねば間に合います」

「そればかりは分からぬ」

菜穂を抱き寄せると、日向《ひなた》に干した飼葉のような心地よい香りが鼻腔に満ちた。

「新九郎様は、ずっとこの地で暮らされるのですか」

唐突に菜穂が問うてきた。

「今更、何を言う。わしはこの地で、菜穂や子らと生涯を送るつもりだ」

「それなら、よいのですが――」

「何を案じておる」

菜穂が不安げに身をよじった。

「新九郎様が、どこか遠くに行かれてしまうような気がしたのです」

「いかにも、京との行き来は多くなるだろう。それでも本拠はこの地だ」

父の盛定が衰えれば、宗家を支えるために京に行くことは多くなる。しかし、申次を勤めるのは父の代までということで、宗家の了解を取っているため、徐々に京の政界から遠ざかり、備中に根を下ろしていくことになるはずだった。

「それを聞いて安心いたしました」

「この地以外に、わしの生きる場所などない」

それが、この時の新九郎の偽らざる心境である。

「本当に、どこへも行かぬと約束していただけますね」

「ああ、わしは菜穂の側を離れぬ」

「うれしい」

その薄い唇をやや上に向け、菜穂が接吻《せっぷん》を求めてきた。

新九郎は、己の言葉を裏付けるかのように唇を重ねると、強く菜穂の唇を吸った。

「ああ」

その吐息こそ、新九郎の帰るべき場所だった。


備中守護代・庄元資勢の一部隊に組み込まれた備中伊勢勢は、播磨《はりま》から丹波に転戦し、政元の救出と一宮宮内大輔の討伐に協力した。さらに、京まで政元を警固するという役に就いたため、細川家から多額の褒賞金をもらうことができた。これが縁で、後に新九郎は細川政元と親しい関係になる。

この時にもらった砂金で、商人に薬の手配を任せた新九郎は、五月、残る砂金を米《べい》穀《こく》に替え、意気揚々と帰途に就いた。

米俵を載せた荷駄を連ね、三月《みつき》ぶりに新九郎は故郷に帰ってきた。

思っていたより順調に事は運び、多額の褒賞金を得た新九郎は、一刻も早く皆の喜ぶ顔が見たかった。しかしこの間、転戦している新九郎の居所は一定せず、故郷との連絡は途絶《とぜつ》していた。

今年は早魃や長雨に襲われなかったためか、故郷の田には、すでに稲穂が実り始めている。

「今年の物成《ものなり》はよさそうだな」などと話しながら、高越山の見渡せる地までやってくると、帰郷を告げるべく先行させていた山中才四郎が、血相を変えて戻ってきた。

「何を慌てておる」

その様子が可笑《おか》しく、新九郎は弥次郎らと高笑いしながら才四郎を迎えた。

ところが才四郎は真顔のまま、その黒々とした双眸《そうぼう》に涙を浮かべているではないか。

「いかがいたした」

ようやく新九郎も異変に気づいた。

「ああ、新九郎様」

「何があったのだ！」

「菜穂様が――」

その場にくずおれかけた才四郎の肩を掴み、新九郎が問うた。

「菜穂がどうした！」

「菜穂様が、菜穂様が瘧にかかられたのです」

「何だと！」

次の瞬間、新九郎は駆け出していた。

背後から、弥次郎たちの「行ってはなりませぬ」という声が聞こえたが、新九郎は聞く耳を持たない。

——そんなことがあってたまるか。

新九郎は同じ言葉を呟《つぶや》きながら、畔《あぜ》を走り、小川を跳び越え、館に走り込んだ。

「菜穂！」

「待て、新九郎」

庭にいた平三郎が、背後から新九郎を抱き止めた。

「放せ！」

「行ってはならぬ」

「放せと言うに」

新九郎が足技を掛けて平三郎を倒した。

「この馬鹿者め！」

背後から平三郎の罵声《ばせい》が聞こえたが、構わず新九郎は館内に飛び込んだ。

「新九郎様、お帰りか！」

草鞋を脱ぐのももどかしく、三和土《たたき》から式台に上がった時、奥から大道寺太郎が駆けつけてきた。太郎は平三郎同様、新九郎から留守を託されている。

「菜穂はどこだ！」

「申し訳ありませぬ」

その場に平伏《ひれふ》した太郎の語尾が、嗚咽《おえつ》にかき消された。

「なぜだ。菜穂は嬰児を宿しておるゆえ、救恤小屋には近づけてはならぬと申し渡したはずだ」

「われらも菜穂も、その言い付けを守りました。しかし病魔は、どうしたわけか菜穂に宿ってしまったのです」

疫病は、蠅を介して離れた場所にも伝播《でんぱ》する。それゆえ運が悪ければ、どこにいても罹患してしまう。

「菜穂は――、菜穂はどこにおる」

「奥の間におりますが、行ってはなりませぬ」

すぐに奥の間に向かおうとする新九郎の袖を、太郎が取った。

「新九郎様を近づけてはならぬと、菜穂も申しております」

「放せ」

太郎の腕を払った新九郎は、「菜穂！」と大声で叫びつつ、奥の間に向かった。

「菜穂、帰ったぞ」

最も奥まった間の障子を開けると、菜穂らしき女人が衾《ふすま》をかぶり横たわっていた。

「来てはなりませぬ」

かすれてはいたが、その声音は、間違いなく菜穂のものである。

構わず衾を撥《は》ねのけ、新九郎は菜穂をかき抱いた。

「来てはなりませぬ。来ては――」

菜穂は、新九郎に顔を背けるようにして泣いていた。

その腹は、すでに臨月を迎えているため大きく膨らんでいたが、菜穂の顔に生気はなく、そのやつれた頰《ほお》には、すでに死相が表れていた。

「菜穂、わしが治してやる」

「もう手遅れです」

瘧の症状による進行具合は、すでに皆に知れわたっていた。菜穂もそれを知らぬはずはなく、すでに自らの寿命を覚っているのだ。

「もう行って下さい。この病を新九郎様にうつしてしまったら、菜穂は、死ぬにも死にきれませぬ」

「何を言うか。かような病など、わしが治してみせる。もし治せぬなら共に死のう」

「そのお言葉を聞けただけで、もう思い残すことはありませぬ」

菜穂が寂しげに微笑む。それは、すべてをあきらめた者だけが浮かべられる笑みだった。

「われらは、この地で共に生きると誓ったではないか」

「そうでしたね」

菜穂の瞳は、懐かしい日々をさまよっているかのように虚《うつ》ろだった。

「菜穂、わしの子を産んでくれ。そしてこの大地に、われらの生きた証《あかし》を残してくれ」

「ああ、新九郎様、菜穂もそうしたい。しかしもはや、それは叶《かな》わぬことなのです」

菜穂の嗚咽が、すすり泣きに変わった。

「兄者」

その時、背後から弥次郎のくぐもった声が聞こえた。肩越しに振り向くと、鼻と口に幾重にも白布を巻いた弥次郎たちが控えていた。

「瘧にかかった者は、どうにもなりませぬ。今は御身《おんみ》が大事」

「うるさい！」

「兄者が死ねば、われらや領民はどうなります。ここは当主として――」

「うるさいと申しておる！」

菜穂を横たえた新九郎が向き直った。

「わしは室と子さえ守れぬ男だ。そんな男に民を救うことなどできぬ」

「何を仰せです。備中伊勢家の所領で救恤策を講じていると知った諸国の民は、兄者を慕って流れ込んできております。かの者らには、兄者以外に頼るものとてなく――」

「それが、菜穂をこんな目に遭わせたのだ。わしが救恤小屋など建てたばかりに、こんなことになったのだ」

涙が止め処《とど》なく出てきた。

「兄者」

弥次郎が、その朴訥《ぼくとつ》そうな顔を厳しく引き締めた。

「それがしは兄者を買いかぶっておりました。兄者こそは三国一、いや日本国一のお方だと常々、皆に申し聞かせていたそれがしが間違っておりました」

「何だと」

「菜穂殿と嬰児がそれほど大事なら、御身をもっと大切にして下され。兄者の命は己一個のものにあらず、われら家臣や民のためにあるはず」

「新九郎様」

その時、背後から菜穂の声がした。

「弥次郎様が仰せの通りです。どうか弥次郎様のお言葉に従って下さい」

「嫌だ。菜穂、わしは、そなたなしでは生きられぬ！」

再び菜穂を抱きしめようとした新九郎の背に、弥次郎が覆いかぶさった。

「放せ、弥次郎！」

「放しませぬ。断じて放しませぬ！」

間髪入れず、さらにその背後から、大道寺太郎と笠原平左衛門が新九郎の両腕を取り、室外に引きずっていった。

「菜穂！」

新九郎の叫びが館を揺るがせた。

一週間後、菜穂は息を引き取った。

商人に矢のような催促をしたにもかかわらず、遂に唐渡りの薬は間に合わず、菜穂には、何の治療もしてやれなかった。

それでも諸国からやってくる民により、救恤小屋は溢れかえり、彼らを救うために、備中伊勢氏とその配下の者たちの蔵は空になった。気づけば新九郎も、借財まみれになっていた。

新九郎の許には、引きも切らず掛け取り（借金の取り立て）がやってくるので、新九郎は、悲しみに浸る暇さえなかった。

その後、幸いにして瘧は下火になり、救恤小屋にいた人々は、水が引くように故郷に戻っていった。

しかし新九郎には、大きな借金ができていた。

それを返済することは、領主としての責務である。それゆえ、新九郎は大きな決断をした。

文明十五年（一四八三）十月、二十八歳になった新九郎は故郷を後にし、京に向かった。

父親の跡を継ぎ、将軍申次になるためである。

備中の土と共に生きることを誓った新九郎だったが、掛け取りから逃れるためには、申次になるしかなかった。礼金や圭幣《けいへい》（賄賂《わいろ》）といった実収がある申次になることで、商人たちの信用が増し、取り立てが収まるからである。

ちょうど都では、義政の政界からの隠退もあり、新将軍・義尚のために政所執事を継いだ伊勢貞宗（貞親嫡男）が、新九郎を呼び寄せたことも幸いした。

京の政争に巻き込まれることは新九郎の本意でなかったが、背に腹は替えられない。

新九郎は菜穂の思い出を断ち切り、再び故郷を後にした。

八

復興の槌音《つちおと》が響く室町小路を進み、室町殿に入った新九郎は、九代将軍義尚に拝謁した。

それは極めて短いもので、新九郎を紹介された義尚は一言、「大儀」とだけ言って奥に引っ込んだ。

これでは、さすがの新九郎にも、今年十九歳になった将軍義尚の人となりを推察することはできない。

対面の儀が終わった後、申次衆の執務室の一つを与えられた新九郎が、することもなくぼんやりしていると、慌《あわただ》しくやってきた同朋《どうぼう》が、来客を告げてきた。

誰が来たのかを問い返す暇もなく、渡り廊下を大股でやってくる音が聞こえると、束帯《そくたい》姿の小太りの青年が、ずかずかと入室してきた。

無言で見つめる新九郎に青年が言う。

「今日は公家と会っておったので、こんな格好をしておる。そなたが、ようやく参ったと聞き、着替えずに駆けつけてきた」

小太りの青年は、「随分と狭いな」などと呟きつつ上座に着くと名乗った。

「細川右京大夫政元である」

「ああ、あの――」

ようやくその少年が誰であるか、新九郎は思い出した。

「十四の時、そなたに助けられたな」

文明十二年三月、一宮宮内大輔に誘拐された政元を奪還した部隊に新九郎もいた。しかもその時、政元を京まで送り届ける役割まで担ったため、政元とは顔見知りになった。

「その節は世話になった」

その悠然とした態度は、さすが細川京兆家の当主と思わせるが、常の人とは違う変わり者の雰囲気を漂わせており、新九郎は直感的に、ある種の危うさを感じた。

「当然のことです」

相手が恩義に感じているのなら、それを否定することもないが、新九郎は元来が控えめであり、こうした言葉が、つい口をついて出てしまう。

その時、外で同朋と会話する声が聞こえ、さらに一人の男が入室してきた。

「新九郎、待っておったぞ」

「これは七郎様」

本家当主の伊勢貞宗である。

貞宗は政元を追ってきたらしく、顔をしかめると言った。

「京兆家様、所在を小姓か近習に言いおいていただかねば困ると、あれほど申し上げましたのに」

「分かっておる」

政元は、うんざりしたように肩をすくめる。

どうやら誘拐されてこの方、政元は常に誰かに監視されており、それに嫌気が差し、姿をくらますことが多くなっているらしい。

「して、お二人は何用で、かようなむさ苦しいところにおいでになられたのですか」

二人のやりとりに痺《しび》れを切らした新九郎が問う。

「そうであった。わしがここに来たのは、ほかでもない。七郎、申し聞かせよ」

ようやく用件を思い出した政元が、貞宗に説明を求めた。

「ああ、はい」と言いつつ咳払いした貞宗は、威儀を正すと語り始めた。

「知っての通り、われらは、将軍家をお守りする立場にある」

貞宗が続ける。

「ところがだ。隠居したはずの前《さき》の将軍家（義政）が実権を手放さぬのだ」

ここのところ伊勢貞親、山名宗全、細川勝元、日野勝光（文明八年に死去）といった幕府内の実力者が相次いで死ぬという幸運に恵まれた義政は、図らずも権力を取り戻した。しかし義政は、すでに政治への意欲が失《う》せており、正室の富子や側近の操り人形と化していた。

一方、九歳で将軍となった義尚は、長ずるにつれ政治の実権を掌握したがった。しかし義政側近の御前沙汰衆《ごぜんさた》は、それをよしとせず、義政に政治権力を握らせ続けた。

諸国の荘園や所領が、在地勢力に強奪されつつあるこの頃、権力を持つ者には、所領安堵の陳情が相次ぎ、その圭幣や礼金が莫大《ばくだい》なものになっていたからだ。義政側近は、その権益を手放したくなかったのだ。

これに怒った義尚は、髻《もとどり》を落として出家すると言い出したり、この年の六月には、室町殿を出て伊勢貞宗邸に移ったりするなどして、義政に抗議を続けたが、義政も富子も聞く耳を持たないため、遂に酒浸りの日々を過ごすようになっていた。

「このままでは、幕府は終わりだ。何としても政治を一新せねばならぬ」

「一新と申されますと」

「決まっておる。奉行衆から実権を取り上げ、将軍親政を行うのだ」

二人の話は、いつ果てるともなく続いた。

――やれやれ、やはり魔境に踏み入ることになったか。

京に来て早々、政争に巻き込まれることになった新九郎は、苦笑しつつも、二人の話に耳を傾けた。

九

室町殿を出た新九郎は、下賜《かし》された支度金を携え、商家が軒を連ねる室町に向かった。

室町殿から室町の町屋が連なる地区までは、徒歩で小半刻もかからない。

室町小路をぶらぶらと歩いた新九郎が入ったのは、「土倉《どそう》鍵屋」と大書《たいしょ》された暖簾《のれん》の掛かった店である。

土倉とは納屋（倉庫業）や問丸《といまる》（運送業）同様、この時代の貸金業者であり、担保の質草を納める土壁の蔵が敷地《しきち》内にあるため、そう呼ばれるようになった。土倉には、酒屋を兼業で営んでいる店が多いが、鍵屋はすでに酒屋を廃業したらしく、店の周囲はひっそりとしている。

新九郎の場合、備中から多くの借財を背負ってきた。しかし備中商人が、京の都まで取り立てに行くのは手間である。それゆえ彼らは、それを債権としてまとめ、割り引いて土倉鍵屋に売り、鍵屋が新九郎から取り立てることになったのだ。

実質的な天下人が日野富子だったこの時代、富子は、政治や軍事にほとんど関心を示さず、利殖と蓄財に精を出していた。

応仁・文明の乱の間、東西両軍の諸大名は、富子から高利の金を借りて戦い続けたため、富子の所有する富は、莫大なものになっていった。

それに倣《なら》った土倉という質屋兼銀行は、富子から金を借りられぬ中小の武士たちに金を貸し、身代《しんだい》を急速に膨らませていた。

金融の時代が到来したのだ。

鍵屋の暖簾をくぐると、数人いる奉公人が一斉に振り向いた。

しかし、彼らは挨拶などしない。土倉に来るのは客ではなく、借金を頼みに来る者か、返しに来る者に限られているからだ。

「幕府申次衆、伊勢新九郎盛時」

新九郎も負けじと仏頂面《ぶっちょうづら》で名乗った。

「お待ちしておりました」

帳台に座していた奉公人が無愛想に言うと、奥に来るよう無言で合図した。

黙ってそれに従った新九郎は、広縁伝いに奥の間に向かった。

鍵屋の店構えは小さいが、奥行きは随分と広く、中庭には大ぶりな蔵を二つも備えている。その庭の端に積み上げられた酒壺からは、かつての鍵屋の本業が察せられる。

——商人は、その時々で最ももうかるものを扱うというが、今の時代、それは金なのだ。

そんなことを、つらつら考えていると、かすかな芳香が漂ってきた。

——これは、かつて嗅《か》いだことのある匂いだ。

新九郎は記憶をまさぐり、この香りが、伊勢の丹生御所にやってきたお満の方のものと同じであるのを思い出した。

——まさか主人は女か。

「主人はこちらにおります」

そう言うと奉公人は、そそくさと店頭に戻っていった。

新九郎が「御免」と言って障子を開けると、麝香《じやこう》の香りが鼻をついた。

主人とおぼしき女は、顔も上げずに帳付けをしている。

「お座りやしておくれやす」

文机《ふづくえ》を隔て、新九郎は女と正対した。

「随分と——」

女は、うつむいたままかすかに微笑んだ。

「借りはったんやねえ」

「まあな」

借金をしている者の常として、新九郎が悠然と答えると、その開き直ったような態度が可笑しかったのか、女は唐扇子を口に当てて笑った。

よく見ると、﨟長《ろうた》けたよい女である。

――年の頃は三十半ばか。

色は透き通るように白く、染み一つない。白粉《おしろい》の上に薄く紅を差しているためか、その肌には、ほんのりとしたほてりが感じられる。

「こない借りて、どないされたんどすか」

その艶やかな打ち垂れ髪が、この女の財力と品性の高さを表していた。

「いや別に――」

思わず女に見入ってしまった新九郎は、さりげなく視線を外した。

「女が主人で驚いたんどすか」

「うむ」

「主人が一昨年、身罷《みまか》りまして、以来、店を取り仕切っております」

「それは――」

お悔やみの言葉を述べるにしては少し前のことでもあり、新九郎は口ごもった。

新九郎の様子を見た女は、「くす」と笑うと、己の魅力を知る者特有の自信に溢れた態度で、科を作りつつ頭を下げた。

「申し遅れました。主の阿茶《あちゃ》どす」

新九郎は、室町の土倉の後家《ごけ》・阿茶女《じょ》から十一貫五百六十文を借りている。後に新九郎が、幕府に「分一《ぶいち》徳政」の申請をしていることから、この一件が記録に残った。

むろんこれは「分一徳政」の申請額であり、実際はこの十倍になる。これを現在価値に換算すると一千百〜一千二百万円にも上り、当時の物価からすると途方もない額である。

「わが名は知っておろう」

「当たり前どす。掛け取りが借金してる方の名を知らんで、どないしはります」

阿茶の笑いが室内に響いた。

新九郎は、己が笑われているような気がして鼻白んだ。

「これが当座の支払いだ」

憤然として新九郎が巾着《きんちゃく》袋を投げた。

がちゃりという音とともに膝の前に落ちた袋を拾った阿茶は、袋の中の唐銭を数えると、それを証書に記し、朱印を捺《お》して返してきた。

「まだ、先は長おすね」

「そのようだな」

「どうやって返すのどすか」

「分からんでは困りますな」

再び阿茶が、唐扇子を口に当てて笑った。

その隙間から一瞬、のぞいた八重歯には、愛らしさと酷薄さの双方が混じっていた。

「分からんものは分からん」

「伊勢様とは、ほんまにおもろいお方どすな」

それが皮肉でないことは、阿茶の瞳を見れば明らかである。

十

文明九年（一四七七）九月、最も好戦的な畠山義就が、従兄弟《いとこ》の政長と決着をつけるべく河内国に下ったことで、応仁・文明の乱は終結の好機を迎えた。

十一月、西軍の最大勢力である大内政弘が東軍に降伏し、帰国することになった。

降伏といっても、周防・長門《ながと》・豊前《ぶぜん》・筑前《ちくぜん》といった領国を安堵《あんど》された上、幕府から新たに所領を下賜《かし》されてのものである。

大内政弘ほどの大物が、将軍の前にひれ伏すという形を取ることにより、幕府は面目《めんぼく》を保ち、政弘は実利を得たのだ。

さらに美濃《みの》の土岐成頼《しげより》や、能登《のと》の畠山義統《よしむね》といった西軍の残存勢力も相次いで帰国し、西幕府が解体される形で、乱は終息した。

ところが、いまだ和睦に反対する者がいた。

義視である。

西幕府の将軍にまで祭り上げられた義視が幕閣に許されるはずはなく、京に残っていれば、何らかの処罰が下されるのは明白である。

義視は息子の義材《よしき》を伴い、執政的立場の斎藤妙椿《みょうちん》を頼って美濃国に落ちていった。

翌文明十年（一四七八）七月、前将軍義政は赦免の御内書を出して義視の帰国を促したが、義視は美濃国茜部《あかなべのしょう》荘に引き籠り、これを拒否した。細川政元や伊勢貞宗による謀殺を恐れてのことである。

それから六年、義政、義尚、富子の使者が、相次いで義視の許を訪問したが、それでも義視は動かず、遂に文明十六年（一四八四）秋、最後の手段として、新九郎に白羽の矢が立った。

かつて、兄を殺してまで義視を助けた新九郎が命の保障をすれば、義視も信用すると思ったのだ。

東山道《とうさんどう》を使い、近江国を経て美濃国に入った新九郎は、斎藤妙椿の歓待を受けた後、義視父子の引き籠る茜部館に向かった。

「伊勢新九郎盛時に候」

「久方ぶりだの」

十六年ぶりにあい見える男の鬢《びん》には、薄く霜が置かれ、その頰肉も垂れ下がってきていた。

しかしその瞳だけは、かつてと同様、小飛出のように爛々《らんらん》と輝いている。

「お久しゅうございます」

「息災であったか」

「おかげさまで」

「あの折は――」

男の言葉にわずかに感情が籠る。

「そなたのおかげで助かった」

「当然のことをしたまでです」

義視が感慨深げに言った。

「わしのために、そなたは兄を討ったのだな」

その言葉の裏には、明らかに羨望《せんぼう》の念が込められている。

――わしが、どれほど辛き思いをしてきたか、この御仁には到底、分からぬのだ。

他人の心境に思いが及ばない義視という人間の本性は、少しも変わっていなかった。

「初めに断っておくが、そなたに懇願されようと、わしは都に戻らぬぞ」

「はい。分かっております。それがしごときが『お戻り下され』とお願いしたところで、容易にお聞き入れいただけないことは、重々、承知しております」

「それでは、かようなところまで何用で参った」

新九郎が威儀を正す。

「此度は、今出川様の御本意を伺いに参上しました」

「本意だと――。それは伊勢の狐の差し金か」

伊勢の狐とは、義視の政敵にあたる貞宗のことに違いない。義視にとっては、亡き貞親も息子の貞宗も同じ狐に見えるのだ。

「さにあらず」

「では、そなたの意思で、わが本意を問いに来たと申すか」

「いかにも」

「笑止。知恵者のそなただ。わしから将軍家乗っ取りの言質《げんち》を取り、それを兄上（義政）のお耳に入れようというのであろう」

——人の思考というものは、己が、そうするであろうことから逃れられぬ。

子供の頃、どこかの寺で聞いた講話を、新九郎は思い出していた。

「いいえ。それがしは、今出川様が前の将軍家をどうしたいかなどに、関心はございませぬ」

「では、何をしに来た」

「向後、今出川様がいかなる御政道をお考えか、その一点だけをお伺いいたしたしたく、ここまで参りました」

「いかなる御政道だと」

義視の目が、小飛出のように落ち着きなく中空をさまよう。

——やはり存念などないのだ。

新九郎は義視の真意を確かめたかった。その存念（理想）次第では、義視を義尚の執政に据えてもいいとさえ思っていた。それは貞宗も承知しており、富子の意向を別とすれば、敵対する両陣営唯一の妥協策でもある。

「わが存念は――」

大きく息を吸うと、義視が胸を張った。

「足利将軍家の復権にある」

――ああ。

軽い失望を覚えつつも、新九郎はなおも問うた。

「それは何のために」

「将軍家の威権を取り戻せば、いや、等持院《とうじいん》様（足利尊氏《たかうじ》）の頃より、さらに将軍権力を強化できれば、諸侯は幕府の命に従い、世は静謐を取り戻す」

「それを本気でお考えか」

「当たり前だ」

――それは詭弁《きべん》にすぎぬ。この男は権力を独占し、己とその取り巻きを利する政治を行いたいだけなのだ。

かつて鎌倉北条氏は得宗《とくそう》専制を布き、その権力を強めた。しかしその先に待っていたのは、北条氏だけの栄華であり、何ら民に益するものはなかった。

新九郎には、今の体制のままで室町幕府の権力を強化したところで、民のためにならないことが分かっていた。幕府に巣食う大半の奉公衆や奉行衆は己の利権だけを追い求め、民に富を還元しようなどと思っていないからだ。

——民のための新たな世を築くためには、新たな仕組みが必要なのだ。

父盛定の言葉が脳裏をよぎる。

「わしや亡き新八は、民のために、よりよき世を創ろうとしてきた」

しかし父も兄も、知らぬ間に都に巣食う魔の一部となり、その存念とは、ほど遠い生き方しかできなかった。

——だが、わしは違うぞ。

新九郎は威儀を正すと言った。

「今出川様の御存念、しかと肚に落ち申した」

「ということは、伊勢の狐に与《くみ》さず、わが意を受けた者となるのだな」

「さにあらず」

「ではどうする」

「伊勢新九郎はいまだ若輩《じゃくはい》にて、進むべき道が分かりませぬ。それゆえ、その道が見つかるまで、どちらにも属さぬ所存」

「そうか、勝手にせい」

そう言うと、義視は座を立った。

――わしはあの時、兄を殺し、この男を生かした。それは世にとって、何の益にもならなかったのだ。

今年最後の落ち葉を誘うように、初冬の風が吹き抜ける中、新九郎は、今後の身の振り方をどうすべきか考えていた。

十一

衝立《ついたて》の向こうで、かすかな衣擦《きぬず》れの音をさせつつ、阿茶が話しかけてきた。

「新九郎様は、これからもずっと幕府にお勤めなさるのどすか」

「あらたまって何を言う」

節《ふし》くれ立った腕で頭を支えつつ、見るでもなく鍵屋の中庭を見ていた新九郎が、そのままの姿勢で問い返した。

「新九郎はんの器《うつわ》は、ここの幕府には入りきれまへんで」

幕府は日本国に一つしかないが、何かを扱う床店《とこみせ》のような阿茶の言い方が、新九郎には可笑しかった。

「そうも思わんと、これほどの借金、とても返していただけるとは思えまへんさかい」

「ははは、そうかもしれぬな」

「いかさま、な」

長年連れ添った夫婦のように、二人は声を合わせて笑った。

初めて会って以来、給金をもらう度に鍵屋に行った新九郎は、常に奥座敷《ざしき》に呼ばれ、阿茶に直接、金を渡した。

それが何を意味するかは、さすがの新九郎にも分かっていた。しかし高位の者として、自分の方から誘うことはできない。

何度目かに、「このままでは、五十年かかりますな」と言いつつ笑った阿茶が、次の間に通じる襖《ふすま》を開けると、そこは阿茶の臥所《ふしど》（寝室）だった。

それから関係ができた。

初めて会った時から、新九郎はそれを予感していたし、阿茶が求めているのも知っていた。

阿茶の肌は、透き通るように白く弾力があり、新九郎が唯一知る菜穂の肌とは、似ても似つかぬものだった。

阿茶の体に耽溺《たんでき》しつつも、新九郎は、己の腕の中で震えていた黒くか細い菜穂の肩が、この上なく愛おしいものに感じられた。

勘のいい阿茶はすぐにそれに気づいた。戯れ言のように「ほかに想女《おもいめ》がおるんとちゃいますか」と問う阿茶に、「わが室は、腹の赤子と共に瘧《おこり》にやられて死んだ」と答えると、二度とそのことに触れなかった。

阿茶と今は亡き主人とは、かなりの年の差があり、子はできなかったという。どうやら睦《むつ》み合うことも、さほどなかったようだ。

主人は阿茶の商才を見込んで後妻にもらい、店を託したという。その唯一の遺言が、店の利益の一部を、山科にある本願寺という一向宗の寺に寄進し続けてほしいというものだった。つまりそのために、商才があると見込んだ阿茶に後事を託したというのだ。

石山御坊という新興宗派が、どのようなものかは知らないが、名うての商人を取り込んでしまうほど魅力ある宗派であることは間違いない。

そのほかにも阿茶は、寝物語に様々なことを教えてくれた。

それは主に、お金の流れる仕組みと商売についてであり、新九郎には驚きの連続だった。

阿茶の説く政治とは「経世済民《けいせいさいみん》」、つまり為政者の義務は、世に静謐をもたらし、民を救済することであり、具体的には、民が生産した物資を流通させ、交換によって生み出された富を、民に配分する仕組みを構築することだという。

為政者つまり幕府の存在意義は、様々な産業分野で、そうした仕組みを構築し、それを運用管理していくことにあると、阿茶は言った。

確かに幕府の監視の目が行き届かないと、座のように、何事にも閉鎖的かつ独占的な仕組みが横行し、富を独り占めしたがる者が跡を絶たない。

人とは哀《かな》しいもので、つい己の利だけを考えて行動してしまう。これは本能なので致し方ないが、そうさせない仕組みを構築すれば、皆に平等に富が行き渡る社会が到来するというのだ。

「その流れを速め、さらに大きな流れにしていくことが、うちら商人の務めどす」

それこそが商人の矜持《きょうじ》とばかりに、阿茶が胸を張った。

――政治とは、金のめぐりをよくすることなのだ。

阿茶の話は、ほかの誰の話よりも新九郎の肚に落ちた。

着替えの終わった阿茶が、盆に載せた碗《わん》と菓子を運んできた。

「これは抹茶《まつちゃ》といって、唐から入ってきたものどす」

茶の湯については新九郎も聞き知っていたが、喫するのは初めてである。

最初は、あまりの苦さに顔をしかめた新九郎だったが、その後に訪れた、脳の奥にまで染み入るような爽快感には驚かされた。

菓子は日本にあるものとは全く違い、押せば弾力があり、何かを膨らませたもののようである。

「これは何だ」

「カスティーリィアという菓子どす」

口に入れると、甘い香りが広がった。

「鶏卵《けいらん》と小麦粉に砂糖を混ぜて、釜で焼いて作ると聞きますが、堺《さかい》でしか作れまへんので、お高いものどす」

「こんな物まで入ってくるのか。交易とは不思議なものよの」

「唐と交易すれば、考えもつかないものが入ってきます」

「あれもそうか」

阿茶の部屋に来る度に聞き損ねていたが、床の間の脇の違い棚に飾られた球形の物体に、新九郎は興味を持っていた。

「これどすか」

阿茶はそれを持ってくると、ぐるぐると回した。

その球形の中央には軸が貫いており、手で回すことができる。

「これは玩具の類か」

「いいえ、これをくれはった方によると、これが世界というものだと、唐人が申していたそうどす」

「世界――」

「よく分かりませんが、この世のすべてとのことどす」

問答に飽きたのか、阿茶が新九郎の首に手を回してきた。

「もしや、これはこの世すべての絵地図ではないか」

「そんなこと、どないやてええでっしゃろ」

「しかし、どうして球形なのだ」

「知りまへん」

阿茶は、新九郎の首から背にかけて接吻していた。

「一人の男が成せることは、どのくらいのものだろうか」

「何どす」

阿茶が愛撫《あいぶ》をやめて、新九郎の顔をのぞき込む。

「一人の男が成せることを広さで表すと、どれほどになる」

そこまで言って、新九郎は戸惑った。

――備中の一部を治めるだけでも、あれだけ苦労したのだ。人一人が楽土を築けるのは、ほんの一郷か二郷か。いや、狭い土地は外部の影響を受けやすい。逆に日本国すべてを楽土にしてしまえば、よいのではないか。

新九郎は、日本国の四囲に海がめぐっていることを幸いだと思った。これにより、諸外国との間に一線を画せる。

「よし」

「どないしはったん」

「わしは、この国に楽土を築く」

「はあ」

新九郎の心中などおかまいなしに、阿茶の愛撫に熱が入ってきた。

「男はんは、何かを決めた時が一番、頼もしおす」

新九郎の視線は、その球形の物体から離れなかった。

十二

文明十九年（一四八七）正月、伊勢貞宗の口利きにより、新九郎は正室を娶った。足利義尚《よしひさ》の弓馬指南《きゅうばしなん》を務めている小笠原《おがさわら》備前守政清《まさきよ》の娘・華子《はなこ》である。

伊勢家と並び武家故実《こじつ》の家として名高い小笠原家は、幕府中枢部に深く食い込んでいる家柄の一つであり、家格からしても釣り合いの取れた相手だった。

婚礼の日、新九郎は初めて新妻を見た。

器量は十人並だが、話してみると聡明《そうめい》で、妻に迎えるには申し分ない相手だった。

すでに三十二歳となっていた新九郎にとって、妻は情熱の対象ではなく、子を産み、家と家を結び付ける鎹《かすがい》の役割を果たしてくれさえすれば、それでよかった。

この年の暮れ、新妻は、新九郎の名跡《みょうせき》を継ぐことになる氏綱《うじつな》を生む。

阿茶と最後に睦み合ったのは、その少し前だった。

事が終わった後の寝物語に、室を娶ることを告げると、阿茶は顔色一つ変えずに、

「今日限り、仕舞いにしまひょ」と言った。

新九郎が「すまぬ」と答えると、阿茶は「すまんことなど、なんもありゃしまへ

ん。こんな日が来ることを、うちは分かってはったさかい」と言い返してきた。

それを聞いた新九郎は突然、阿茶が愛しくなり、激しくかき抱いた。

阿茶の豊満な体をまさぐる新九郎に、阿茶は、からからと笑いながら言った。

「もう会わへんと言うてんのとちゃいます。借金は残っとるさかい、それが終わるまで会わなあきまへん」

新九郎は、上方商人の図太さに驚かされた。

だがその数日後、鍵屋に借金を返しに行った折、あの日、阿茶が泣いていたことを、新九郎は、親しくなった番頭からそっと教えられた。


妻を娶ったこの年、新九郎の京での生活も五年目を迎えた。

ここ数年、豊作が続き、故郷にいる弥次郎からの仕送りも多くなり、借金も三分の一ほどは返せた。

様々な人物とも出会った。

新九郎と同じ中次衆の荒川又次郎《あらかわまたじろう》こと荒川宮内大輔《くないのたいふ》政宗《まさむね》とは、とくに親しくなった。その伝手で遠山直景《なおかげ》という人物とも知り合った。

遠山家は美濃国遠山荘の出身で、将軍の護衛をする走衆《はしりしゅう》を務める名門である。

二人とも、後に新九郎の家臣になるべく駿河に下向してくる。

また、変わった人物とも知り合いになった。

有滝《ありたけ》（在竹）兵衛《ひようえ》という若者である。兵衛の実家は摂津堺で商家を営んでいるが、兵衛は庶腹なので居場所がなく、実家を飛び出して京に移り、曲物《まげもの》や日用品を売り歩いているという。いつの間にか伊勢家にも入り込み、新九郎と顔を合わせることも多くなった。

兵衛は諸国の事情に精通しており、京から容易に離れられない新九郎のよき耳目《じもく》となってくれた。商才にも優れ、次々と新規の客を開拓していく手腕には、なみなみならぬものがあった。

新九郎は後に兵衛を家臣とし、商業政策を担当させることにする。

新九郎の周りには、磁場に鉄が引きつけられるように、様々な特技を持つ人材が集まり始めていた。

そんなある日、その一報が駿河国から届けられた。

「駿河に行かせてくれだと」

伊勢貞宗が驚きの声を上げた。

「姉の桃子が、とにかくこちらに来てほしいと申しておるのです」

「行ってどうする」

「今川家の家督を、竜王丸様に取らせる所存」

「そなた一人で、それができるというのか」

「やってみねば分かりませぬ」

「それはそうだが――」

考え込む貞宗に代わって、細川政元が言った。

「駿河今川家の家督相続の儀は、前の将軍家が『亡父上総介《かずさのすけ》義忠一子の竜王丸に駿河今川家の家督を相続させる』という御内書を下し、正式なものとして認められたではないか」

政元の言う通り、文明十一年（一四七九）十二月、桃子から要請を受けた貞宗が、前将軍の義政に働きかけ、家督相続を認めるという御内書を下させていた。

「ところが姉からの書状によると、『竜王丸様元服まで、従弟の小鹿新五郎範満殿が家督を代行する』という取り決めを新五郎が守らず、それを催促したところ、竜王丸様母子を捕らえようとしたとのこと」

文明八年、遠江で討ち死にした義忠の後継の座をめぐり、今川家では義忠嫡男で六歳の竜王丸を支持する一派と、小鹿範満を支持する一派に分裂した。

これを憂えた関東管領の山内上杉顕定《やまのうちうえすぎあきさだ》と相模《さがみ》守護の扇谷上杉定正《おうぎがやつうえすぎさだまさ》は、定正家臣の太田道灌《おおたどうかん》を駿河に派遣し、調停を試みた。顕定と定正は古河公方《こがくぼう》・足利成氏《しげうじ》と戦闘状態にあり、後背地となる駿河の安定を望んでいたからである。

道灌は両派の間に立ち、「竜王丸様元服まで小鹿新五郎範満殿に守護職と家督を代行させる」という妥協案を双方に認めさせた。

「つまり竜王丸が、元服してもおかしくない年になったにもかかわらず、新五郎が、駿河守護職と今川家家督を譲らぬというのだな」

貞宗が、苦虫を噛《か》みつぶしたような顔をする。

「譲らぬどころか、母子を殺害しようと企《たくら》んでおるようです」

「そんなことが、できるはずあるまい」

政元が憤然として言う。だが幕府の威権は地に落ちており、幕府が軍勢を駿河に送り、母子を守ることなどできようはずもない。

「では、こちらに来るよう伝えたらどうか」

「まずは、それを勧めてみますが——」

「桃子殿が聞く耳を持つかどうかわからぬというのだな」

貞宗が新九郎の言葉を引き取る。

「とは言っても、そなたが単身、駿河に赴き、何ができるというのだ」

政元が当然のことを問う。

――その通りだ。わし一人に何ができる。

だが、ここでそれを考えていても始まらない。

「それがしにできることは――」

新九郎は、大きく息を吸い込むと言った。

「新五郎を討つことくらいでしょうな」

二人が顔を見交わす。

「そなた一人で新五郎を討つと申すか」

「いかにも」

政元が「正気か」という顔をしている。

「竜王丸を支持する者たちは、どれほどおる」

「今川家御一門の瀬名《せな》、関口《せきぐち》、新野《にいの》らは竜王丸様を、宿老の三浦《みうら》、朝比奈《あさひな》、庵原《いはら》、由《ゆ》比《い》らは新五郎を支持しておるとのこと」

「勝ち目はあるのか」

「正直に申せば、御一門は、これまで同格だった小鹿家が台頭するのを嫌い、竜王丸様を支持しておるだけ」

「つまり、あてにならぬというのだな」

「姉によると、そのようです」

「さようなことか」

貞宗が考え込む。

幕府政所執事の貞宗にとって、伊勢の血の流れる者が、駿河を治めるに越したことはない。そのまま新九郎が駿河今川家の執政の地位にでも就けば、いざという時に上洛軍を興してもらえる。

「そうだな」

貞宗が膝を叩くと言った。

「何ができるか分からぬが、とにかく行ってみてくれ」

「ありがたきお言葉」

新九郎が深く平伏した。

これにより、新九郎の駿河行きが決まった。

駿河に下向するということは、幕府申次と奉公衆を辞さねばならない。それでは貞宗が困ると言うので、新九郎は、故郷にいる弥次郎を己の代わりとして呼び出そうとした。

しかし弥次郎が京に常駐することになれば、荏原荘を守っていくのは容易でない。この時代、幕府の威権は失墜《しっつい》し、領主不在の所領は、守護代や近隣の在地勢力などに侵食されてしまうからである。

新九郎は、故郷を捨てる決断を下した。

荏原荘を祖父の代に枝分かれした庶家に売り払うことを命じた新九郎は、弥次郎に、母親の猪乃をはじめとした一族郎党を引き連れ、京に移住するよう勧めた。

弥次郎も、それに従うと言ってきた。

これにより備中伊勢本家は、その本貫地である荏原荘との縁を断つことになった。

――これが、本当に最後の別れなのだな。

荷造りを済ませた新九郎は、伊勢邸の庭に出ると、西の空を仰ぎ、しばし感慨にふけった。

菜穂と生まれることのできなかった嬰児の墓に、せめて花の一つも手向けたかったが、駿河の情勢は予断を許さず、故郷に戻っている暇はない。

——すまぬ。

西の空に向かって手を合わせた新九郎の頰には、一筋の涙が伝っていた。

この時、新九郎は父盛定の言葉を思い出した。

「新九郎、人は、いつまでも過去を引きずっては生きていけぬ。わしは、そなたに前を向いて生きてほしいのだ」

——父上、仰せの通り、新九郎は前だけを見て生きていきます。そして父上や兄上が成したくても成し得なかったことを、必ず成し遂げてみせます。

空に光る一番星が、やけににじんで見えた。

——菜穂、さらばだ。

茜色《あかねいろ》に染まる西の空に別れを告げた新九郎は、身を翻すと、すでに漆黒《しっこく》の闇に覆われた東の空を見つめた。

——この先に何があるかは分からぬ。しかし、己の足を地にしっかりと着けていれば、恐れるものなど何もない。

駿河の内訌を治めることで、新九郎の身に何が起こるのか、この時の新九郎には見当もつかなかった。

この後、所領の整理をして備中から京に移ってきた弥次郎に、仕事の引き継ぎを済ませ、室を託した新九郎は、長《ちょう》享《きょう》元年（一四八七）九月、単身で駿河に向かった。
伊勢新九郎盛時、三十二歳の秋だった。

第二章　雲蒸竜変《うんじょうりゅうへん》

一

淀川《よどがわ》を下って大坂から廻船《かいせん》に乗った新九郎《しんくろう》は一路、駿河《するが》を目指した。

常であれば陸路を使うのだが、一刻も早く駿河に着きたいため、阿茶《あちゃ》に便宜を図ってもらったのだ。

廻船は紀伊《きい》半島を回って遠州灘《えんしゅうなだ》から駿河湾に入り、七日後、駿河国焼津《やいづ》の小川湊《こがわみなと》に着いた。

——ここが駿河か。

忙しげに行き来する商人や人足をかき分けて桟橋《さんばし》に下りた新九郎は、北東の空を眺めた。

幸いにしてこの日は快晴で、見事な富士《ふじ》が望めた。むろん富士を見るのは初めてである。

──あの山の向こうには、何があるのだ。

新九郎の関心は、富士よりも、その先にあるものに向いていた。

東国には平らかな地が広がり、大小の河川が入り組んでいるという。だが、そこに住む者たちの気質は荒く、土地への執着も強いと聞く。

西国の人々にとって、富士の向こうの東国は〝化外《けがい》の地〟と認識されており、行ってみようなどと思うのは、よほどの物好きか歌人くらいのものである。

しかし実際には、海の道のおかげで、西国と何ら変わらぬ文化を持ち、農耕に適した沃野《よくや》を耕す農民たちの生活も、西国とさして変わらないという。

そうした話を、新九郎は阿茶から聞いていた。

「どいた、どいた！」

「邪魔だ。失《う》せろ！」

荷駄人足の一団から怒声を浴びせられ、茫然《ぼうぜん》と富士を眺めていた新九郎はわれに返った。

──随分《ずいぶん》と賑《にぎ》やかだな、

小川湊の喧噪《けんそう》は、大坂かと見まがうばかりである。

黒石川《くろいしがわ》河口にできた小川湊は、皇室の御厨《みくりや》や貴族の荘園《しようえん》から集められた米穀《べいこく》の積出《つみだし》港《こう》として『万葉集』にも歌われており、良港の少ない駿河国では、貴重な港の一つとなっていた。

この地を治めているのは、竜王丸《りゆうおうまる》派の中心人物・長谷川《はせがわ》次郎《じろう》左衛門尉《ざえもんのじよう》政宣《まさのぶ》である。政宣は別名・法永長者《ほうえいちようじや》と呼ばれる商人土豪で、「山西《やまにし》の有徳人《うとくにん》（金持ち）」として、今川家中で独自の地位を保っていた。

その法永の館城《やかたじろ》は、黒石川を少しさかのぼったところにある。

「このような茅屋《ぼうおく》に、よくぞ、おいでいただけた」

すっかり禿《は》げ上がった法永の頭部は、海に生きてきたその半生を物語るかのように、なめし皮のような黒い光沢を放っていた。

——年の頃は六十前後か。

一見、年齢不詳にも見えるその顔には、童子《わらし》のような人懐《ひとなつ》っこい笑みが浮かんでいる。

「わが身一つで、どれだけお力になれるか分かりませぬが、よろしくお引き回しのほどを」

新九郎が丁重に頭を下げる。

「何を仰せか。幕府申次《もうしつぎ》まで勤められた伊勢《いせ》殿が来られたということは、将軍家のお墨付きを得たも同じ。これでどっちつかずの国衆たちも、竜王丸様にひれ伏すことでしょう」

国衆とは国人、土豪、地侍の総称である。

応仁《おうにん》・文明《ぶんめい》の乱以降、幕府の権威は失墜し、畿内では、幕府の威令が行き届かなくなっていた。しかし地方に行けば、いまだに幕府の権威は重んじられている。

「して、わが姉と竜王丸様はいずこに」

「丸子谷《まりこ》に隠しております」

法永によると、数年前、今川家の駿府《すんぷ》館にいることに身の危険を感じた桃子《ももこ》と竜王丸が、何の前触れもなく、法永の許《もと》に逃れてきたという。

法永は本拠の小川《こがわ》城に二人を迎え入れたが、小川城は、法永が「茅屋」と謙遜《けんそん》するように、堀と土塁が一重の方形居館《ほうけいきょかん》にすぎず、二人を守る要害たり得ない。そのため、与党の一人・斎藤加賀守安元《さいとうかがのかみやすもと》の所領がある丸子谷泉ケ谷《いずみや》に館を築き、そこに母子を匿《かくま》っていた。

丸子館には、斎藤一族と共に法永の長男・元長《もとなが》と法永の弟・藤兵衛《とうべえ》が詰め、二人を警固しているというが、それでも兵力は百に満たない。

法永によると、東西から山が迫る丸子谷なら小川城よりはましだが、敵が本気で攻め寄せてくれれば、ひとたまりもないという。そのため、泉ヶ谷の近くの三角《みかど》山に築かれた斎藤氏の詰城・丸子城に、一朝《いっちょう》ことあらば籠る手はずになっているという。

「こちらの方が、逃げやすいと思われますが」

湊に近い小川城の方が、いざという時に脱出しやすい。

「いやいや、小鹿《こじか》殿は伊豆《いず》の公方《くぼう》様の家宰・犬懸上杉政憲《いぬかけうえすぎまさのり》殿と血縁関係にあり、その配下の伊豆海賊を動かすことができます。それゆえ、海から逃れることは至難の業かと」

伊豆の公方様とは、前将軍・足利義政《あしかがよしまさ》の異母兄にあたる政知《まさとも》のことである。かつて新九郎を魅了したお満の方の嫁ぎ先である。

六代将軍・義教《よしのり》の次男として生まれた政知は、七代将軍義勝《よしかつ》、八代将軍義政《よしまさ》の二人が嫡出《ちゃくしゅつ》であるのとは異なり妾出《しょうしゅつ》だった。そのため幼少時に天龍寺香厳院《てんりゅうじこうごんいん》の喝食《かっしき》とされた。

政知の運命が変わるのは、この時をさかのぼること三十年前の長禄《ちょうろく》元年（一四五七）である。

当時の関東は享徳《きょうとく》の乱の最中にあり、幕府の支援を受けた上杉方と古河《こが》公方の間で、熾烈《しれつ》な抗争が続いていた。旗頭を必要とした上杉方が、新たな関東公方を任命してほしいと望んだため、それに応えた将軍義政は、庶兄《しょけい》の政知を還俗《げんぞく》させて関東に派遣した。

しかし鎌倉入りを前にして、当時の相模《さがみ》守護・扇谷《おうぎがやつ》上杉持朝《もちとも》と利害が対立した政知は、鎌倉入りを断念して伊豆の堀越《ほりごえ》に居を構えた。これが、堀越公方府の起こりである。

以後、関東の戦乱から距離を取りつつ、独自の勢力の扶植《ふしょく》に努めた政知は、犬懸上杉政憲の補佐により、東国で隠然たる力を持ち始めていた。

「そうしたことから、丸子谷にご移座いただいたのですな」

「はい、敵の大軍が迫っても、丸子城に籠れば、何日かは防げますからな」

「して、その後は――」

「その後のことなど、考えようもありませぬ」

苦笑いを浮かべながら、法永が首を左右に振った。

「お二人を助けてくれる勢力など、周囲にはおりませぬ」

「つまり、後詰のない籠城を続けるしかないと仰せか」

「しかり」

堀越公方政知の家宰・犬懸上杉政憲は、その娘が範満《のりみつ》の母ということもあり、強力な範満与党である。相模守護・扇谷上杉家も、範満と縁戚関係（範満の祖母が扇谷上杉家の出）なので、範満が家督を継ぐことに否はない。

頼みの今川家一門は日和見《ひよりみ》であり、あてにならない。

「分かりました。それでは、母子を京に引き取りましょう」

「いや、われらもそれを勧めたのですが、母君が頑《がん》として認めませぬ」

「なぜに」

「その理由は直《じか》に、お聞きになられた方がよろしいかと」

法永が悲しげに目を伏せた。


法永が案内に立つというのを断り、新九郎は一人、丸子谷に向かった。

谷の入口に設けられた番所で法永の紹介状を見せると、扱いが急に丁重になり、谷の奥にある館まで案内役が付いた。

曲がりくねった道をしばらく行くと、小さな館があった。

斎藤氏の館に隣接した地に建てられており、一応、鹿垣《ししがき》などをめぐらしているものの、堀や土塁はなく、攻め込まれたら、ひとたまりもないという体《てい》である。

十畳ばかりの対面の間に通され、しばらく待つと母子が現れた。

「姉上、お久しぶりです」

「新九郎殿か。ああ、立派になられた」

「姉上こそ、以前と変わらずお美しい」

おおよそ二十年ぶりにあい見《まみ》える姉は、今川家の正室にふさわしく威厳に満ちていた。しかし三十半ばの女盛りでありながら、尼僧姿であることが痛々しい。

――姉上も、様々な悲しみを乗り越えてきておるのだ。

姉の横には、今年十五歳になる竜王丸が座していた。

竜王丸は成人に何ら劣らぬ体軀《たいく》をしているが、前髪は取れておらず、茶筅髷《ちゃせんまげ》に髱《たぼ》を出した髪型が哀れを誘う。

「竜王丸様には、駿府の館に戻って後、家督相続と元服の儀を、盛大に執り行っていただきます」

いぶかしむ新九郎の心中を、桃子は察した。

すでに元服してもいい年齢に達しながら、父の名跡を継げずに、鄙《ひな》びた山里に逼塞《ひっそく》せねばならない不満を、竜王丸は抱えているはずである。しかし、その達観したような顔からは、何の感情の動きも読み取ることはできない。

——貴種なのだ。

おそらく竜王丸は、怒り、憎悪、悲しみといった感情を抱かないように育てられてきたに違いない。

「竜王丸様、それがしが母君の弟、伊勢新九郎盛時《もりとき》でございます」

「大儀である」

「はっ」

竜王丸は無口なのかめんどうなのか、それ以上、何も言わない。

「新九郎殿、われらの苦境は書状で伝えた通りです。このままでは、竜王丸様を家督に就けることはできませぬ。そなたの力で何とかならぬものか」

——わし一人で何ができるというのだ。

とは思ってみたものの、ここであきらめては京から下ってきた意味はない。

「すでに法永殿とも話してきたのですが、今は周囲の状況が悪く、とても新五郎《しんごろう》に勝つことはできませぬ。この場は、いったん竜王丸様に京にご動座いただいた上、将軍家の許で元服と家督相続の儀を執り行った後、奉公衆を率い——」

「それはならぬ」

桃子がきっぱりと言った。

「京に行ってしまえば、瀬名《せな》、関口《せきぐち》、新野《にいの》ら、われらを支持する今川《いまがわ》家一門衆も、竜王丸様の擁立をあきらめてしまいます。だいいち利のない戦《いくさ》に、幕府奉公衆が動くとは思えませぬ」

桃子の言う通りである。

伊勢家の娘だけあり、桃子は幕府内の事情に精通していた。

——姉上をごまかすことなどできぬ。

それでも新九郎は、姉に申し聞かせねばならない。

「しかし、ここにおるのは危うすぎます」

「京に戻るくらいなら、竜王丸様とわたくしは、ここで死にます」

——立派な心がけだ。

桃子は、身も心も今川家の北の方になっていた。

「それでは、どうしてもここから動かぬと仰せなのですね」

「はい、覚悟はできております」

桃子の気が強いのは承知していたが、尼僧になっても、それはいささかも変わらない。

——致し方ない。

新九郎は、母子のために知恵を絞ることにした。

丸子城では母子を守れないと思った新九郎は、法永から資金を捻出《ねんしゅつ》してもらい、小川城のすぐ近くにある高崎山《たかさきやま》の尾根の一つに、新たな城を築き始めた。

石脇《いしわき》城である。

敵が大挙して押し寄せてきても、この城ならば小川湊にも近く、船での脱出も可能と思われた。

さしもの伊豆海賊でも、海上封鎖まではできないはずであり、丸子城に籠るよりは、逃げ延びられる可能性はある。

こうした経緯から築城を開始した石脇城だったが、結局、長期戦とはならず、築城途中で放棄されることになる。

九月いっぱいを築城の差配や与党国衆との談議に費やした新九郎は、十月、頭を剃《そ》った。

といっても出家したわけではなく、敵方の様子を探るために勧進僧に化けたのだ。

丸子谷から駿府までは、安倍川《あべかわ》を隔て一里半ほどの距離である。

安倍川の渡しで船に乗り、東海道を東に向かった新九郎は、勧進の口上を述べながら、駿府の町中《まちなか》を歩き回った。

時には暇な老人などを相手にして、小鹿方の雑説を集めることもした。

小鹿範満は今川家一門衆筆頭ではあるが、一門衆の評判は至って悪く、その支持基盤は宿老や上級家臣たちであることが分かった。

確かに同格の一門衆だった者が主になるのを、快く思う者はいない。そのため範満は、三浦《みうら》、朝比奈《あさひな》、庵原《いはら》、由比《ゆい》ら宿老たちの利権を認め、彼らに推戴《すいたい》される形を取っていた。

さらに範満に兄弟や子息はおらず、範満が頼りにしているのは、外甥《がいせい》の小鹿孫五郎《まごごろう》であることも分かった。

小鹿勢の軍事指揮官の座にある孫五郎は、範満と共に関東各地を転戦し、その武名を鳴り響かせていた。しかし孫五郎を除けば、小鹿方に高名《こうみょう》の武士はおらず、二人の首さえ獲《と》ってしまえば、利によって範満を担いでいる宿老たちは、一も二もなく竜王丸に忠節を誓うはずである。

――小鹿方の結束は、意外に脆《もろ》いやもしれぬ。

それが、足で稼いだ最初の感触だった。

しかし、その中には憂慮すべきものもあった。最近、範満が駿河各地に陣触れを発したというのだ。これは国内外の評判を気にして、先代の室と子を殺すことをためらっていた範満が、なりふり構わず動き出そうとしていることを意味していた。

――猶予《ゆうよ》はない。

新九郎の焦りは募ったが、だからといって警固の厳しい駿河館に討ち入るなど、できようはずもない。

そんなある日、駿府《すんぷ》から丸子に戻る途次、安倍川の渡しにある茶屋で餅《もち》を食べていると、派手な装束の一行が入ってきた。

太鼓を提げた楽禰宜《がくねぎ》姿の者や、獅子頭《ししがしら》や天狗《てんぐ》面を背負った舞手、また、鈴やささら(竹や細い木などを束ねて作製される楽器の一つ)を持った神天子《してんじ》と呼ばれる稚児《ちご》らが、茶と餅を注文している。

その格好から、田楽《でんがく》一座とすぐに分かった。

聞きたくなくとも、一行の会話は耳に入ってきた。

それによると、範満の使者が奥三河《おくみかわ》の設楽《したら》郡までやってきて、田楽踊りを駿府館で披露してほしいと言うので、ちょうど農閑期《のうかんき》に入った折でもあり、近隣の村々から踊り自慢を集めて、駿府までやってきたという。

恐る恐る駿府館に入った一行は、意外にも歓待され、請われるままに踊ったところ、主とおぼしき貴人から多額の謝礼をもらったという。

「それは幸いでしたな」

戯言《ざれごと》を言っては沸く一行の会話に、新九郎も紛《まぎ》れ込んだ。

「幸いも何も、こんなに謝礼をいただけるとは思わなんだ」

「これだけもらえるのなら、百姓などやめて田楽だけで暮らせるな」

そんなことを言いつつ、一行は餅を頬張《ほおば》り、笑い合っている。

「駿府屋敷《やしき》の御屋形様とは、それほど田楽がお好きなのですか」

いかにも感心したという風を装って新九郎が問うと、楽禰宜の装束を着た頭目らしき男が答えた。

「好きかどうかは分からぬが、駿府館はお祭り騒ぎだ。御屋形様は、『間もなく伊豆の公方様が兵を送ってくるので、それを待って丸子谷に討ち入れば、名実ともに駿河の主だ』と言っては盃《さかずき》を干しておったわ。同朋《どうぼう》によると、ここのところ連日、酒宴続きで、ほとほと疲れておるとのことだ」

「ははあ」

それを聞いた新九郎は、暗澹《あんたん》たる気分になった。

「それで、伊豆の衆を迎えるにあたり、田楽でも披露しようと思い、われらを呼んだそうだが——」

天狗面を頭に載せた男が言うと、いかにも口惜しげに楽禰宜が話を引き取った。

「三河の田楽では、いかにも田舎臭いと仰せになり、大和の猿楽座《さるがくざ》を呼ぶことにしたそうだ」

「つまりわれらは、もう用なしということよ」

そう言いつつも、多額の謝礼をもらったという一行の舌は滑《なめ》らかだった。

「すると、大和の猿楽なら歓迎されるということですな」

「そういうことだ」

「まさか、御坊が猿楽を舞うとは申すまいな」

一同がどっと沸いた。

早速、丸子谷に戻った新九郎は、弥次郎《やじろう》あてに「備中《びっちゅう》から大道寺《だいどうじ》らを呼び出し、猿楽の装束を整え、すぐにこちらに来い」という書状を送ると、法永に策を打ち明けた。

新九郎の策を聞いた法永が「猿楽の装束や道具一式は鍵屋にそろえてもらいましょ

う」と言ったので、驚いた新九郎が「鍵屋の阿茶を知っておるのか」と問うたところ、「同じ商人ですから」と言って、意味深げな笑みを浮かべた。

啞然《あぜん》とする新九郎に、法永は「伊勢様のお役に立つことなら、阿茶殿も喜んでやりましょう」と付け加えた。

それが何を意味するかは、もはや問うまでもない。

新九郎はこの時、商人には独自の情報網が発達していることを知った。

二

弥次郎たちが小川湊に着いたのは、十月も押し迫った頃である。

「兄者、参ったぞ！」

法永や斎藤安元らと軍議をしている最中《さなか》、小川城の大手の方が騒がしくなると、弥次郎の高らかな声が聞こえた。

「おう、来たか」

長廊《ちょうろう》を軋《きし》ませるようにして、弥次郎の背後から、懐かしい面々が次々と入ってきた。

「皆、そろうておるな」

大道寺太郎《たろう》、笠原平左衛門《かさはらへいざえもん》、清水孫三郎《しみずまごさぶろう》、平井九右衛門《ひらいきゅうえもん》、山中才四郎《やまなかさいしろう》ら、備中伊勢氏被官の子弟たちが、よく日焼けした顔に笑みを浮かべて現れた。

「お懐かしゅうございます」

すでに太郎は泣き顔である。

「よくぞ来てくれた」

新九郎は、一人ひとりの手を取って礼を言った。

その時、皆の背後から、ぶらりと現れた男がいる。

「平三郎《へいざぶろう》、おぬしまで来てくれたのか」

「退屈しておったからな」

平三郎は、すでに元服して盛頼《もとより》と名乗っている。

「何と礼を申してよいか分からぬ」

「そんなものは要らぬ。それより退屈せぬようにいたせ」

平三郎がにやりとした。

「あっ」

最後に入ってきた一人に、新九郎は驚きの声を上げた。

「阿茶殿」

「お久しぶりどす」

阿茶が打ち垂れ髪を傾けて頭を下げた。

「そなたが、どうしてここに」

「事情は分かりまへんが、楽しそやと思いまして」

弥次郎が、言い訳がましく口を挟んだ。

「危険な仕事なので、思いとどまるよう申し聞かせたのですが、阿茶殿は、兄者のお役に立ちたいと申し――」

「仕方ないな」

新九郎が苦笑いを浮かべた。

猿楽の演目には「船弁慶」を予定しているため、静御前《しずかごぜん》役をどうするか、新九郎は頭を悩ませていた。小柄な才四郎にやらせるつもりでいたが、阿茶がやるというのなら、それに越したことはない。

男だけの一座に疑念を抱く者が、敵方にいないとも限らず、少しでも怪しまれることは避けねばならない。その点からすれば、阿茶の存在はありがたい。

しかし阿茶を連れていけば、危険な目に遭わせてしまうことになる。

た。

——何かよい手はないものか。

ため息をつきつつも、新九郎は初対面となる人々を紹介した後、策の詳細を明かした。

翌日から「船弁慶」の稽古《けいこ》が始まった。

シテやツレの舞手は、新九郎、大道寺太郎、笠原平左衛門が順繰りに務め、子方は、山中才四郎が務めることになった。

また、大鼓《おおづつみ》、小鼓、笛、太鼓から成る囃子方《はやしかた》は、その覚えのある平三郎、清水孫三郎、平井九右衛門らが担当することになった。

少年の頃、備中に巡業に来る猿楽師たちから舞と囃子を学び、まねごとの一座を組んだことが、こんなところで役に立つとは思わなかった。

阿茶も、かつて猿楽数寄《すき》が高じて若い猿楽師に入れ上げたことがあり、その時に猿楽を習ったことがあるというので、静御前役を任せられそうだった。

しかし、時は待ってくれない。

十一月八日、伊豆から戻った法永の廻船から、犬懸上杉政憲に率いられた三百の軍勢が陸路、駿府に向かっているという一報が入った。小鹿勢だけでも手に余るというのに、犬懸勢まで引き受けるとなると、勝ち目はなきに等しい。

——小鹿勢二百に、犬懸勢三百。それに挑むわれらは、たった二十か。

巡業の猿楽衆が、二十人を超えれば怪しまれる。

——しかし事を急がねば、母子は殺される。

翌朝、猿楽衆に化けた新九郎たち九人は、裏方に化けた法永の息子と弟、さらに斎藤安元の配下数名と共に駿府に向かうことになった。

法永と斎藤安元には、兵を率いて安倍川の渡しで待機してもらうことにした。

すべての段取りが終わった後、新九郎は、久方ぶりに阿茶と褥《しとね》を共にした。

「新九郎様と、またこうしたことになるとは、思いもよらしまへんどした」

「わしもだ」

阿茶のきめの細かい肌には染み一つなく、その弾力は衰えておらず、新九郎は、女の肌というものを心ゆくまで堪能《たんのう》した。

——これで俗世に心残りはない。

新九郎にしては珍しく、そんなことさえ思うほどだった。

男盛りでありながら、新九郎は女を抱かなくても困らない。女に未練を持つこともなく、女の肌が恋しいと思ったことさえない。

体質と言ってしまえばそれまでだが、それが執着心や嫉妬心というものを持たない性格につながっていた。

「うちが恋しくおへんどすか」

事が終わった後、ぼんやりと明日のことを考えていると、阿茶が声をかけてきた。

「そうでもない」

「正直なお方どすなあ」

「それだけが取り柄だからな」

「こちらに御内室は呼び寄せへんのどすか」

「こんな危険なところに来るわけがない」

それを聞いた阿茶が、高らかな笑い声を上げた。

「うちは物好きどすから」

新九郎は、阿茶に釘《くぎ》を刺しておかねばならぬと思った。

「やはり阿茶殿は、ここから先には連れていけぬ。明日、法永殿の船に乗り――」

「静御前役は、どないしはります」

「それは――」

今更、別の誰かを指名しても、稽古をしていないので役に立たない。静御前が舞わぬ「船弁慶」など聞いたことがない。

天上の梁《はり》を見つめつつ考え込んでいると、突然、阿茶の顔が覆いかぶさってきた。

「死ぬ時は一緒」

阿茶の紅色の唇が、新九郎の薄い唇に重ね合わされた。

長い接吻《せっぷん》が終わった。

それでも新九郎は、阿茶を現実に引き戻さねばならない。

「そなたには土倉の仕事がある。奉行人や家人もおる。そなたが死んで喜ぶのは、金を借りている者だけだぞ」

戯《ざ》れ言《ごと》を言うつもりはなかったが、ついそうなってしまい、二人は声を上げて笑った。

しばらくした後、沈黙を嫌うように、阿茶がしんみりと言った。

「うちかて、好いた男はんと、一緒に死んでみたいと思うことかてあります」

「思うのは勝手だ。しかし阿茶殿もわしも、抱えているものが多すぎる」

人は年を取れば取るほど、様々なしがらみに縛られ、多くの責任が生じてくる。新九郎も阿茶も、櫓《やぐら》のように組み上げられた人間関係の一部を成しており、それを捨てて逃げ出すことなどできはしない。

——父上や兄上がそうだったようにな。

「それでも——」

新九郎の耳元で阿茶が囁《ささや》く。

「好いた男と死んでみたい思うのは、勝手ではあらしまへんか」

いかなる事情があるのかは知らぬが、若くして老人の後妻に収まった阿茶には、財はあっても自由はなかった。たとえ死の危険があっても、そうした自由を阿茶は渇望《かつぼう》していた。

「わしとて——」

「何」

口ごもった新九郎に先を促すかのように、阿茶の瞳が懸命な光を帯びる。

「好いた女と添い遂げたかった」

菜穂の面影が新九郎の脳裏によみがえる。

思い出の中の菜穂は、よく実った稲穂の海の中で笑っていた。

——あの時、あの笑顔は、わしだけのものだった。

「うれしい。それがうちのことでなくても、新九郎はんのそない言葉が聞けてうれしい」

新九郎の骨張った胸に抱かれながら、阿茶が嗚咽《おえつ》する。

新九郎の言葉が、阿茶の知らない女のことを指していると、阿茶も重々、承知している。しかも新九郎には、歴《れっき》とした室がいる。

新九郎と阿茶には未来などなく、あるのは別れだけである。しかしそれだからこそ、二人は激しく求め合えるのだ。

――いよいよ明日、わが命運は決する。

さらに幾度か事を重ねた後、新九郎は、阿茶の寝息を耳元で聞いていた。

――死ねば菜穂の許に行ける。そう思えば恐れるものはない。だがもし事が成れば、わが身に何が起こる。

その時、新九郎の運命は劇的に変わるはずだった。

三

舞台の四囲に立てられた大篝《おおかがり》が風に舞い、激しく火の粉を散らせている。

急造の舞台は昼のように明るく、賑やかな笑い声が、新九郎たちのいる秣《まぐさ》小屋まで聞こえてくる。

支度部屋としてあてがわれた秣小屋は、化粧や衣装の着付けで人が行き交い、すでに戦場のようである。

外から聞こえてくる喧噪も高まり、上杉政憲歓迎の酒宴は今、たけなわとなっていた。

――もう小半刻もすれば、出番が来る。

舞台では傀儡師《くぐつし》が笑いを取っているらしく、時折、どっと沸くと拍手が聞こえる。

仲間に緊張を覚《さと》られまいと大きく伸びをすると、自然とあくびが出た。

それを見た阿茶が、くすりと笑う。

――ここまで付いてくるとはな。

阿茶の「死ぬ時は一緒」という言葉は本気だった。

この日の朝、安倍川を渡った一行は、鼓を叩《たた》き、笛を吹きつつ駿府の町に入った。町辻《まちつじ》を練り歩いていると、瞬く間に噂《うわさ》は広まり、昼過ぎには駿府館から迎えの者が来た。

迎えの者に「駿府の御屋形様が大和の猿楽一座をお探しと、風の噂に聞いて参りました」と言うと、その者は「間に合ってよかった」と喜び、駿府館に招き入れてくれた。

最初の難関を突破したものの、勝負はここからである。

しかも新九郎には、事を起こした後、阿茶の安全を図るという新たな責務が生じていた。

致し方なく新九郎は、平三郎に「阿茶を頼む」と依頼したが、阿茶の参加に反対していた平三郎からは、「己の女は己で守れ」と返された。

その言葉に一理あると思った新九郎は、阿茶のことを、ほかの者に頼むことをやめ、阿茶には、「混乱が起こったら、仲間と共にすぐに逃げろ」と言い聞かせた。

駿府館の大手門に至ると、身の丈六尺に及ぶ偉丈夫が床机《しょうぎ》に座し、出入りする者たちに目を光らせていた。

小鹿孫五郎である。

敵方で唯一警戒すべき孫五郎は、大手門の警備に当たっていた。

駿府館の門をくぐる時、身を寄せてきた阿茶が、新九郎の襟《えり》を直すふりをして言った。

「死ぬ時は一緒」

もはや新九郎は苦笑するしかなかった。

脇能《わきのう》、修羅《しゆら》、鬘《かずら》、雑能《ぞうのう》を終わらせ、演目は五番能の「船弁慶」に入っていた。

何せ素人集団である。ここまでも、ひやひやすることの連続だったが、範満らには酒が入っており、ろくに舞台を見ていない。

結崎《ゆうざき》、坂戸《さかど》、外山《とび》、円満井《えんまんい》といった大和四座以外の大和の猿楽座は、各地の田楽座とさして変わらぬという認識がなされており、舞や囃子の質は、大目に見られている。

弁慶役の大道寺太郎、義経《よしつね》役の山中才四郎の台詞《せりふ》も終わり、いよいよ阿茶による静御前の舞いが始まった。

若女《わかおんな》の面の上に静烏帽子《えぼし》を載せ、金銀の摺箔《すりはく》のちりばめられた唐織《からおり》を着た阿茶は、扇をひらひらとさせつつ、妖艶《ようえん》な舞いを見せた。

さすがに猿楽座の若衆に入れ上げたというだけあり、その舞いは堂に入っている。

阿茶の出番が終わると、拍手喝采がしばらく続いた。

続いて舞台に上がった新九郎は、この演目の後シテである平知盛《たいらのとももり》役である。

「われこそは桓武天皇《かんむてんのう》から数えて九代目の子孫、平知盛である」

薙刀《なぎなた》を振りかざしつつ登場した新九郎に、万雷の拍手が浴びせられる。

金襴地《きんらんじ》の法被《はっぴ》に半切《はんぎり》（袴《はかま》の一種）をはき、怪士《あやかし》の面をつけた新九郎は、黒髪《くろがしら》を振り乱し、知盛を熱演した。

手に持つ薙刀は仕込み刀となっており、紙で作られた刃の下に本物の刃が隠されている。

颪に煽《あお》られた篝火《かがりび》が火片《かへん》を散らす中、薙刀を振り回し、海も荒れよとばかりに舞う新九郎の迫力に煽られ、地謡の声が高まり、囃子方の鼓も熱を帯びてきた。

観《み》る者は皆、その迫力に圧倒され、海が荒れ、巴形《ともえ》の波が次々と押し寄せてくる様を思い描いた。

「船弁慶」では、本舞台の正中《しょうなか》で舞う怨霊の知盛が、感情の高まる部分で舞台右手に座す弁慶と義経に向かって、度々、薙刀を繰り出す。

その度に弁慶と義経は身構え、弁慶は数珠《じゅず》を握って経を唱え、義経は片膝《かたひざ》を立てて腰の刀に手をやる。この動作と時機には決まりがなく、知盛の舞いに合わせる形になる。

次第に熱を帯びる舞いに、範満らも盃を持つ手を止めて引き付けられていく。

稽古では、これほどうまく舞えなかったが、周囲の熱気に煽られたのか、新九郎は神がかったかのような舞を披露した。

舞は次第に大胆になり、薙刀の打ち込みも激しくなる。

その度に、弁慶役の大道寺太郎と義経役の山中才四郎の動きも大きくなる。

「また義経をも海に沈めんと」という台詞を叫びつつ、新九郎が、才四郎の鼻先三寸に薙刀を振り下ろした。

それを避けるように才四郎が跳《と》び退《の》く。

その時である。下がった拍子に才四郎が、背後の篝火を押し倒した。

「あっ」

誰しもが啞然とする中、炎が才四郎の着る縫箔《ぬいはく》に燃え移った。

「ひぃ！」

たちまち火達磨《ひだるま》となった才四郎が、助けを求めるかのごとく今川家の家臣たちの桟敷《さじき》に飛び込んだ。これに驚いた家臣たちは、「来るな、来るな」と叫びつつ逃げ惑う。

酒宴の座は一瞬にして大混乱となった。

しかし混乱は、範満と政憲の座の反対側で起こったので、二人は茫然とこの様を見ている。二人の傍らにいた孫五郎だけが立ち上がり、腰の太刀に手を掛け、二人を守るように前に出た。

――まだだ。

仕込み刀の入った薙刀を持ち、舞台の中央で新九郎は立ち尽くしていた。面の下の顔には、滝のように汗が流れ、目を開いていることさえ辛い。平三郎や大道寺太郎たちは舞台を下り、あたかも才四郎の後を追いかけるように散っていった。皆、家臣たちを追い散らすように走り回っている。すでに舞台の周辺に座している者はおらず、人々の耳目は、混乱の中心である才四郎に向けられていた。

才四郎は、奇声を発しながら逃げ惑っている。油を染み込ませた縫箔を着た才四郎の下着は、漆《うるし》を幾重にも塗って固めたなめし革の襦袢《じゅばん》なので、火傷《やけど》の心配はない。

「何とかせい！」

その時、ようやく範満が怒声を発した。

範満の傍らにいた孫五郎を先頭に、小姓や近習《きんじゅ》が慌てて、そちらに向かう。

一瞬、範満と政憲の周囲に人がいなくなった。

まさに天が道を開き、手招きしているかのようである。

間髪入れず舞台を飛び下りた新九郎は、薙刀の穂先の造りをはぎ取ると、範満の死角となる方角から忍び寄った。

――今だ。

音もなく一間の距離まで迫った新九郎は、拝跪《はいき》すると声をかけた。

「小鹿新五郎殿、お覚悟を」

その言葉に範満が振り向く。

「いったい、そなたは――」

その後の言葉は、首になった範満の口から発せられた。

「何者だ」

首から尾を引くように鮮血が飛び散り、それが傍らで盃を持つ政憲の顔に降りかかる。

「うわっ」

咄嗟《とっさ》に事態を察し、脇差に手を掛けた政憲だが、刀袋に入ったままの脇差を抜いただけだった。

その手首を薙刀の柄で叩き、脇差を落とした新九郎は、政憲の背後に回り、その猪《い》首《くび》に隠し持っていた鎧通《よろいどお》しを当てた。

「何をする！」

政憲が声を荒げたので、ようやく事態を覚った両家中が慌てて集まってきた。

すでに首になった範満を見下ろし、小鹿家中はただ茫然としている。

仲間はすでに逃げ散り、新九郎は敵中で一人となっていた。

「拾え」

「えっ」

「新五郎の首を拾うのだ」

新九郎の意図を察した政憲が首を拾う。

「掲げろ」

政憲が、こわごわとそれを頭上に掲げた。

政憲と共に舞台に上がった新九郎は、政憲の首に白刃を突き立てたまま大音声《だいおんじょう》を上げた。

「小鹿新五郎範満、幕命に服さず、駿河今川家を私《わたくし》しようとした罪により成敗いたした！」

「そなたはいったい――」

肩越しに政憲が問うてきた。

「それがしは――」

面を外した新九郎が大声で名乗りを上げる。

「幕府中次の伊勢新九郎盛時。幕命により駿府に下向した！」

「な、なんだと！」

「これが、前の将軍家御直筆の御内書だ」

懐から書状を取り出した新九郎は、それを政憲の眼前に示した。

「まさしく、これは――」

政憲の顔に驚きの色が広がる。

「上杉様のお命は頂きませぬ。それゆえ手出しは無用と、配下の者たちに告げて下され」

政憲の耳元で新九郎が囁いた。

「それは分かったが、わしをどこに連れていく」

「丸子谷までご同道いただく」

「致し方ない」

政憲が「手出し無用！」と怒鳴り声を上げると、狭まりつつあった輪が広がった。

ゆっくりと舞台を下りた新九郎は、背後から片手で政憲の首を締め上げ、残る手で鎧通しを突き立てたまま大手門に向かった。

ようやくわれに返り、打ち掛かろうとする小鹿家中を、犬懸家中が押しとどめている。

敵を瞬時に味方とするこの方法こそ、新九郎が考えに考えた「二十でも五百に勝てる」唯一の策だった。

——来るなよ。

心中、そう念じつつ、新九郎はゆっくりと大手門に向かっていた。

「開門を命じて下され」

「分かった」

政憲が「開門せい！」と怒鳴ると、弾《はじ》かれたように番士たちが門を開いた。

——しめた。

あとわずかで大手門に達しようとした時である。

遠くから多くの馬蹄《ばてい》の音が聞こえてきた。

「迎えに参ったぞ」

大手門の外から法永の声が聞こえた。

すべて段取り通りである。

「新九郎様！」

阿茶の声も聞こえる。

――焦るな。

そう思った時、矢が飛んできた。

それをよけようとして、政憲の首に巻きつけた腕が離れた。

「あっ」

「しまった」

這《は》いずって逃れようとする政憲に、何とか追いすがった新九郎は、政憲の裾《すそ》を摑《つか》むと、土を搔《か》く政憲を引きずって大手門の外に出ようとした。

だがその時、大手門をめぐる攻防が始まっていた。

夜空に矢箭《やせん》が飛び交い、槍《やり》の穂先や白刃がぶつかる際に明滅する火花が、夜目にも分かる。

ようやく事態を察した孫五郎が、兵を率いて大手門に駆けつけたのだ。

中に閉じ込められてしまっては万事休すである。

もがく政憲の後頭部を平手で打って気絶させた新九郎は、政憲の体を肩に担いで、

「御免」

大手門を目指した。しかし太《ふと》り肉《じし》の政憲の体は重く、途中、幾度か膝をついた。

門の方を見ると、孫五郎がその膂力《りょりょく》をいかんなく発揮し、門を閉めようとしてい

る。

——もう駄目だ。

そう思った時、大手門に阿茶が姿を現すと、閉じかかった門の間に体を挟んだ。

それを見た孫五郎と番士たちが太刀を抜いている。

「駄目だ。下がれ！」

政憲の体を下ろした新九郎が、駆けつけようとした時である。

阿茶の体を背後に押しやりつつ、前に出た影がある。それは兵ではなく、楽師の格好をしている。

「やめろ！」

新九郎の絶叫もむなしく、その影に向かって孫五郎の太刀が振り下ろされた。その影は袈裟《けさ》に斬られたが、自らの体を門に挟んだまま、閉門を防いでいる。

慌てた孫五郎は、懸命にその体を押し出そうとするが、影は懸命に踏ん張っている。

やがて門を間にして押し合いが始まった。しかし、外にいる味方の数が多いためか、門は再び押し開かれ、番士たちは逃げ散った。

門が外から開けられ、味方が突入してきた。

その場に唯一残された孫五郎は、しばらく太刀を振り回していたが、いかに豪勇の士でも衆寡《しゅうか》敵せず、最後には膾《なます》にされ、その場に斃《たお》れた。

それを見届け、政憲の体を背負い直した新九郎は、何とか大手門の外に出ることに成功した。

長谷川・斎藤両勢が、新九郎と擦れ違うようにして門内に雪崩《なだ》れ込んでいく。

門外に出た新九郎は、気を失った政憲と新五郎の首を味方に託すと、先ほど斬られた者の姿を探した。

「斬られたのは誰だ！」

身軽になった新九郎が左右を見回すと、戸板に乗せられた者が、ちょうど運ばれてきた。

「まさか平三郎か！」

「ああ、新九郎」

平三郎は弱々しい笑みを浮かべていた。

「なぜ、かようなまねを――」

「わしが行かねば、阿茶殿は死んでいたぞ。おぬしは、わしに阿茶殿を託したではないか」

平三郎は、新九郎の依頼を忘れてはいなかった。

その時、人の輪をかき分けて駆けつけてきた阿茶が、平三郎の手を取った。

「ああ。何ということに。申し訳ありませぬ」

平三郎の装束はすでに朱に染まり、その肩口からは、白い骨が露出している。

「どうやら助からぬようだな」

取り巻く人々の顔つきを見回した後、平三郎が言った。

「何を言う。手当てすれば、すぐによくなる」

「嘘《うそ》を申すな」

平三郎はにやりとすると、突然、咳《せ》き込んだ。その口から鮮血が噴き出す。

「新九郎——」

咳き込みながら平三郎が言った。

「己の存念を貫き、民が安堵《あんど》して暮らせる世を築け」

「平三郎、死ぬな！」

「新九郎、必ずや民のための世を築くと約束せい」

平三郎の腕が新九郎の胸倉を摑む。

「分かった。約束する」

「よかった」

そう言うと平三郎は目を閉じ、新九郎を摑んでいた腕がだらりと垂れた。

「平三郎、目を覚ませ、平三郎！」

新九郎の絶叫が夜空に響く。

子供の頃から新九郎に敵愾心《てきがいしん》を燃やし、何かと張り合ってきた平三郎だったが、最後は新九郎のために死んでくれた。

――これからわしは、こうした死に幾度となく立ち会わねばならぬのだ。

それを思えば、気持ちが折れてしまいそうになる。しかし新九郎は、この死を無駄にしてはならないと誓うと、思いを断ち切るように顔を上げた。

眼前では、駿府館が真紅の焰《ほむら》を噴き上げていた。

――これは古きものを焼き、新しきものを生むための焰なのだ。

傍らに寄ってきた阿茶が、しっかりと新九郎の手を握った。

そこにいる人々は皆、無言で焼け落ちる駿府館を見つめている。

新九郎の長い一日が終わろうとしていた。

駿府館を後にした一行は、勝鬨《かちどき》を上げつつ丸子谷に引き揚げた。

その時、谷の入口まで出迎えにきた竜王丸母子は、対照的な反応を示した。桃子は涙を流さんばかりに喜んだが、竜王丸は何ら感情を面に表さず、「大儀」とだけ言って戻っていった。その様が今川家当主として堂に入っており、新九郎は頼もしいとさえ思った。

人質となった上杉政憲は賓客のように遇され、以後、竜王丸を駿河の主として認め、入魂《じっこん》にしていくことを誓わされた上、ようやく解放された。丸子谷まで迎えに来た犬懸勢に収容された政憲は、そそくさと東に去っていった。

続いて論功行賞《ろんこうこうしょう》が行われた。

とは言っても、瀬名、関口、新野ら竜王丸与党の一門衆には何の貢献もなく、また、三浦、朝比奈、庵原、由比ら小鹿家与党の宿老たちは、今回の争乱にかかわらなかったため、双方の所領は増えも削られもしなかった。

没収された小鹿家の所領は新九郎、法永、斎藤安元ら直接、範満討伐に功のあった者たちに分け与えられた。

新九郎には、富士郡《ふじぐん》の下方《しもかた》十二郷が与えられた。

小川湊から出ていく船の上では、多くの手が振られていた。

阿茶が、胴の間(船の中央部)に泣き崩れているのが見える。それを弥次郎が抱え起こし、何かを言って励ましている。

やがて船上の人々の姿は見えなくなり、船も水平線に姿を消した。

「お仲間は、京や備中《びっちゅう》に戻ったのですな」

いつの間にか傍らに来ていた法永が問うてきた。

「はい。弥次郎には幕府申次を続けるよう、きつく申し渡しましたが、ほかの連中は、いったん備中に戻り、それぞれの所領を弟や庶家に託し、こちらに来てもらうことになりました」

「それがよい。伊勢殿は多くの所領を得たので家臣も要る」

小鹿家の旧領を得たことで、新九郎は家臣を養える立場になった。そうなれば、早急に家臣団を整える必要がある。

不安定な駿河の情勢を考えれば、堀越公方や扇谷上杉家が、駿河東部に食指《しょくし》を伸ばしてくることも考えられる。

「伊勢殿がこの地にお残りいただくことが、竜王丸様にとって、何よりも支えとなります」

法永が、潮で鍛えられた岩塊のような相好《そうごう》を崩した。

四

長享《ちょうきょう》二年（一四八八）六月、京にいる伊勢貞宗《さだむね》と細川政元《ほそかわまさもと》から帰洛《きらく》要請を受けた新九郎は、入れ替わるようにしてやってきた大道寺太郎らに駿河の所領の統治を託し、京に向かった。

応仁・文明の乱で灰となった京の町には、復興の槌音《つちおと》が響いていた。乱の最中、諸大名や有力武士たちに高利の金を貸し付けていた土倉が、その回収によって財を蓄え、それを低利で商人や職人に貸し付けることで、復興には弾みが付いていた。

平和が訪れれば戦はなくなり、武士階級に金の借り手はいなくなる。だが戦によって灰燼《かいじん》と帰した都を元に戻すために、新たな需要が生まれる。

――どのような時代となっても、土倉のような金貸しは必要なのだ。

土倉業を営む者たちは、町が復興して皆が豊かになれば、さらにもうかるという経済の仕組みを知っていた。それが、己の利だけを追い求める富子《とみこ》ら権力者とは違う点である。

――民は雑草のように強い。幾度となく虐《しいた》げられても、また芽を吹いてくる。この民の強さこそ、これからの時代に必要なのだ。

辻子《ずし》の間から吹いてくる白木の匂いの混じった風を受けつつ、新九郎は、経世済民の大切さを思った。

三条から五条にわたる下京《しもぎょう》から、内裏の北方《ほっぽう》、相国寺《しょうこくじ》の西に広がる上京《かみぎょう》を経て、新九郎は新築成ったばかりの細川邸に入った。

新九郎は、そこで政元から驚くべき話を耳にする。

近江国《おうみ》の鈎《まがり》に在陣している将軍義尚《よしひさ》の病状が急速に悪化し、危篤だというのだ。

その一報は当然、美濃《みの》にいる義視《よしみ》の許にも届いているはずであり、早くも義視は富子にすり寄り、息子の義材《よしき》を次の将軍職に就けようと画策しているという。

義視は富子の妹・良子《よしこ》の夫であり、富子唯一の男子である義尚を除けば、富子にとって血縁的に最も近い男子が義材となる。

義視の思惑通りに義材が将軍職に就けば、義視の独裁政治が始まるに違いなく、父の代からの政敵である細川京兆家と伊勢家は、役職や権益を剥奪されるなどして、没落を余儀なくされる。

こうした動きに対抗すべく、政元と貞宗は語らい、ひそかに堀越公方政知の次男・清晃《せいこう》を、天龍寺香厳院喝食《かっしき》として京に迎え入れていた。

清晃は、次男とはいえ正室腹なので嫡男となる。その母にあたる政知の正室こそ、かつて伊勢の丹生《にう》御所に義視を訪ねてきた満である。

奇《く》しくも、かつて仲のよかった義視と満は、それぞれの息子を将軍位に就けるべく、競い合う関係になった。

長享三年（一四八九）三月　前月より人事不省の状態にあった九代将軍義尚が、鈎の陣で逝去《せいきょ》する。義尚には男子はもとより兄弟もなく、将軍家の跡目をめぐり、内訌《ないこう》が勃発するのは確実だった。

義材を将軍位に就けようとする義視・富子・畠山義就《はたけやまよしなり》陣営と、清晃を推す細川政元・伊勢貞宗・畠山政長《まさなが》陣営の駆け引きが始まった。

息子の死により、図らずも再び権力を取り戻した義政だったが、かねてより悩まされていた中風が悪化し、この頃、床から起き上がれなくなっていた。

病により気弱になった義政は、富子からの勧めもあり、義視父子を美濃から呼び戻した。これにより義視と富子の連携は、より強固なものとなり、次第に「新将軍は義材」という雲行きになってきた。

延徳《えんとく》二年（一四九〇）正月、義政がこの世を去ると、富子は義政の遺言と称して、新将軍に義材を指名した。

これにより将軍職に義材が内定し、父の義視は、「摂行《せっこう》」と呼ばれる将軍の後見人の地位に就いた。

義材の将軍職就任は、富子なくしてありえなかったので、富子は当然、自分が政権の中心に居座り続けられると思っていた。

ところが権力を握った途端、義視は豹変《ひょうへん》し、富子をないがしろにし始めた。

四月、わずか三月《みつき》で義視と富子は決裂し、一転して富子と政元は手を組むことになる。

清晃支持に回った富子は、殺される危険の出てきた清晃を故義政の別邸・小河第《おがわてい》に入れて保護すると決めた。

これに怒った義視は翌五月、浮浪の徒に命じて小河第を襲撃させる。浮浪の徒は小河第をさんざんに打ち壊し、運び出せるものはすべて略奪した。

浮浪の徒が前将軍の別邸を破壊するなど前代未聞であり、これにより、幕府の権威は地に落ちた。

七月、義材が正式に将軍に就任することで、義視の地位は盤石となり、今度は畠山政長と手を組み、その軍事力を背景に、将軍権力の確立を図ろうとしていた。

しかも悪いことは重なるもので、同年十月、富子と義視の間に立っていた良子が没した。これにより唯一のかすがいもなくなり、両者の関係は修復不能となる。

ところが一寸先には、何があるか分からない。

九月より微熱に悩まされていた義視が、翌延徳三年（一四九一）正月に逝去したのだ。

応仁・文明の頃より、政局の中心に居座り、台風の目となっていた一代の梟雄《きょうゆう》の呆《あっ》気《け》ない最期だった。

この間、新九郎は主に京にあり、表向きは中次の仕事をこなしながら、政元と伊勢貞宗と共に、諸方面へ政治工作をしていた。

ちなみに貞宗は、延徳二年の義材の将軍職就任を機に、家督と政所《まんどころ》執事の職を息子の貞陸《さだみち》に譲って隠居した。長らく義視の政敵だった己が身を引くことで、伊勢家の地位や権益を守るためである。

政元と貞宗により、政変の下地は着々と整えられていた。

そうした中、新九郎に新たな使命が託されたのは、延徳三年七月のことである。

五

——これでは、野盗の類を防ぐこともできぬ。京兆家様らしきことよ。

異様なほどに低い龍安寺《りょうあんじ》の油土塀《あぶらどべい》に沿って歩きつつ、新九郎は苦笑した。

その低い土塀が、方丈《ほうじょう》前の石庭《せきてい》の効果を上げるために築かれていることを、すでに新九郎は知っていた。

政元の考案した石庭は、土塀が低いことによって、観る者に無限の広がりを感じさせる。

——それでも常人《つねびと》であれば、戦《いくさ》や盗賊が怖くて塀を高くするものだ。

革命家としても芸術家としても、政元は異様な才を発揮していた。

——しかし、そうした特異な才を持つ者ほど人格的安定を欠く。

そうした特異な才が必ずしも政元のためにならないと、新九郎は思っていた。

復興成ったばかりの龍安寺方丈に案内されると、二人の男が沈鬱《ちんうつ》な面持ちで待っていた。

「大変なことになった」

自ら考案した石庭を眺めるでもなく眺めつつ、政元が切り出す。

新九郎よりちょうど十歳下の政元は、二十六歳の働き盛りである。

「大変なこととは――」

やれやれといった調子で、新九郎が座に着いた。

「伊豆で異変が起こった」

すでに隠居して僧形《そうぎょう》となった貞宗が、苦労人特有の眉間皺《しわ》を浮かべつつ話を引き取った。

「今は亡き堀越公方政知様の後家と、そのご子息が殺された」

「今、何と申された」

予想もしなかった言葉に、新九郎が息をのむ。

「円満院《えんまんいん》とその子・潤童子《じゅんどうじ》様が身罷《みまか》られたのだ」

「まさか」

「駿府に難を逃れた公方府の奉公衆から、相次いで知らせが入った。あまりのことに清晃様も悲嘆に暮れておる」

伊勢の丹生御所で会った満の笑顔が突然、脳裏によみがえる。それは、応仁・文明の乱で荒れ果てた都に咲いた大輪の花だった。

――そんなことがあってたまるか。

この世の幸せという幸せを一身にまとい、満は花のように微笑《ほほえ》んでいた。その生涯が幸せに満ちたものになると、あの時、新九郎は確信した。

――その満殿が殺された。いったい誰に。

新九郎が問う前に、貞宗が経緯《いきさつ》を語り始めた。

九代将軍義尚病死の二年前にあたる長享元年、新九郎が駿河に下向したのと入れ違うように、一人の貴公子が喝食として天龍寺に入った。

政知嫡男の清晃である。

義尚の死を見越した貞宗と政元が、伊豆にいる政知を促し、次期将軍候補として京に呼んだのだ。

これに勇躍した政知は、妻である満の父・武者小路隆光《むしゃこうじたかみつ》（清晃の外祖父）に富子説得を依頼する。隆光は富子と同じ藤原《ふじわら》北家の一流で、富子と親しかったからだ。

隆光は、それならとばかりに娘の満が生んだ三男の潤童子を、次期堀越公方に据えることを求めてきた。

ところが政知には、すでに後継者がいた。

中伊豆国人・狩野道一《かのうどういつ》の息女に生ませた長男の茶々丸《ちゃちゃまる》である。

長らく政知は、関東管領《かんれい》・山内《やまのうち》上杉家と友好関係にあった。それゆえ、山内上杉家の忠実な与党国衆である狩野家から側室を入れ、その産んだ子を次の公方に就けると約束することで、山内上杉顕定《あきさだ》の力を借り、公方府の鎌倉への移転を進めようとしていた。

ところがこの頃、顕定は「都鄙《とひ》和睦」を成立させ、これまで幕府に敵対してきた古河公方と和睦していた。

つまり顕定は、古河公方支持の立場に転じていたのだ。

それは堀越公方の否定につながり、ゆくゆくは関東公方として、東国を掌握するつもりの政知の思いとは相入れないものだった。

こうしたことから政知は、山内上杉家との手切れを覚悟し、茶々丸を土牢《つちろう》に幽閉してしまう。

これに反対したのが、堀越公方家家宰の犬懸上杉政憲である。

山内上杉家与党の政憲は驚き、茶々丸の解放を求めるが、逆に謀叛《むほん》を疑われて詰腹を切らされた。

その後、京では隆光の説得も空《むな》しく、義材が次期将軍の座に就いた。

隠忍自重を強いられた貞宗、政元、政知の三人だが、約一年後の延徳三年正月、義材の後ろ盾の義視が没し、将軍となった義材の座が不安定になった。しかも富子は、すでに義材を見限り、政元支持に回っている。

これ幸いとばかりに、政元は越後《えちご》まで赴き、上杉房定《ふささだ》・房能《ふさよし》父子と面談するなどして与党を増やすことに必死となっていたが、四月、今度は政知急死の一報が届く。

このどさくさにまぎれて、土牢から脱出した茶々丸は、山内上杉家の代官にあたる関戸《せきど》播磨守吉信《はりまのかみよしのぶ》を頼って奥伊豆（南伊豆）まで逃れると、七月一日、関戸、狩野、伊《い》東《とう》、土肥《とい》らの伊豆国衆を従え、堀越御所に討ち入り、円満院と潤童子を惨殺したというのだ。

――何とむごい。

新九郎の胸内から、沸々《ふつふつ》と怒りが湧いてきた。

「そこでだ。将軍家（義材）を退位に追い込み、新将軍に清晃様を擁立する。そして清晃様に茶々丸征伐の御教書を出してもらう」

政変が、いよいよ実行段階に入ったのだ。

「して、時期と方法は」

新九郎の問いに貞宗が答える。

「父の義視が亡くなり、政権基盤が弱くなったため、将軍家は血気に逸《はや》り、武力によって周囲を斬り従えようとしておる」

政元が話を引き取った。

「つまり、どこかで誰かに乱を起こさせ、将軍を親征させる。その隙《すき》に京で政変を起こす」

貞宗が話を引き取る。

「そこでだ。京の政変を契機として、東国も一気に改革したい」

「東国と仰せか」

「そうだ。まず茶々丸が奪った堀越公方家を、続いて古河公方家と、それを支持する山内上杉家を一気に屠《ほふ》り、日本国全土に新たな政治体制を布く」

あまりに気宇《きう》壮大な構想に、新九郎は驚きを禁じ得ない。

啞然とする新九郎を尻目に、政元が決然と言いきった。

「この政変で、足利将軍家の威権を取り戻す」

「お待ちあれ」

新九郎が、その筋張った手を広げた。

「足利将軍家の威権を取り戻すことが、民のためになると仰せか」

「申すまでもなきことだ」

貞宗がうなずくと、政元が付け加える。

「わが父（細川勝元）も山名宗全も皆、己と子孫の繁栄だけを願い、権力を得るために戦をしてきた。わしは、そんな世にうんざりしていた」

「それを、ご本心から仰せか」

「もちろんだ。われらは民のための政治を行わねばならぬ。この日本国に、堯舜《ぎょうしゅん》の世を再現するのだ」

政元は理想に燃えていた。

堯舜の世とは、皇帝が帝位を自らの子に譲らず、重臣の討議により適任者を選ばせたという、伝説化している治世《ちせい》のことである。

「それならば異存なし」

新九郎が賛意を表す。

「そこでだ」

貞宗が身を乗り出す。

「東国を制する役割を、そなたに担ってほしいのだ」

「それがしに――」

新九郎は唖然とした。

「そうだ。今川の兵を使って東国を制する。それができるのは、竜王丸殿の外叔父であるそなたしかおらぬ」

「しかしそれがしは、今川家を奪うつもりなどありませぬ」

むろん新九郎は、今川家そのものを奪うと言っているのではない。家宰として、今川家の権力を握るつもりはないと言いたいのだ。

「それは分かっておる。それゆえ今川の兵を借り、まず茶々丸の伊豆を制し、そこで己の兵を養い、関東に打って出ればよい」

新九郎にも、貞宗の構想が見えてきた。

——それなら、徒手空拳《としゆくうけん》から東国を制することができるやもしれぬ。

政元が付け加える。

「われらの起こす政変と軌を一にして茶々丸を討て。それは清晃様の望みでもある。つまり大義は、こちらにあるのだ」

「そなたを措《お》いて誰が、お満の方とご子息の恨みを晴らせるというのだ」

貞宗が新九郎の背を押すように言う。

確かに、今川家の軍事力を自由に使える立場になった新九郎のほかに、茶々丸を討てる者はいない。しかもそれは伊豆の奪取につながり、今川家を私《わたくし》することにはならない。

あらゆる条件が、新九郎に「東へ進め」と言っていた。

――東西呼応して世を刷新《さっしん》する。容易なことではないが、それをせねば世に静謐《せいひつ》は訪れぬ。

新九郎は、胸内に轟《とどろ》く雷鳴を聞いていた。

それは、男が生涯の生き甲斐《がい》を発見した時に聞く雷鳴に違いない。

新九郎は威儀を正すと、深く平伏《ひれふ》した。

「お引き受けいたします」

そう答えた瞬間、新九郎の眼前に新たな展望が開けてきた。

六

明応《めいおう》二年（一四九三）十月某日、狩野《かの》川の河川《かせん》敷越《じき》しに見える堀越御所は、咫尺《しせき》も弁ぜぬような闇の中で、深い眠りに就いていた。

時折、吹き寄せる風が、河畔に蠢《うごめ》く男たちの気配に気づいたかのように、笹《ささ》や葦《あし》の穂を揺らす。

――遂《つい》に来たのだな。

新九郎は、新たな時代の門を押し開こうとしていた。

――その先に待つものが何か、それは分からぬ。ただ最初の一歩を踏み出すことで、それが見えてくるやもしれぬ。

先に待つ運命を恐れていては何も成せない、と新九郎は思っていた。

「狩野川の渡しを押さえました」

葦をかき分けて現れた荒木兵庫が告げる。

兵庫は、道案内役の在地土豪・松下三郎左衛門《まつしたさぶろうざえもん》と共に、狩野川の渡し場を守る番所を制圧しに行っていた。

「では参るか」

新九郎は、わずかに瞬《またた》く堀越御所の灯に向かって、最初の一歩を踏み出した。

明応元年十二月、義尚の遺志を継いで行われた六角高頼《ろっかくたかより》征伐から帰還したばかりの将軍義材は、同二年二月十五日、畠山政長、斯波義寛《しばよしひろ》、赤松政則《あかまつまさのり》らを率いて、河内国《かわち》誉田《こんだ》城に籠る畠山基家《もといえ》（義就の嗣子《しし》）の討伐に向かった。

六角征伐に続く将軍親征であり、この戦いに完勝することで将軍の威権を確立したい義材は、なみなみならぬ意気込みで臨んでいた。

実は、六角高頼に将軍家直轄領を奪わせ、義材を挑発したのは細川政元と伊勢貞宗だった。しかし高頼が甲賀《こうが》に逃れるのが早く、予想より早く、義材が京に戻ってきたため、政変の時期を逸《いっ》してしまった。それゆえ、今度は畠山基家を河内で蜂起させ、そちらに義材の怒りの矛先を向けさせようとした。

二十四日、河内国正覚寺《しょうがくじ》に着陣した義材は、攻城戦の支度に入った。

ところがここで、陣営内に疑心暗鬼が渦巻く。

義材勢の主力を担う赤松政則に、政元の姉が嫁ぐという雑説《ぞうせつ》が流れたのだ。むろんこれは事実で、政則を自陣営に取り込むための切り札として、政元が用意したものだった。

正覚寺の本陣と、その付近に布陣した赤松勢は、にらみ合いの状態となる。

これにより、形勢不利と踏んだ義材与党は次々と陣払いし、義材を守るのは、畠山政長勢だけになった。

四月二十一日、寝返った赤松政則が義材のいる正覚寺を攻めると、翌二十二日には、京で政元が政変を起こし、将軍不在の室町殿を押さえた。

二十五日、この一報に混乱する正覚寺に対して赤松勢が攻撃を再開し、誉田城の畠山基家も城を打って出てきたため、逆包囲された正覚寺の義材本陣は崩壊する。

その結果、畠山政長は乱戦の中で討ち死にを遂げ、義材は捕虜となった。

かくして明応二年の政変は、政元と貞宗の思惑通りに成功する。


この政変が起こる少し前、京を発《た》った新九郎は駿府に戻っていた。

兵を持たない者ができることは、まず調略である。

前年、茶々丸は在地国人の秋山新蔵人《あきやましんくらんど》と外山豊前《とやまぶぜん》の二人を粛清《しゆくせい》し、独裁傾向を強めていた。

彼ら二人は堀越公方府と民との間を取り持つ役割を担っており、これにより、公方府と民との間に亀裂が入った。

松田《まつだ》（備前松田氏の一流）、布施《ふせ》、富永《とみなが》、大草《おおくさ》、蔭山《かげやま》ら、京から下向してきた公方府奉公衆も、茶々丸に愛想を尽かし始めており、新九郎の誘いに応じて今川家に通じてきた。

続いて新九郎は、相模《さがみ》守護・扇谷《おうぎがやつ》上杉定正《さだまさ》との間で秘密裏に同盟を締結し、伊豆侵攻を黙認してもらうことにした。定正にとっても、手切れとなった山内上杉顕定が守護を務める伊豆が、混乱に陥ることは歓迎である。

双方の利害は一致し、この後しばらくの間、新九郎と定正は共同歩調を取っていく。

新九郎は公方府奉公衆や扇谷上杉家だけでなく、西伊豆海賊への調略も行っていた。とくに北伊豆を押さえる三津《みと》の松下三郎左衛門と、江梨《えなし》の鈴木兵庫助《すずきひょうごのすけ》を帰属させたのは大きかった。これにより駿河湾を渡って伊豆西海岸に上陸し、背後から堀越御所を突けることになった。

この頃、新九郎は茶々丸の耳目を引きつけるかのように、堀越御所から四里半ほど北西の地に興国寺城《こうこくじじょう》を取り立てていた。いわゆる陽動の城である。

こうした地ならしを済ませたところで、京から政変成功の一報が届いた。

明応二年の政変は、茶々丸にとって寝耳に水だった。むろん次期将軍に就くのが清晃でなかったら、対岸の火事にすぎないが、実母と同腹弟を茶々丸に殺された清晃が将軍になったとなれば、茶々丸の尻に火が付いたも同じである。

しかも隣国駿河では、伊勢家とかかわりが深い竜王丸が当主となり、その外叔父（新九郎）が実権を握っている。

危機感を募らせた茶々丸は、興国寺城と堀越御所の間に横たわる黄瀬川《きせがわ》と来光川《らいこうがわ》の橋を落とすと、渡河地点に強固な陣を築き、公方府奉公衆を中心とした部隊に守らせていた。

ところが新九郎は、その裏をかいた。

松下や鈴木といった西伊豆海賊衆に、浮島《うきしま》ヶ浜（沼津）まで船を回してもらった新九郎は、自らの手勢二百と、今川勢三百を船に乗せ、ひそかに御所の南西一里半ほどにある重須《おもす》に上陸し、山間《やまあい》の道を使って御所の南に進出した。

兵を二手に分かった新九郎は、今川勢三百に、御所の裏手にある詰城の守山《もりやま》城制圧を任せ、自らは下田《しもだ》街道を通り、正面から御所に攻め寄せた。

堀越御所には、一重の堀と土塁が申し訳ばかりに四囲をめぐっているだけで、防御施設はなきに等しい。

伊勢勢は、鬨《とき》の声を上げつつ御所に攻め掛かった。

茶々丸は、慌てて背後の詰城である守山城に逃げ込もうとしたが、すでに守山城は今川勢の手で押さえられており、致し方なく夜陰に紛れて南に向かった。

その頃には、贅《ぜい》を尽くした寝殿造りの豪壮な館も、その華麗な庭園も炎に包まれていた。

茶々丸を取り逃がしたことは痛恨事だが、新九郎は、一兵も損じずに堀越御所を制圧するという難事を見事、成し遂げた。

戦いが終わった後、新九郎は野捨てにされていた円満院と潤童子の骨を探させると、墓を立てて盛大な供養を執り行った。

いかに戦国の世に生まれたとはいえ、あまりにむごい死を迎えねばならなかった満に、新九郎は語りかけた。

――次は平穏な世に生まれ変わり、幸せな生涯をお送り下され。

だが平穏な世は、待っていてもやってこない、誰かが、招き寄せねばならないのだ。

焼け落ちた御所跡に立った新九郎は、己の手で、それを招き寄せることを誓った。

堀越周辺を平定後、いったん興国寺城に戻った新九郎は、円満院と潤童子の菩提《ぼだい》を弔《とむら》うべく出家得度《しゅつけとくど》した。

むろん出家の理由は、それだけではない。

曲がりなりにも主筋にあたる足利茶々丸の本拠を攻撃したことは、下剋上《げこくじょう》にあたる。下剋上を行った者が在俗のままでは、私欲から事を起こしたと思われる。

それを嫌った新九郎は、己の人生を刷新しようと思った。

――わしは生まれ変わる。

新たな一歩を踏み出すために、新九郎には出家が必要だった。

出家といっても、むろん隠退して寺に入るわけではなく、僧形《そうぎょう》の武将として、これからも変わりなく戦い続けるつもりである。

かくしてここに、早雲庵宗瑞《そううんあんそうずい》という男が誕生した。

明応三年（一四九四）正月、新九郎三十九歳の冬のことである。


堀越御所の近くには、詰城の守山城のほかに、茶々丸に殺された外山豊前守の本拠・韮山《にらやま》城がある。この城は、堀越御所の半里ほど東に築かれており、下田街道を押さえる役割を果たしていた。

しかも中伊豆の天城山《あまぎさん》から北に流れる狩野川が、北伊豆の穀倉地帯である田方《たがた》平野に差し掛かる場所にあり、領国統治上も申し分ない上、西に一里ほど行けば駿河湾であり、そこには江浦《えのうら》や内浦《うちうら》といった湊があり、物資の搬出入には至って便利である。

こうした諸点を考慮した宗瑞は韮山に本拠を移すと、各地に使者を遣《つか》わし、伊豆国人たちに自らの傘下に入るよう呼びかけた。

しかし堀越公方府の崩壊という事実が何を意味するのか、にわかには分からない大半の国人たちは、ただ拱手傍観《きょうしゅぼうかん》するのみだった。

七

明応三年四月、宗瑞は久方ぶりに都の土を踏んだ。

今川氏親《うじちか》の名代として、清晃の将軍職就任決定（この時は従五位下叙任）のお祝い言上と、堀越公方府攻略の顚末《てんまつ》を報告することが主たる目的だが、京にある財産の処分や、妻子の移転の段取りをつけるという仕事もあった。

妻の華子《はなこ》と、伊豆千代丸《ちよまる》と命名された八歳になる息子（後の氏綱《うじつな》）は、弥次郎らと共に先に伊豆に向かうことになった。

お満の方が悲惨な死を遂げたこともあり、華子は都を離れることを嫌がったが、いつまでも正室と別居しているわけにもいかず、宗瑞は背を押すようにして、華子を船に乗せた。

妻子を見送った後、大坂から京に戻った宗瑞は、室町第で新将軍義高《よしたか》（以後、義澄《よしずみ》で統一）との対面を果たした。

すでに堀越公方府攻撃の顚末を聞いていた義澄は、宗瑞が茶々丸を取り逃がしたことを告げると、不快をあらわにし、あらためて茶々丸の討伐を下命してきた。

その眉目秀麗《びもくしゅうれい》なところは、母親の満によく似ていたが、義澄には、貴種にありがちな手前勝手さがあり、堯舜の世をよみがえらせることなど、とてもできるとは思えなかった。

「お言葉を返すようですが――」

宗瑞が穏やかな口調で諭す。

「すでに茶々丸は死に体であり、ご心配には及びませぬ。駿河御屋形様（氏親）とそれがしは、あくまで東国に静謐をもたらすことが目的であり、茶々丸を討つことは二の次でございます」

「わが母と弟の仇《あだ》を討たぬと申すか」

「そうは申しておりませぬ」

「では討て」

それだけ言うと、義澄は座を払った。

その傲慢な態度に、さすがの宗瑞も鼻白んだ。しかし、実際に政務を執るのは管領の政元である。

――すべては、京兆家様次第ということか。

この時の宗瑞は、いまだ政元が政治の実権を握っていると思っていた。

その足で伊勢貞宗邸に入った宗瑞は、驚くべき話を聞く。

「新九郎、いやもう宗瑞殿か。久方ぶりだの」

奥から現れた貞宗は、五十一という実際の年齢よりも老けて見えた。その額には、政変を成功させた一方の首謀者とは思えない縦皺が刻まれている。

「こちらこそ、ご無沙汰いたしております」

「ここのところ気苦労が絶えず、ずっと臥《ふ》せっておったのだ」

「気苦労と仰せになられると――」

「それが、大変なことになった」

貞宗が、明応二年の政変以後の政局について語り始めた。

政変が成功した後、捕らえられた義材は、京にある上原元秀《うえはらもとひで》の館に幽閉された。上原元秀とは、父の賢家《かたいえ》と共に、政元の手足となって暗躍している細川家内衆《うちしゅう》の一人である。

ところが六月、元秀邸から脱出した義材は、越中の畠山尚慶《ひさよし》（政長の嗣子）の許に走り、七月、尚慶と共に挙兵し、諸国の守護や守護代に向けて、義澄と政元討伐の檄《げき》を飛ばした。

これに応えたのが、大友《おおとも》・菊池《きくち》・相良《さがら》・島津《しまづ》ら九州諸大名家、また宗瑞に守護領国である伊豆を侵された関東管領・山内上杉顕定と、駿遠《すんえん》国境で今川家と小競り合いの絶えない遠江《とおとうみ》守護・斯波義寛だった。さらに顕定との関係から、越後の上杉房定《ふささだ》（顕定の実父）・房能《ふさよし》（顕定の同腹弟）父子も義材派となった。

「新将軍の治世をお守りするには、此奴《こいつ》らを平らげていかねばならぬのですな」

「うむ、われらと一味同心する修理大夫《しゅりだいふ》と共に、東国の義材派を駆逐することが、貴殿の使命だ」

修理大夫こと扇谷上杉定正は、顕定との間で長享の乱を戦っていた。そのため秘密裏に宗瑞と結び、現将軍の義澄支持に回っていた。

「つまり駿河御屋形様は、関東管領、武田《たけだ》、斯波と戦っていくことになりますな」

甲斐《かい》の武田信縄《たけだのぶつな》も義材派であるため、今川家は、海に面した南を除く三方に敵を抱えたことになる。

「並大抵なことではないが、是が非でも平らげてもらわねばならぬ」

「調略により、いずれかでも寝返らせるわけにはまいりませぬか」

「それが、わが方の調略を担っていた上原父子が、力を失ったのだ」

貞宗によると、義澄のために奔走していた上原賢秀・元秀父子だったが、昨年の十月、元秀が喧嘩《けんか》で斬殺されるという不可解な死を遂げる。賢秀はすでに老齢であり、息子の死によって失脚し、代わりに台頭してきたのが、赤沢宗益《あかざわそうえき》という細川家内衆である。

赤沢氏は小笠原《おがさわら》一族で、斯波義寛に近い立場にある。言うまでもなく、斯波義寛は今川家とは不倶戴天《ふぐたいてん》の敵なので、細川家自体が義材寄りになりつつあるというのだ。

「しかし、その赤沢とやらが何を考えようと、しょせんは、当主である京兆家様次第ではありませぬか」

「それが違うのだ」

「と申されると」

「京兆家様は、政変を行う日時や方法を愛宕《あたご》の法や飯綱《いづな》の法によって占ってきた。たまたまそれがうまくいき、政変は成功した。それで京兆家様は、そうした修法《ずほう》にのめり込み、すべてを修法の占事《せんじ》に任せるようになったのだ」

「何と――」

政元は、その誕生前から修法、すなわち修験道と深い縁があった。

政元の父・勝元は、子ができないことを気に病み、愛宕山大権現に願を懸けた。それで授かったのが政元である。長じてからこの話を聞いた政元は、自身も愛宕信仰にのめり込み、遂には女人を遠ざけ、日常的にも陀羅尼《だらに》を口ずさむほどになった。

むろん宗瑞も、かねてより政元の信心深さは知っていたが、そこまで行っているとは思わなかった。

沈痛な面持ちで貞宗が続ける。

「新将軍の名も四月に義遐《よしとお》と名乗らせたばかりなのに、六月に義高と改めさせ、さらに元服と将軍宣下の儀を遅らせておる」

将軍の名や将軍宣下の日取りまで、神のご託宣に任せるなど前代未聞である。

宗瑞は、二の句が継げなかった。


細川邸の近くまで来ると、何かの呪文を唱える男たちの声が聞こえてきた。

聞き耳を立てると、「天元行躯神変神通力《てんげんきようたいしんべんじんつうりき》」と唱えているらしい。

その妖しげな呪文を聞きつつ、茶褐色の練塀《ねりべい》沿いを歩いた宗瑞は、表門で案内を請うた。

対面の間に入ると、まず床の間に飾られた「飯綱曼荼羅《まんだら》図」の掛軸が目に入った。

その下には厨子《ずし》に入れられた「勝軍地蔵尊像《しようぐんじぞうそんぞう》」が飾られている。

——大変な凝《こ》りようだな。

宗瑞の知らぬ間に、政元の病は着実に進んでいた。

「待たせたな」

柿渋で染めた鈴懸《すずがけ》に結袈裟《ゆいげさ》を掛け、首から最多角念珠《いらたか》を垂らした政元が入ってきた。

護摩《ごま》を焚《た》いていたのか、木の焦げた臭いを体中から漂わせている。

その頬《ほお》はげっそりとこけ、両目の下は青黒く隈《くまど》取られており、その額や鼻先には、護摩を焚きすぎたために生じる赤い水泡《みずぶくれ》が走っている。

——これは容易ならざることだ。

一通りの挨拶《あいさつ》を済ませた後、早速、宗瑞は探りを入れてみた。

「ご精進なされておるようですな」

「ああ、すべては、愛宕神と飯綱神の仰せのままにせねばならぬからな」

政元の病は、宗瑞の想像をはるかに超えていた。

「となると御政道は、内衆に任せておいでと——」

「よほどの大事でなければ、わしが出張ることもなかろう。天下の大乱は治まり、ようやく堯舜の世が訪れたのだ」

修法に凝った政元は妻帯せず、女色も断っているため子もおらず、細川家の名跡も堯舜の世に倣い、最適な者を養子にして継がせるつもりでいるらしい。

「しかし京兆家様、安堵するのは、ちと早いのでは」

「前将軍が北陸道で騒いでおるのは、わしも知っておる。しかし今更、彼奴に何ができるというのだ」

「敵を侮《あなど》ってはいけませぬ」

宗瑞がたしなめると、政元は色をなした。

「そなたは、わしに指図しに参ったのか」

「いえ、それがしは、敵方の息の根を止めぬうちは、油断なさらぬ方がよろしいと申し上げに参ったのです」

「手は打ってある」

政元の打てる手は、義材の呼びかけに応じぬよう、諸大名に書状を送ることくらいである。

「それでは、いかなる理由《わけ》から、義高様の将軍宣下を遅らせておられるのか」

義高すなわち義澄を早急に将軍位に就けることこそ、義材派を黙らせる最も効果的な手段である。

「ああ、そのことか」

いかにも当然のごとく、政元が答えた。

「日が悪いのだ」

その答えを聞いた宗瑞は、心中、大きなため息をつくと、これ以上、何を言っても無駄だと覚った。

宗瑞も信心深いことにかけては、人後に落ちない。しかし宗瑞にとって、仏神は崇《あが》め奉《たてまつ》るべき対象であり、現実世界に踏み入らせてはならないと思っていた。

――しかし、このお方は違うのだ。

宗瑞は新政権の将来に大きな不安を抱いた。

結局、義澄の元服と将軍宣下は同年の十二月二十日に決まった。ところが当日になって、政元が「迷惑、難儀」と言い始め、中止にしてしまう。

将軍の元服と将軍宣下の儀は、朝廷や諸大名までも巻き込んだ一大行事である。それを明確な理由もなく、当日になって中止するなど前代未聞である。

結局、儀は同月二十七日に行われ、晴れて義澄は将軍に就任できたが、新政権の前途多難を思わせる船出となった。

この後、政元は公家《くげ》の九条政基《くじょうまさもと》の子・聡明《そうめい》丸（後の澄之《すみゆき》）を養子にもらい、自らの後継に据えた。ところが文亀《ぶんき》三年（一五〇三）、政元は、一族の細川成之《しげゆき》の子の六郎（澄元《すみもと》）を養子に迎える。言うまでもなく占事《せんじ》による。

これにより細川家は二分され、それが新政権の崩壊へと波及していくことになる。

いよいよ東国に戻るという前日、宗瑞は鍵屋に行った。

残っていた借金を、今川家から借りた金で返すためである。

阿茶は初めて会った時と同じように、笑顔で宗瑞を迎えてくれた。

すっかり剃り上げられた宗瑞の頭を見て、すでに二人が男と女でないことを、阿茶も覚ったようだ。

二人の間に降り積もった星霜《せいそう》は、二人を男と女から人と人にしていた。

茶を喫しつつ、しばし雑談した後、常の客と変わらぬように宗瑞は座を立った。

草鞋《わらじ》を履き、いよいよ別れを告げようとした時、背後から阿茶の声が聞こえた。

「次は、いつ来はるのどすか」

「分からぬ」

それだけ言うと、宗瑞は鍵屋の暖簾《のれん》をくぐった。外に出ると、応仁・文明の乱の頃の荒廃ぶりが嘘のように、京の町に活気が戻っていた。

町衆たちは忙しげに行き交い、昨日の続きの今日を過ごしていた。そして、今日の続きの明日を過ごすのだ。

しかし宗瑞だけはこの日、借金だけでなく昨日までの日々を清算した。暖簾の内から一瞬、聞こえた嗚咽《おえつ》にも、宗瑞は振り向かなかった。

鍵屋に行くのも阿茶と会うのも、これが最後と宗瑞は決めていたからだ。

数年後、阿茶は流行病《はやりやまい》でこの世を去る。

その話を法永から聞いた時、宗瑞は心の中で泣いた。

しかし出会いと別離が、男と女であり人と人であることを、宗瑞は分かる年齢になっていた。

八

宗瑞が京に行っていた明応三年八月、関東管領の山内上杉顕定が、突如として扇谷上杉定正の領国・相模に攻め入った。

長享元年に勃発した長享の乱を戦った後、この頃、二人は和睦していたが、宗瑞の伊豆侵攻により、顕定は定正と宗瑞の秘密協定を察知したのだ。

『鎌倉九代後記』にこうある。

「伊勢新九郎長氏（盛時）、駿州《すんしゅう》にありて、定正と通謀《つうぼう》して伊豆国をとる」

これにより、長享の乱の第二幕が上がった。

上野方面から鎌倉街道上道《かみつみち》を南下した顕定は多摩川《たまがわ》を渡河し、小沢原《おざわはら》で扇谷上杉勢を撃破すると、粟船《あわふね》（大船）まで進み、玉縄《たまなわ》要害（後の玉縄城）を取り立てた。

この危機にあって、定正は宗瑞に援軍を請うてきた。

一方、顕定の攻勢に呼応した茶々丸は、中伊豆の狩野城に入り、岳父の狩野道一と共に、宗瑞の築いた柏久保《かしわくぼ》城を攻撃してきた。

いまだ宗瑞の勢力は中伊豆以南まで及んでいないため、韮山城の南方二里の地に柏久保城を築き、下田街道を一里半ほど下ったところにある狩野一族の本拠・狩野城の押さえとしていた。

狩野城は中伊豆の要衝《ようしょう》であり、代々、狩野介を名乗る惣領《そうりょう》家の狩野道一は、中伊豆の狩野川流域を所領とし、庶家の狩野大膳亮為茂《だいぜんのすけためしげ》と共に、宗瑞に敵対していた。

為茂は湯ヶ島《ゆしま》を本拠とし、西海岸の仁科《にしな》や松崎《まつざき》までをも勢力圏に収め、惣領家に劣らぬ勢力を誇っていた。

彼ら二人と、それを後援する山内上杉家代官の関戸吉信、さらに湯河原《ゆがわら》の土肥次郎が、伊豆における宗瑞の主な敵対勢力である。

茶々丸の攻撃を何とか凌《しの》いだ宗瑞は、続いて今川勢と共に西に向かった。斯波義寛を討つためである。

斯波義寛は、美濃守護代の斎藤妙純《さいとうみようじゆん》と共に義材派であり、さらに甲斐の武田信縄と今川家が抗争状態にあるため、この機に駿河まで侵攻しようとしていた。

その機先を制すべく、八月、宗瑞は今川勢を率いて遠江に攻め入った。

宗瑞は佐野《さや》・山名《やまな》・周智《すち》三郡を瞬く間に制圧したが、佐野郡原田《はらだ》荘をめぐる戦いは激しいものとなり、中遠地方の有力国人・原遠江守頼景《よりかげ》の籠る高藤《たかふじ》城を落とした際、周囲の寺や民家まで焼いてしまった。

焼け出された民や僧は今川勢を恨み、悪口雑言を投げつけてきた。

この時、宗瑞は力攻めをする愚を覚った。

――力攻めは、誰にとっても益のないことだ。戦わずに勝つことこそ、真の賢者《けんじや》の取るべき道なのだ。

この戦いを通じて、宗瑞はこの一事を学んだ。

今川勢が拠点としている掛川《かけがわ》荘まで兵を引いた宗瑞は、今川家の残留部隊に、民への救恤《きゆうじゆつ》策と今後の善政を依頼して韮山に戻ると、休む間もなく東に向かった。

箱根《はこね》峠を越えて湯坂《ゆさか》の関に至った宗瑞は、初めて関東の地を望んだ。

眼下に見える大森氏の本拠・小田原《おだわら》の北から東は、丹沢《たんざわ》山系と曾我《そが》丘陵が横たわっているため視界は遮《さえぎ》られているが、その先には、関東平野が広がっている。

――遂にここまで来たか。

宗瑞は運命の不思議を思った。

――この国は広い。すべてを民のための楽土に変えるのは、わし一代では難しい。

この年、三十九になる宗瑞は、己のできることに限りがあると、ようやく気づき始めていた。

――わしが天から託された使命は、関東の地に静謐をもたらし、民が安んじて暮らせるようにすることではないのか。

その存念を子々孫々が引き継いでいけば、ゆくゆくは、日本国すべてに民の楽土を築くことも夢ではないのだ。

「そうか」

宗瑞は、はたと膝を打った。

――京兆家様は、中央から変革することだけを考えていた。それゆえ京の魔に魅入られてしまった。しかし、関東の地から変革の波を起こせば――。

宗瑞は岩塊《がんかい》のような頬骨を歪《ゆが》ませ、にやりとした。

——黎明《れいめい》は関東からだ。

九

九月、宗瑞の姿は河越城《かわごえ》にあった。

河越の地は、荒川《あらかわ》、入間川《いるまがわ》、河岸川《かしがわ》といった河川が交錯し、まさに南北関東を結ぶ交通の結節点にあたっていた。それゆえ、いくつもの川を越えねばならないことから、「河越」という地名が生まれたとも言われる。

——さすが太田道灌《おおたどうかん》。これでは攻めるに攻められぬ。

河越城に入った宗瑞は、自然地形かと見まがうばかりの深い堀や、山嶺《さんれい》のように連なる巨大土塁を見上げて感嘆した。

——これが〝道灌がかり〟か。

河越城は土塁や堀の巨大さばかりではなく、あらゆる角度から考え尽くされた縄張りが引かれていた。

それが〝道灌がかり〟である。

堀と土塁は、敵が取り付いた場合の死角をなくすべく異様なほどに屈曲させせられ、城の弱点である虎口には、蔀《しとみ》が設けられ、桝形《ますがた》と呼ばれる防御施設も築かれていた。万が一、敵に侵入を許しても、迷路のような導線により敵を幻惑し、切留《きりどめ》（行き止まり）などの死地に導くように工夫されている。

無数の蜻蛉《とんぼ》が舞い狂う河越城大手門で来訪を告げると、馬場に案内された。

ちょうど馬場では、この城の主である定正が、家臣たちに馬技を披露していた。

鞍《くら》作りを副業とする伊勢家の出である宗瑞の目から見ても、定正の馬術の腕は、相当のものである。

やがて拍手喝采の中、馬を下りた定正が家臣から耳打ちされ、こちらにやってきた。

今年で五十二歳になる定正は、精悍《せいかん》な面のすべてを覆うばかりに、黒々とした髭《ひげ》を蓄えている。

「よくぞ参られた！」

宗瑞の手を取り、肩を叩いた定正は、馬場の近くに設けられた四阿《あずまや》に誘うと、早々に切り出した。

「今川殿に馳走《ちそう》いただければ勝ったも同じ。これで上州《じょうしゅう》（山内上杉顕定）の息の根を止められる」

「そうなればよいのですが」

初対面とは思えぬ馴《な》れ馴《な》れしさに辟易《へきえき》しつつ、宗瑞は、定正という人間の無邪気さに苦笑せざるを得なかった。

「敵は、憎みても余りある上州だ。貴殿も知っての通り、かつて上州はわしをだまし、わしに道灌を討たせた上で攻め寄せてきた」

それは事実だった。

文明《ぶんめい》十二年六月、長尾景春《ながおかげはる》の乱を鎮圧した道灌は、かねてより境目争いの絶えない千葉孝胤《ちばのりたね》との抗争を再開した。

当時の関東は、古河公方との間に都鄙和睦を成立させ、幕府に古河公方を認めさせようという立場にある関東管領・山内上杉顕定に、道灌の主である相模守護職・扇谷上杉定正が加担するという政治情勢にあった。

しかし古河公方勢力の中核を成す千葉孝胤を、道灌が攻撃するということは、再び上杉陣営と古河公方陣営の間に亀裂が入りかねない。

定正は道灌に攻撃を停止するよう求めたが、政治家としての名声も将としての威望も上の道灌は、定正の言葉に聞く耳を持たない。

こうしたことで、定正と道灌の間に隙間風が吹く中、定正は顕定から「道灌謀叛《むほん》」

を指嗾《しそう》される。

その結果、疑心暗鬼に囚《とら》われた定正は文明十八年（一四八六）七月、道灌を謀殺するに至る。

「わしをだまし、道灌を殺させた上州を、わしは許さぬ」

「ははあ」

手前勝手な定正の論理に、宗瑞は心中、ため息を漏らした。

「上州めは鎌倉まで攻め入り、玉縄に城まで築いたが、見ての通り、わしの手ですべて焼き払ってやったわ」

一度は領国深くに山内上杉勢の侵攻を許した定正だったが、八月、反撃態勢を整え、関戸要害を攻略、九月には、孤立した玉縄要害を攻め落とした。この間、松山城攻撃に手間取っていた顕定は攻撃を中止し、前回の和睦の折に定正に譲り渡した鉢形《はちがた》城を奪うと、そこに引き籠った。

「して、武州様」

武州とは、上州と呼ばれる顕定に対する定正の通称である。

「上州を倒した後、いかがなされるおつもりか」

「そんなことは決まっておろう」

豪傑じみた笑い声が、河越城の庭園に轟く。

「山内上杉家を滅ぼし、わしが関東管領となり、公方様を古河から鎌倉に還御《かんぎょ》させる」

この頃、顕定と手切れとなった古河公方足利成氏《しげうじ》・政氏《まさうじ》父子は、定正に与《くみ》していた。

「して、その後は――」

「その後だと」

定正が、奇妙な生き物でも見つけたような顔をする。

「公方様とわしで関東を静謐に導く。それ以外、何があろう」

「それで関東は静謐になり、民は安楽に暮らせると――」

「民のことなど知ったことではない。わしは上州を倒し、関東の覇者になるだけだ」

「あい分かりました」

にこりとして宗瑞が頭を下げると、定正が気忙《きぜわ》しげに立ち上がった。

「今川殿の馳走、真《まこと》にありがたい。この恩は忘れぬぞ。出陣は明日の夜明けだ」

そう言って宗瑞の肩を叩くと、定正は高笑いしながら去っていった。

その後ろ姿を見送りつつ、宗瑞は小さな吐息を漏らした。

——かの御仁の肚《はら》には何の存念もない。ただ己が関東の頂点に立ち、親しき者たちに分け前を与えたいだけなのだ。おそらく上州も、さして変わらぬはずだ。京にいる貞宗は、それでも扇谷上杉家を旗頭にして関東を制圧せよと言ってきているる。しかし、現場にいる宗瑞にしてみれば、室町秩序の中にどっぷりとつかった定正が、新たな世を切り開く鍵になるとは思えない。

今年初めての北風に吹かれながら、宗瑞は室町秩序というものを一掃せぬ限り、世を刷新できないという確信を抱いた。

十

定正に加担することに疑問を抱きながらも、宗瑞は扇谷上杉勢と共に河越城を出て、鉢形城攻略に向かった。

かつて顕定に対して反旗を翻した長尾景春が、荒川右岸に取り立てた鉢形城は、武《む》蔵《さし》・上野《こうずけ》両国を管制する大要害である。攻略するには、相当の損害を覚悟せねばならない。

ところが定正の侵攻を聞いた顕定は、鉢形城を自落し、荒川の対岸まで撤退した。

「上州、怖気《おじけ》づいたか！」

十月五日、鉢形城を取り返した定正は、上機嫌で渡河作戦を敢行する。

ところがここで、とんでもないことが起こった。

川に踏み入った定正の馬が、深みに足を取られて転倒したのだ。その拍子に川に落ちた定正は失神し、そのまま下流に流されていった。

すべては一瞬の出来事だった。

慌てて下流に走った家臣たちが定正を引き上げたが、すでに定正は溺死《できし》していた。

知らせを聞いた宗瑞が河畔に駆けつけると、定正の顔には、すでに死斑が浮かんでいた。

――これはまずい。

進軍途中で主将が突然死したのだ。敵に知られれば、ただではすまない。

「いかがしよう」

定正の養子の朝良《ともよし》が宗瑞の袖《そで》を引く。二十二歳の朝良は文弱者として、しばしば養父から罵倒されていた。

「お気持ちをしっかりとお持ち下され。まずは諸将を集めて落ち着かせ、悠然と退《の》き陣に移るべし」

ところが事は思惑通りには運ばない。

定正の死を知った傘下国衆が、勝手に陣払いを始めたのだ。使番が駆け回り、懸命に押しとどめようとしても、武将たちは聞く耳を持たない。

宗瑞の連れてきている今川勢にも動揺が走っていた。だが本国が遠いことが幸いしたのか、誰も逃げ出す者はいなかった。

やがて扇谷上杉勢の混乱が対岸に知られたらしく、ちらほらと敵兵の姿が、垣間見《かいまみ》られるようになった。

朝良を先に逃した宗瑞は殿軍《しんがり》を引き受け、河畔からゆっくりと撤退し始めた。

――勝ちに乗じている時の軍勢は強い。だが、いったん敗勢に陥れば、皆、わが身大事とばかりに逃げ散ってしまうのだ。

宗瑞は、それをいかに防ぐかを馬の背に揺られながら考えていた。

――将は勝っている時だけでなく、敗勢に陥った時のことも考えて戦をせねばならぬ。だとすれば、敗勢となっても容易に壊乱《かいらん》しない軍勢が必要だ。しかし、大小の領主ごとに束ねられた軍勢は、領主や寄親が引くと言えば、それで引いてしまう。

扇谷上杉家の軍事力は、傘下国衆によって支えられていた。定正は大将というより盟主であり、盟主の人格や指導力によって軍団が成り立っていた。これは山内上杉家も、さして変わらない。

撤退戦にもかかわらず、宗瑞はそのことばかりを考えていた。

源平の昔から、武士は土地から上がる得分（利益）によって子弟や郎従《ろうじゅう》を養い、彼らを引き連れて戦地に赴いた。その頭数は耕作地の広さに依拠し、上は数百から下は数人まで、様々な大きさの軍団が形成されてきた。そして兵たちは、それぞれの棟梁《とうりょう》の下知に従って動いた。

――このままでは何も変わらぬ。

万余の大軍も、突き詰めれば大小の独立した集団の集まりにすぎないことに、宗瑞は気づいた。

「そうか！」

「いかがなされました」

ちょうど後方から馬を寄せてきた弥次郎が、驚いたように問うた。

「分かった」

「何が分かったのです」

「戦に負けない軍勢よ」

「そんなものを作れると仰せか」

「ああ、敵がまねをするまではな」

そこまで言った時、少し前を走っていた今川家の足軽に矢が当たった。足軽は、悲痛な声を上げて息絶えた。

「あっ」

この時になって宗瑞は、ようやく背後から敵が迫っていることに気づいた。

「兄者、敵が近づいてきています」

「なぜ、それを早く申さぬ」

「それを申しに来たのです」

今川・伊勢両勢は早駆けに移った。

鉢形から塚田《つかだ》、奈良梨《ならなし》を経由し、松山から鎌倉街道中道《なかつみち》に入った今川・伊勢両勢は、朝良が逃げ込んでいる河越城を目指したが、河越にたどり着く前に敵に捕捉された。

このままでは、敗走した状態で河越城に着くことになり、「付け入り」をされてしまう。

「付け入り」とは、城に逃げ込む際、敵も一緒に入ってきてしまうことである。

いかに臆病《おくびょう》な朝良でも、殿軍を担った今川・伊勢両勢を城に迎え入れないわけにはいかず、門を開けるに違いない。そうなれば、さしもの河越城でも、「付け入り」によって落城する危険がある。

「致し方ない」

宗瑞は、河越の一つ北方の宿駅・高坂《たかさか》にとどまることにした。

幸いにも高坂には、高坂館という城跡があるので、そこに陣を張れば、敵は河越を攻める前に高坂館を落とそうとするはずだ。

高坂館は、都幾川《ときがわ》の造る台地の東北部に築かれた後ろ堅固の要害である。高坂古墳群を巧みに利用した土塁は巨大で、深い空堀もめぐっているため、籠城戦には適している。

高坂館は方形居館ではなく、比高八間の台地の上に南北二百間、東西百五十間の城域を持つ平山城である。それゆえ、五百余の今川・伊勢両勢が籠るのに十分な広さもある。

やがて、高坂館の周囲に敵勢が集まってきた。だが、すでに日は没しかけており、城攻めは明朝から始まると思われた。

敵の様子を見た宗瑞は、葛山《かつらやま》、富士《ふじ》、由比《ゆい》、興津《おきつ》ら今川諸将を集め、「敵陣に夜討ちを掛ける」と宣言した。

その時の隊編制を聞いた一同は驚いた。

　これまで大小の武将の下に束ねられていた兵をいったんばらし、弓、槍、馬上などの兵種ごとにまとめるというのだ。

「そんな戦は聞いたことがない」と皆、口々に反対した。しかしほかに妙策もなく、一同は宗瑞の言に従うことにした。


　丑《うし》の下刻（午前三時頃）、突然、喊声《かんせい》が上がると、高坂館から騎馬隊が突出した。夜襲を警戒していたものの、まさか騎馬が縦列になって押し寄せてくるとは思っていなかった敵は、急造の木柵を瞬く間に蹴散らされ、逃げ惑っている。

　そこに矢の雨が降り注ぐ。いつの間にか門外に飛び出した弓隊が、盾を持つ者を前に押し立て、矢を射つつ前進を開始したのだ。

　――これだ。

　背後からこの様を眺めつつ、宗瑞は身震いした。これまでの戦闘では、てんでばらばらに矢を射ていたため、当たればいいが、当たらねば効果はなかった。しかし横一線に広がり、一斉に矢を射ることにより、当たらない矢も威嚇《いかく》という効果を生む。

　案の定、敵は雨のように降る矢にたまらず逃げ散っていく。

矢による攻撃は、相手に狙いを定めて射る直射だけでなく、相手を想定せずに空に向かって射る曲射を織り交ぜると、いっそう効果が上がる。

騎馬隊に蹴散らされ、弓隊に圧倒された敵は、たじたじとなっていた。

それを見た宗瑞は次の命を下した。

「槍隊、進め」

「うおー」という喊声を上げて、弓隊の間から槍隊が突出した。宗瑞の指示通り、それぞれが左右の味方を見ながら横一線になって進んだので、敵は恐怖に駆られて崩れ立った。

しかし前面の広い田畑を抜けると、全軍で横一線になるのはままならない。それゆえ宗瑞は、手近にいる者で十でも二十でも固まり、一塊《ひとかたまり》になって突撃するよう指示していた。

これが奏功し、それぞれの塊は、単独で戦おうとする敵を蹴散らしつつ進んだ。

「河越城に向かう！」

敵を追い払ったと見た宗瑞は、最後に残った騎馬隊と共に館を出た。

すでに空は白んできていたが、敵の姿は見当たらない。宗瑞自身、思いつきで編み出した兵種別編制による戦い方が、これだけ大きな効果を生むとは思わなかった。

退き戦とはいえ、宗瑞は関東での初めての戦で勝鬨《かちどき》を挙げた。

この後、河越城で陣労を癒《いや》していた宗瑞らに、驚くべき一報が飛び込んでくる。長享の乱勃発以来、一貫して扇谷上杉陣営にあった古河公方とその与党勢力が、顕定の調略《ちょうりゃく》に応じて山内上杉方に転じたというのだ。

これにより朝良の腰は引け、反撃どころではなくなった。

このままでは、山内上杉家と古河公方という二大勢力に圧迫された扇谷上杉家は、没落を待つばかりである。

一計を案じた宗瑞は、奇襲部隊を率いて入間川《いるまがわ》を東に渡河、公方の持ち城になっている岩付《いわつき》城に攻撃を掛けた。しかし、さすがに太田道灌が手塩にかけて築いた岩付城である。落とすには至らず、宗瑞は撤退を余儀なくされた。

ところが河越城に攻め寄せた山内上杉勢が、これを聞いて岩付城に後詰を掛けてきた。これにより今川・伊勢両勢は河越城への帰途を扼《やく》され、南の蕨《わらび》方面に向かわざるを得なくなる。

宗瑞は鎌倉街道中道を使い、扇谷上杉家の江戸城に逃げ込もうとした。

しかし十一月十五日、埼玉《さいたま》郡馬込《まごめ》まで来たところで敵に捕捉され、合戦となった。

ここまで連戦が続いて疲弊していた今川・伊勢両勢は、新手《あらて》の敵に押され、遂に潰走《かいそう》する。

命からがら江戸城に逃げ込んだが、約半数の味方が戻らなかった。

宗瑞が初めて喫した惨敗である。

しかし堅固な江戸城に立て籠れたおかげで、敵は攻撃をあきらめ引いていった。

この後、扇谷上杉家に用意させた船で、宗瑞と今川勢は、ようやく伊豆に戻ることができた。

定正の頓死《とんし》から二月《ふたつき》の間、関東を転戦した宗瑞は多くの犠牲を出した。しかも定正が死したことで、今後の戦略も大きな変更を強いられることになる。

十一

明応四年（一四九五）になっても、宗瑞の伊豆制圧の目途《めど》は立っていなかった。

宗瑞の築いた柏久保《かしわくぼ》城と狩野道一の本拠・狩野城は、わずか一里半の距離にあり、一進一退を続けていたが、双方共に決め手を欠き、膠着《こうちゃく》状態が続いていた。

こうしたことから宗瑞は、調略を用い、根気よく敵陣営の切り崩しを図ることにした。

宗瑞の調略により、東伊豆の実力者・伊東伊賀入道祐遠《いがにゅうどうすけとお》、中伊豆の大見《おおみ》三人衆（佐《さ》藤《とう》左衛門尉行広《さえもんのじょうゆきひろ》・梅原六郎左衛門《うめはらろくろうざえもん》尉宣貞《のぶさだ》・佐藤四郎兵衛尉貞能《しろうひょうえのじょうさだよし》）、土肥の富永三郎《とみながさぶろう》左衛門尉、田子《たご》の山本太郎左衛門《やまもとたろうざえもん》尉、雲見《くもみ》の高橋将監《たかはししょうげん》、妻良《めら》の村田市之助《むらたいちのすけ》らが味方となり、北伊豆と西伊豆は、じわじわと宗瑞の勢力圏に入っていった。

この頃、茶々丸は武田信縄を頼って甲斐に潜伏しており、武田勢を南下させ、中伊豆以南の与党勢力と共に、宗瑞を挟撃しようとしていた。

茶々丸の有力与党は、関東の山内上杉顕定と甲斐の武田信縄であり、この二つの勢力を伊豆に誘引《ゆういん》すること以外、茶々丸に勝機はない。

翌明応五年（一四九六）、関東の情勢が、再び波乱含みになってきた。

五月、鉢形城を出陣した顕定が、扇谷上杉朝良《ともよし》の河越城に攻め寄せ、両軍は河越近郊の柏原《かしわばら》で衝突した。

この戦いの勝敗はつかなかったが、同月、これに呼応した茶々丸が、武田信縄や郡《ぐん》内《ない》小山田《おやまだ》氏の軍勢に擁され、駿河御厨《みくりや》（御殿場）まで進出してきた。

これに対し、即座に出陣した宗瑞は、緒戦で敵の出鼻をくじき、その後は、にらみ合いに転じ、敵を寄せつけなかった。

茶々丸が顕定と示し合せて攻撃してきたのは明らかであり、こうした場合、勝負を急がず、あくまで顕定と朝良の戦いの経緯を見守るべきだと、宗瑞は思っていた。

宗瑞は、忍耐強く事の成り行きを見守ると同時に、今川氏親に、甲斐侵攻の構えだけでも見せてほしいと依頼した。即座にこれを了解した氏親が、甲駿《こうすん》国境に兵を動かしたため、慌てた甲州勢は兵を引いていった。

これにより両陣営は、再び膠着状態に入る。

武蔵、相模、伊豆、駿河を舞台にして、いつ果てるともない駆け引きが続いていた。


――これが小田原城か。

箱根山を越えて早川沿いに南下した宗瑞は、初めて小田原に入った。

前回、河越城に行った折は、その前を素通りしただけだったので、小田原城内に入ったのは、この時が初めてである。

この時の小田原城主は、大森定頼《おおもりさだより》という少年である。そのため、叔父にあたる大森式部少輔《しきぶのしょう》藤頼《ふじより》が、後見人として実権を掌握していた。

鎌倉時代初期、大森氏は平氏討伐で功を挙げ、源　頼朝《みなもとのよりとも》から駿河国鮎沢荘《あゆざわしょう》を与えられて土着した。その後、室町時代に相模国に進出を果たし、扇谷上杉家の中核を担う寄子国衆の一つとなっていた。

藤頼の父・氏頼は、太田道灌《おおたどうかん》の片腕として活躍し、道灌亡き後も扇谷上杉家の重鎮として、関東三戦（実蒔原《さねまきはら》・須賀谷原《すがやはら》・高見原《たかみはら》合戦）等で奮戦し、その武名は関東全土に轟いていた。

文明十五年、後継の実頼《さねより》が病死したため、氏頼は家督を孫の定頼に継がせ、その後見を次男の藤頼に任せるという態勢を築き、明応三年八月に没した。


かまびすしい蟬《せみ》の声を聞きつつ、同朋に案内された宗瑞が評定の間に入ると、すでに扇谷上杉家の重鎮たちが顔をそろえていた。

正面に座す二人の男に向かって、宗瑞は軽く頭を下げた。

「駿府に行っておりまして遅くなりました。伊勢宗瑞と申します」

型通りの挨拶《あいさつ》を終えた宗瑞が顔を上げると、鶴のように瘦《や》せた六十がらみの男が、甲高い声で名乗った。

「上杉刑部少輔《ぎようぶしようゆ》である」

江戸城にいる扇谷上杉家当主・上杉朝良の実父にあたる上杉朝昌《ともまさ》である。子のなかった先代の定正は、弟朝昌の息子・朝良を養子としてもらい受け、自らの後継に据えていた。

それゆえ定正の死後、扇谷上杉家の実権は朝昌・朝良父子に握られていた。

「大森式部少輔に候。此度《こたび》は大儀である」

朝昌の隣に座しているのは、小田原城主の後見・大森藤頼である。

藤頼はあまり戦場に出たことはないらしく、色白で下膨れした頬は、いかにも頼りなげである。

――この御仁は、腰が据わっておらぬ。

気忙《きぜわ》しげに左右に動くその三白眼を見て、宗瑞は確信した。

「伊勢殿は備中の産とか」

その時、右手最上座を占める僧形の武将が、銅鐘《どうしょう》のように響く声音で問うてきた。

「はっ、京に生まれ、備中で育ちました」

「備中は住みやすいと聞いておるが」

「いかにも。この世の別天地かと思われるほど、よきところです」

「さぞ、作物《なりもの》の実りもよいであろうな」

「はい」

宗瑞の脳裏に、懐かしい故郷の風景がよみがえった。

黄金色の稲穂が豊穣《ほうじよう》の音を奏でる中、菜穂の髪を撫《な》でるように風が吹きすぎていく。

――あの日々に帰れたら、わしは何も要らぬ。

一瞬よぎった思い出を、戦場錆《さび》の利いた声が現実に引き戻した。

「これは失礼仕《つかまつ》った。それがしは三浦道寸《どうすん》と申す」

――これが名高い三浦介義同《よしあつ》か。

道寸は、男の価値を値踏みするような鋭い眼差《まなざ》しを宗瑞に向けてきた。

その鷲鼻《わしばな》は、道寸の誇り高さを表わすように傲然《ごうぜん》とそびえ、あばたの残る頰には、幾多の風雪に耐えてきた樹木のように、深い年輪が刻まれている。

宗瑞は、道寸が己と同じ類《たぐい》の男、すなわち「己の存念を世に問うために生まれてきた男」だと直感した。

続いて、道寸の傍らを占める青年が、対抗心をあらわにして名乗った。

「太田源六《げんろく》と申します」

――道灌殿のご子息か。

道灌と面識はなかった宗瑞だが、道灌は厳格で気難しい人物だったと聞いていた。

おそらく、道灌の生き方を間近に見てきた源六資康《すけやす》も、誇り高く狷介不羈《けんかいふき》な人物であろうと想像できる。

道寸は資康の岳父にあたり、かつて二人は道灌を殺した定正に反発し、長享の乱の第一幕では山内上杉方に身を投じていた。しかし延徳三年、定正と和解し、第二幕では扇谷上杉陣営に帰参していた。

続いて、上田《うえだ》、三戸《みと》、荻野谷《おぎのや》ら扇谷上杉家の宿老衆が次々と名乗ると、最後に、宗瑞と同じ末席で、ちょうど対面の座にいる僧形の男が、反骨心を剝《む》き出《だ》しにして名乗りを上げた。

「長尾《ながお》伊玄入道《いげんにゅうどう》に候《こ》」

男は、何物にも媚びない不敵な面構えをしている。

――これが、かの長尾景春《かげはる》か。

関東管領山内上杉家の家宰職を担う白井《しろい》長尾家に生まれた景春は、家宰職を継がせてもらえなかったため、主の顕定に反旗を翻した。しかし道灌との戦いに敗れて零落し、古河公方《こがくぼう》の許に身を寄せていた。しかし、公方が顕定に与することになったのを機に出奔《しゅっぽん》し、今は客将として扇谷上杉方に身を投じていた。

一時は五千もの兵を動かしていた景春だが、道灌との死闘を経て、今では百程度の配下を率いるだけになっていた。しかし、〝通路切り〟と呼ばれる兵站《へいたん》遮断・移動妨害作戦を編み出し、顕定や道灌を苦しめたその軍略を、関東で知らぬ者はいない。

合戦は、直接戦闘により白黒をつける源平時代さながらのものから、いかなる策や手段を講じても、勝つことを目的とする時代に変わりつつあった。それを体現したのが道灌であり、その好敵手の景春である。

「宗瑞殿、駿府館では見事な手際だったそうな」

「それほどでもありませぬ。窮すれば、知恵は自然と出てくるものです」

「いかさま、な」

黒々とした髭の中に白い歯を浮かべ、景春が笑う。

二人の男の緊張感漂うやり取りは、朝昌の咳払《せきばら》いにより断たれた。

「早速だが、皆も知っての通り、武州（上杉定正）逝去の後、上州は古河公方様を籠絡《ろうらく》し、味方に引き込んだ上、われらを賊として討伐すると喧伝《けんでん》し、七千の兵を率いて南下を始めた」

朝昌の話を資康が引き取る。

「昨日、入った雑説によりますと、上州めは四千の兵で河越城を囲み、残る三千の兵を、こちらに向けてきていると聞きます」

こちらとは小田原を指し、敵は鎌倉街道上道《かみつみち》を南下していることになる。

「狙いは何だ」

瞑目《めいもく》したまま道寸が問う。

「相模国への侵攻を図っているとしか思えませぬ」

「つまり、狙いは江戸城ではないと申すのだな」

江戸城では、扇谷上杉家当主の朝良が、河越城への後詰に向かう準備をしている。

景春が不敵な笑みを浮かべる。

「おそらく津久井《つくい》から相模国に乱入し、扇谷上杉方の相模拠点を、しらみつぶしに落として回るつもりでござろう」

「何たることか」

朝昌が、そのこけた頰を怒りで強張《こわば》らせた。

道灌に匹敵する軍略家として名を馳《は》せた景春の言葉には、皆も一目を置いている。

「上州めが河越城を囲んでおるため、江戸城の治部少輔殿（朝良）は動けぬ。となれば、われらだけで敵の先手《さきて》勢を防がねばならぬ」

「して、いかなる手で」

朝昌が、その肉の薄い唇を歪ませつつ景春に問う。

「いずこかの拠点で敵の先手勢の行き足を鈍らせ、その間に治部少輔殿が河越城を後詰する。それがうまくいけば上州は囲みを解きましょう。さすれば三千の先手勢も浮足立ち、引いていくはず」

「して、どこで時を稼ぐというのだ」

朝昌は、藁《わら》にもすがらんという顔をしている。

「地勢的にそれができるのは、津久井しかありませぬ」

「では、津久井に誰が行く」

道寸の問いに、即座に景春が答えた。

「兵を貸してくれれば、わしが行きましょう」

「いや、それは――」

資康が言いよどんだ。

「何か不都合でもあるのか」

「実は――」

助けを求めるように周囲を見回した後、資康が言った。

「三千の兵を率いてくるのは、貴殿の御子息なのです」

「何だと」

景春の顔が驚きで一瞬、歪んだ。

「つまり先手の将は、長尾右衛門尉景英《うえもんのじようかげひで》ということか」

「いかにも」

一同の間に気まずい沈黙が漂う。

関東の戦乱は複雑化の一途をたどり、親子兄弟が敵対することなど日常茶飯事になっていた。しかし、さすがに実の父子どうしに戦わせるのは酷である。

沈黙を破るかのように聞こえたのは、景春の高笑いだった。

「面白い。わが手で息子を殺せば、貴殿らに、わしの忠節を信じてもらえるというわけだな」

「まさか、伊玄殿は行かれるのか」

思わず宗瑞が問うていた。

「申すまでもなきこと。新参者として、ご一同の疑心を晴らすためにも行かねばなるまい」

景春の皮肉に、一同は沈黙で応えた。

結局、軍議は景春の策に従い、津久井城で持久戦を行うことになり、津久井城には、景春と弥次郎の部隊が入ることになった。

しかし、もしも津久井の線を破られれば、敵がどこに向かうか分からないため、相模国に散らばる扇谷上杉方拠点の岩原・沼田・松田などの城に、朝昌ら諸将が籠ることになった。

一方、客将の立場の宗瑞に課せられたのは、今川氏親に請うて援軍を出してもらい、それを率いて小田原城に後詰することである。

篠突《しのつ》く雨の中、景春率いる一千の軍勢が、小田原城から出陣していく。

その光景を、宗瑞は一人で望楼から眺めていた。

景春の手勢は百足らずなので、諸将が兵を出し合って何とか体裁を整えさせたものの、せいぜい一千程度である。しかも寄り合い所帯で、どれほど働けるかは分からない。

名だたる軍略家の景春をしても、おそらく兵力以下の戦いしかできないはずである。

一方、弥次郎には、宗瑞の総兵力に近い八百を託した。それでも景春勢と合わせて千八百にすぎず、敵を押さえるには十分と言えない。

――手立てはいかに戦うかではなく、いかに戦わぬかだ。

手立てとは、戦略と戦術の中間に位置する基本方針のことである。

「兄者」

弥次郎の声でわれに返った宗瑞が振り向くと、甲冑《かっちゅう》姿の弥次郎の背後に、荒木兵庫《あらきひょうご》、平井九右衛門、伊東伊賀入道、松田頼秀《まつだよりひで》といった面々が従っていた。

「皆、聞け」

宗瑞は、弥次郎と共に出陣していく一同を座らせた。

「おそらく伊玄殿は、無二の一戦を挑むはずだ。ここで手ぬるい戦をすれば、扇谷上杉方諸将の信頼を失い、関東に居場所がなくなるからだ」

「つまり、伊玄殿が信頼を勝ち取るには、息子の首を挙げねばならぬのですな」

弥次郎が日向《ひなた》臭い顔を歪ませる。

「そうだ。その胸中《きょうちゅう》は察するに余りある」

景春は文字通り、「常在戦場」の半生を送ってきた。そのため正室の沼田氏との間には、景英以外の子がいない。

しかも景英が敵方となったのには、無理からぬ理由があった。

文明十年（一四七八）、景春が出陣中、道灌により本拠の鉢形城を落とされ、少年の景英は母の沼田氏を連れて、秩父《ちちぶ》黒谷《くろや》にある長尾城に落ち延びた。しかしそこも囲まれて母子は降伏した。顕定の許に送られた母子は人質となったが、景英は長ずるに及んで顕定に気に入られ、人質から重臣へと出頭した。

つまり景春と景英は、いくつもの偶然が重なり、不本意ながら敵味方に分かれたのだ。

「いかなる事情があろうと、伊玄殿は武人としての意地を貫くつもりだろう」

「それをさせないのが、われらの役目ですな」

荒木兵庫がにやりとした。

「そうだ。無二の一戦を挑もうとする伊玄殿を抑え、決戦を避ける。しかし――」

「こちらから仕掛けねば、敵は津久井を捨て置き、相模国内に進軍すると仰せですな」

平井九右衛門が宗瑞の言葉を引き取った。

「ああ、敵は三千の大軍だ。退路をふさがれようが動じず押し入るだろう」

津久井城は鎌倉街道上道から外れており、籠っているだけでは敵の帰路をふさぐことにならない。ところが鎌倉街道まで出張って街道を封鎖しても、要害に拠《よ》らねば、軍勢の多寡により勝敗は決してしまう。

本来であれば、鎌倉街道沿いの由井《ゆい》から椚田《くぬぎだ》までの線で押さえたいのだが、要害性の高い山が見当たらない上、城を築く暇などない。

——城には様々な役割がある。中でも重要なのは敵の動きを掣肘《せいちゅう》し、敵の調儀（作戦）を遅滞させることだ。つまり、領国内に効果的に城郭を配置することで、その防衛力は飛躍的に高まる。

すでに宗瑞は、城郭網というものに目を向け始めていた。

「つまり兄者の手立ては、敵を鎌倉街道から引き寄せるだけにして、決戦を挑まぬのですな」

「そうだ。しかも逸《はや》る伊玄殿を抑えてもらわねばならぬ」

それが、いかに困難かは分かっている。しかし宗瑞が、弥次郎に代わることはできない。宗瑞には今川勢を引き連れ、小田原に後詰するという大事な役目が託されているからだ。

——決戦を挑むのは、わしの率いる軍勢となる。

扇谷上杉方の命運を握る決戦を、宗瑞は己の軍配で行うつもりでいた。これまでの信用と実績から、今川勢も宗瑞の軍配なら従ってくれる。

——弥次郎を津久井に配し、わしは韮山に戻る。これだけは動かせぬ。

自ら津久井に赴きたい気持ちを抑え、宗瑞は、困難な仕事を弥次郎に託さねばならなかった。

「兄者、案ずることはない。何とかやってみる」

「頼むぞ」

宗瑞と弥次郎は、久方ぶりに強く眼差しを交わし合った。

続いて出陣していく荒木兵庫ら一人ひとりに声をかけ、肩を叩いて送り出した宗瑞は、最後に出ていこうとした弥次郎を呼び止めた。

「弥次郎、覚えておるか」

宗瑞が遠い目をする。

「何をですか」

「菜穂が瘧《おこり》にやられ、わしが正気を失った時、そなたは『放せ』と喚《わめ》くわしを背後から抱きとめ、『放しませぬ。断じて放しませぬ！』と申した」

「ああ、あの時は失礼仕った」

「いや、そうではないのだ」

宗瑞が言いにくそうに言った。

「これからも、わしを放さずにいてくれるか」

「兄者、今更、何を言う」

いかにも照れくさそうに、弥次郎の顔に笑みが広がる。

「これから先、われらには、さらに厳しい日々が待ち受けていよう。それを乗り切れるかどうかは、われら二人次第なのだ」

弥次郎は力強くうなずくと言った。

「誰が兄者を放そうか。われら二人は兄弟ではないか」

「そうであったな」

――兄弟か。

兄の貞興のことを思い出し、宗瑞の瞳に光るものが溢《あふ》れた。

「行け」

それを見られまいと、宗瑞は弥次郎に背を向けた。

景春に続いて出陣していく弥次郎らを見送った後、宗瑞は韮山への帰途に就いた。

大道寺太郎と山中才四郎には、氏親への書状を託し、駿馬《しゅんめ》を与えて駿府に向かわせた。

朝昌、道寸、資康らも、それぞれの役所（持ち場）に散っていった。

決戦の時は迫っていた。

十二

韮山に戻った宗瑞が残る兵をかき集め、出陣の支度をしているところに、山中才四郎が戻ってきた。

才四郎の報告を聞いた宗瑞は愕然《がくぜん》とした。

この六月、斯波氏の調略に応じた遠江《とおとうみ》国佐野郡の国人・川井《かわい》蔵人《くろうど》成信が今川方を離反し、松葉《まつば》城に拠って反旗を翻したというのだ。

これを聞いた氏親は激怒し、ほぼ全軍を率いて掛川方面に向かったという。

駿府でそれを知った大道寺太郎と才四郎は、二手に分かれ、太郎は氏親を追って遠江へ、才四郎は報告のために韮山に戻ったという。

――何ということだ。

一国人の反乱とはいえ、斯波氏の後詰があるはずで、容易に片付くとは思えない。いかに大恩ある宗瑞の依頼でも、これで氏親が兵を割くのは難しくなった。

――御屋形様も国を保つのに必死なのだ。

韮山城にいる宗瑞の手勢は老兵二百程度であり、とても決戦兵力にはならない。

宗瑞は、少しでも駿府の留守居衆から兵を割いてもらうよう、才四郎を遠江にいる氏親の許に送った。

明応五年七月四日、景春と弥次郎は、長尾景英率いる敵の先手勢を津久井方面に誘引した。しかし決戦に逸る景春と、敵を引きつけることを主目的とする弥次郎の間で、意思疎通がうまくいかず、蛭窪川《ひるくぼかわ》を挟んだ戦いは中途半端なものとなった。自ら渡河しようとする景春と、敵に渡河させようとする弥次郎の間で意見が対立し、双方は「勝手にしろ」とばかりに別行動を取った。

その結果、渡河した景春勢は、三倍の敵に押し包まれて惨敗を喫し、弥次郎勢は矢戦だけで津久井城に兵を引いた。

歴戦の雄である景春を御することなど弥次郎にできないことは、初めから分かっていた。しかしあの場は、弥次郎に託すしか手はなかったのだ。

宗瑞が韮山城で切歯扼腕《せっしやくわん》しながら今川勢を待っている頃、鎌倉街道に戻った敵の先手勢は、相模川沿いに糟屋《かすや》方面に向かっていた。糟屋は扇谷上杉家のかつての本拠であり、この知らせを受けた朝昌は浮足立った。

朝昌は武将としての才に乏しく、敵の目先の動きに惑わされて動く癖がある。それで危機に陥ったことも幾度かあり、その度に定正に救われていた。

長享二年二月、山内上杉顕定が相模国に攻め入った際、朝昌は七沢《ななさわ》城に籠城していた。顕定は七沢城を囲んだものの、朝昌が城を出てこないため、囲みを解いて実蒔原まで後退した。これを見た朝昌は城を出て追撃し、実蒔原までおびき出されて散々に破られた。そこに河越城から駆けつけた定正が横入りし、合戦は扇谷上杉方の逆転勝利となったが、朝昌の面目は丸つぶれとなった。

こうしたことから、朝昌の戦下手は敵味方の共通認識となっていた。

案の定、今回も朝昌が勝手に作戦を変更し、河越城の後詰に向かおうとしていた江戸城の朝良を、相模国に呼び込んだ。

これにより、作戦は齟齬《そご》を来たし始める。

朝昌は、弥次郎と景春に敵を追尾して糟屋方面に向かうよう命じてきた。むろん二人に異存はないが、敗戦の痛手から迅速に行動することができず、その間に敵の先手勢は、無人に等しい糟屋館を焼くと、さらに南方にある平塚の実田《さなだ》要害に向かった。

実田要害には上田正忠《まさただ》と同備前守朝直《びぜんのかみともなお》が籠っていたが、寡兵の上にさほどの要害でもないため、落城は必至である。

実田要害が落ちれば、小田原の障壁《しょうへき》となるべき城はない。これにより敵の先手勢の戦略目標が、小田原城であることが明白となった。

この一報に大森藤頼は慌てふためき、朝昌に後詰要請してきた。

朝昌は、先に津久井を出た弥次郎勢を小田原に向かわせ、痛手の残る景春勢を実田要害の後詰に差し向けた。

こうなると、もう作戦は体《てい》を成さない。道寸や資康といった名将・知将も、朝昌が勝手に指示を出してしまうので、いかんともし難《がた》い。

こうした知らせが河越を囲む顕定の許にも届き、顕定は城攻めを中止し、先手勢の後を追うように相模国に向かった。

決戦の気運は高まっていたが、いまだ宗瑞の許に兵は集まらない。

一方、相模国の平塚で合流した顕定と景英の山内上杉勢は、七千に膨れ上がり、西進を始めた。

こうなってしまっては、山内上杉勢にとって実田要害などの支城は眼中にない。支城群を無視して西に進んだ山内上杉勢は、瞬く間に小田原城を囲んだ。

七月中旬、山中才四郎《やまなかさいしろう》が戻り、氏親の与党が川井成信を討ち取り、遠江戦線の目途が立ったと伝えてきた。氏親は、葛山・富士・由比・興津ら宗瑞ゆかりの今川勢を差し向けてくれるという。その数は一千余。

——何とか間に合ったか。

気心の知れた国衆の兵なら、兵力以上の力を出せる。しかも宗瑞の見た限り、小田原城は堅固であり、容易に落ちるとは思えない。

駿府から駆けつけてきた今川勢を率いた宗瑞は七月下旬、ようやく韮山城を出陣した。

宗瑞らが、湯坂《ゆさか》道を経て湯坂の関に至った時である。

小田原方面が黒煙に包まれていた。

早速、物見を差し向け、様子を探らせたところ、小田原城内に山内上杉家の旗が翻っているという。

——そんなはずはない。

いかに敵が大軍でも、小田原城は堅固な上、背後から扇谷上杉勢が迫っているため、落城などあり得ない、と宗瑞は思っていた。

かといって、信頼できる物見の目を疑うわけにはいかない。

せめて弥次郎率いる伊勢勢だけでも収容せんと、宗瑞は、湯坂の関に腰を据えたまま四方に斥候《せっこう》を走らせた。

ところが次々と戻った斥候によると、伊勢勢は壊滅したという。

——まさか。

宗瑞は茫然とした。

伊勢勢が壊滅したにもかかわらず、弥次郎だけが、どこかに逃れているという可能性は皆無に等しい。

弥次郎は責任感だけは人一倍強く、最後の一兵となってもその地に踏みとどまり、己に課せられた使命を全うしようとするに違いないからだ。

——誤報であればよいのだが。

しかし宗瑞の願いは、空しいものとなっていく。

翌日、山内上杉勢が撤退に入ったという一報が入った。

これを聞いて早速、小田原に向かおうとした宗瑞だったが、そこに伊東伊賀入道と松田頼秀が敗残兵を率いて引き揚げてきた。

彼らの話によると、七千の山内上杉勢に小田原城を囲まれた大森藤頼は、われを失うほど慌てふためいた。その慌てぶりは、弥次郎に叱責されるほどだったという。

城内にいる大森勢は、伊勢勢を合わせても二千五百ほどであり、敵が本気で攻め寄せれば、落城は必至である。

ところが山内上杉勢は、背後が気になって仕方がない。小田原城を包囲する山内上杉勢をさらに包囲するように、その背後には、朝昌・朝良父子、三浦道寸、太田資康らが集まり始めていたからである。

城内は楽観的な空気に支配されたが、いつまで経《た》っても朝良らは後詰してこない。逆に意気盛んな長尾景英勢などが、小田原城に矢戦を仕掛けてきた。

藤頼は曾我《そが》丘陵に陣取る朝良に飛札《ひさつ》を送り、矢のように後詰を促すが、曾我陣では、包囲持久戦を唱える朝昌と、速戦即決を唱える三浦道寸が激論を戦わせており、なかなか結論が出ない。

これを知った顕定らは、藤頼を調略により籠絡すべく、使者を城内に送り込んだ。曾我にいる味方との連絡を絶たれた城内では、疑心暗鬼が渦巻き、藤頼はこの話に乗ることにした。

七月某日、惣懸《そうがか》りを掛けてきた山内上杉勢に対し、防戦に務める伊勢勢の背後から鬨の声が上がり、大森勢が打ち掛かってきた。これにたまらず伊勢勢は崩壊し、乱戦の中、弥次郎、荒木兵庫、平井九右衛門の三人は、枕を並べて討ち死にした。

弥次郎らとは別の曲輪《くるわ》を守っていた伊東と松田は、これを見て脱出したという。

――弥次郎は死んだのか。

幼い頃から共に育った弥次郎が、もはやこの世にいないなど、宗瑞には信じられなかった。

宗瑞は、ここまで片腕と頼んできた弥次郎だけでなく、頼りになる兵庫や知恵者の九右衛門さえも失った。

——わしは、無駄な戦で弟たちを殺してしまった。

兄の貞興の時のように自ら手を下したわけではないが、手に余る使命を弥次郎に課した罪は、宗瑞が負わねばならない。

愕然とする宗瑞の内奥《ないおう》から、弥次郎の声が聞こえた。

——兄者、それは違う。わしの死は無駄ではない。

——無駄ではない、と申すか。

——そうだ。これにより兄者は、関東に足掛かりができたではないか。

——どういうことだ。

——わしの死と引き換えに、兄者は大義を得たのだ。

「そういうことか」

その代償はあまりに大きかったが、弥次郎たちの死を無駄にしないためにも、宗瑞は関東進出をやり遂げねばならない。

——いつの日か、この借りを返してやる。

宗瑞は決意を新たにした。

第三章　雲煙縹渺《うんえんひょうびょう》

一

明応《めいおう》六年（一四九七）が明けた。

この年、ようやく宗瑞《そうずい》は伊豆《いず》全土の制圧に取り掛かった。

だが、中伊豆における狩野《かのう》一族の勢力は強く、力攻めを強行すれば、多大な損害を覚悟せねばならない。

むろん宗瑞は、狩野一族に対しても調略の手を伸ばしてはいたが、本家当主の道一《どういつ》をはじめとした一族の結束は固く、付け入る隙《すき》は、なかなか見つけられなかった。

道一は茶々丸《ちゃちゃまる》の外祖父にあたり、その血縁の絆《きずな》は、利で釣っても理で説いても断ち切ることは難しい。

しかし狩野一族の強さは、それだけではない。

道一は在地の衆から慕われており、上下一致した態勢で戦っていた。それは道一個人の輿望《よぼう》というより、在地の民の長きにわたる狩野一族への信頼によるものだった。

――そうした関係をあえて崩さず、丸ごと取り込んでしまえばよいのだ。

狩野一族は立場上、宗瑞に敵対しているだけであり、本来、討伐すべき相手ではない。

大きな力を持てば、武力で中小国人たちを滅ぼすことは難しくはない。だがそれをやってしまえば、戦火や強奪によって田畑は荒らされ、その地の耕作民は逃げ散る。それが農地の荒廃につながり、そうした地から年貢の収公ができるのは、いつになるか分からない。

――それならば、戦わずして傘下に収めてしまえばよいのだ。

問題は、命を懸けて戦った家臣や寄子たちに、いかに報いるかである。

敵地を切り取り、家臣たちに恩賞として新たな知行地を給付せねば、将兵の士気は低下し、その軍団は弱体化する。

――待てよ。それは思い込みではないか。それに代わる何かを、例えば安定した地位と生活を保障すれば、古参の者や功を挙げた者も納得するのではないか。

野心に駆られた少数の者を除けば、いかに武士とて、日々の平穏な生活を望む者が大半である。

——それらを与えてやる仕組みを考えればよいのだ。せめて東国にだけでも、そのような国が築けぬものか。

宗瑞の脳裏に、新たな国家像が浮かびつつあった。

——万民が明日のことを心配せず、平穏にすごせる国を作るのだ。

そこまで考えた宗瑞は、現実に立ち戻った。

——道一らと戦わずに茶々丸を討つ。

しかしその方法は、なかなか見つけられなかった。

そんな折の明応七年（一四九八）七月、甲斐《かい》に潜行していた茶々丸が、奥伊豆の深《ふか》根《ね》城に戻ったという一報が飛び込んできた。

かねてより茶々丸は武田信縄《たけだのぶつな》を説得し、南北呼応して宗瑞を挟撃しようとしており、長らく甲斐に滞在していた。その茶々丸が奥伊豆に戻ったということは、何を意味するのか。

武田信縄との調整がうまくいかなかったとしたら、茶々丸は伊豆に戻らないはずであり、信縄との間に、何らかの合意ができたと考えるべきである。

——先手を打つべきだな。

清水湊《しみずみなと》から海路、西伊豆に渡り、半島南部の深根城を落として茶々丸の首を獲《と》れば、中伊豆の狩野一族との対決は回避できる。

宗瑞は、そのことに気づいた。

商人出身の有滝兵衛《ありたきひょうえ》を小川《こがわ》に送った宗瑞は、法永《ほうえい》長者に兵船の手配を依頼した。法永はこれを快く了承し、商人仲間からも船を借りてくれることになった。

柏久保《かしわくぼ》城の守りを伊東伊賀入道《いとういがにゅうどう》と大見《おおみ》三人衆に任せた宗瑞は、ひそかに韮山《にらやま》から清水に向かった。

今川氏親《いまがわうじちか》の命により、ほどなくして葛山《かつらやま》、富士《ふじ》、由比《ゆい》、興津《おきつ》ら今川傘下の国衆も集まり、八月中旬には一千ほどの兵力が確保できた。法永の手配した船団も到着している。

清水からの船出は八月二十六日と決まった。

ところが前日の二十五日、予想もつかないことが起こった。

この日の朝、武具や兵糧の積み込みを桟橋で指揮していると、突然、大地が揺らいだ。

立っていられないくらいの揺れで、膝《ひざ》をつくほどである。慌てて陸岸に目をやると、海沿いの蔵がいくつも倒壊している。

しばらくして揺れは収まったものの、海水が一斉に引いていった。

――これは、もしや津波では。

かつて京で暮らしていた頃、明《みん》帰りの禅僧から聞いた、津波が襲ってくる際の前兆を、宗瑞は思い出した。

――津波が襲ってくる時は、海の底が見えるほど潮が引くと言っていたな。

「逃げろ！」

宗瑞が叫ぶと、茫然《ぼうぜん》としていた者たちが、一斉に宗瑞に目を向けた。しかし誰一人として、その場から動こうとしない。

「逃げろ、逃げろ！」と叫びつつ、宗瑞が高所を目指して走り出すと、ようやく皆、われに返ったようにそれに続いた。

高台に着いて水平線を見ると、海面が不規則に波立ち、山のように盛り上がっている。続いて、波というよりも嵩《かさ》上《あ》げされた海面が押し寄せてきた。

――これは何だ。

今まで見たこともないような海の有様《ありさま》に、宗瑞は言葉もなかった。

「津波だ！」

その時、誰かが叫んだ。

地鳴りのような轟音《ごうおん》が、次第に大きくなってくるや、大波は陸岸に達した。台風の大波のように凄《すさ》まじい力で寄せてくるのではなく、器に満たした水が溢《あふ》れ出るかのように、じんわりと海面が溢れてくる感じだ。

やがて漁船が陸に押し上げられ、そのぶつかり合う音が、高台まで聞こえてくる。津波は町中まで押し入り、家屋が押しつぶされる度に、視界を閉ざすほどの土煙が上がる。

そうした中、逃げ遅れた人々が懸命に高台目指して走ってくる。しかし津波は、情け容赦なく彼らをのみ込んでいく。その度に起こる悲鳴に、宗瑞は耳を覆いたくなった。

しかし清水湊は、陸に向かって多少の勾配《こうばい》があるため、津波の速度は漸減し、多くの人はのみ込まれずに済んだ。

しばらくして湊に戻ってみると、小型の平底船は破壊されたり、陸に押し上げられたりしていたが、大型兵船の大半は無事だった。

宗瑞は胸を撫《な》で下ろしたが、まずは被害の把握と被災民の救済である。

ところが、各地の船が清水湊に逃げ込んでくるに及び、駿河湾《するがわん》一帯の被害が、清水湊とは比べ物にならないことが判明した。

断続的に入ってくる噂《うわさ》によると、とくに焼津《やいづ》方面の被害は甚大で、小川湊が壊滅したというものまであった。救出作業を続けながら、宗瑞は小川の法永長者とその一族のことが心配でならなかった。

午後になると、法永の後を継いだ元長が船でやってきた。元長は宗瑞に一家の無事を伝えると、長谷川《はせがわ》家の貸した船が皆、無事であったことを喜び、「宗瑞のおかげだ」と言って喜んだ。

長谷川家のことを心配していた宗瑞も、元長の話を聞いて胸を撫《な》で下ろした。

しかし、この地震によって小川湊は遠浅となり、これ以後、さほどの良港ではなくなった。それゆえ長谷川家は商人として立ち行かなくなり、今川家家臣としての道を歩むことになる。

その後、元長は桶狭間《おけはざま》合戦で戦死し、その子の正長は最後まで今川家に忠節を尽くし、今川家が滅んだ後、徳川家に仕えて三方ヶ原《みかたはら》で戦死した。それから約三百年後、この家系から、火付盗賊改方《ひつけとうぞくあらためかた》の〝鬼平〟こと長谷川平蔵宣以《はせがわへいぞうのぶため》が出る。

後に明応地震と呼ばれることになるこの大地震は、駿河湾沖を震源地とし、浜名湖《はまなこ》が海とつながるほどの巨大さだった。

各地から次々と届けられる地震の被害を聞き、清水湊で出陣を待つ将兵の顔にも、不安の色が広がり始めていた。とくに西伊豆沿岸部の被害は想像を絶するほどで、浦という浦が壊滅したという話も入ってきた。

これらの話を聞いた誰もが、翌日の西伊豆上陸作戦は延期されるものと思っていた。

ところが、宗瑞の考えは常人とは違う。

――こうした時だからこそ、奇襲は成功するのだ。

西伊豆への渡海を思いとどまらせようとする幕僚や国衆の意見を封じた宗瑞は、翌日の出陣を命じた。

翌二十六日早朝、宗瑞率いる一千余の軍勢は、予定通りに清水湊を出帆《しゅっぱん》した。

予定と違うことといえば、西伊豆の被災民を救済するために、より多くの兵糧や水を積み込ませたことと、仁科《にしな》、安良里《あらり》、田子《たご》、松崎《まつざき》の四ヵ所に上陸地を分けたことである。

兵を分かつことは、できるだけ避けたいところだが、沿岸部の人々への救援は急務である。

当時の伊豆南西部の沿岸地帯は、すでに制圧した戸田《へた》、土肥《とい》、宇久須《うぐす》を除けば、仁科、安良里、田子、松崎の四ヵ所に人口が集中しており、そこに上陸すれば、大半の被災民を救済できる。

百余艘《ひやくよそう》の船団は、いまだ茶褐色の駿河湾の波を蹴立てて南東に向かった。

舳《へさき》に立ち、法衣《ほうえ》を風に翻しつつ、宗瑞は沿岸部の被害をつぶさに観察した。

――これはひどい。

海岸線の複雑な地形が津波の力を倍増させたのか、西伊豆の沿岸部は、残らず津波にのみ込まれていた。

陸岸からは木材や漁網、そして水膨れした遺骸《いがい》が流されてくる。宗瑞は、遺骸を見つける度に数珠《じゆず》を取り出して経を唱えた。本来であれば遺骸を引き上げ、手厚い供養をしてやるべきだが、その暇はない。

やがて、宗瑞率いる船団は松崎に入港した。

沖合から続々と押し寄せる船団を見て、被災民は山に逃げ込んだのか、全く姿が見えない。

それに構わず、宗瑞は船から米穀を下ろすと、大釜をいくつも出して米を炊き、湯を沸かした。それを目にした被災民が、恐る恐る山を下りてきた。初めは男たちだけだったが、続いて老人が、子供が、女たちが次々と姿を現した。

宗瑞は、手ずから被災民たちが持ち寄る椀《わん》に粥《かゆ》を盛り、一人ひとりに激励の言葉をかけた。

津波に襲われてから、彼らはろくに食事や水も取っていないらしく、宗瑞の前にひざまずき、「ありがたや」と言っては手を合わせた。

「われらを救ってくれたのは伊勢《いせ》宗瑞様」

瞬く間に宗瑞の名が知れわたっていった。そして、その目的を知った若者たちは、この恩に報いようと、陣夫になることを申し出た。

二十七日、仁科、安良里、田子に物資を下ろした僚船が順次、松崎に集まってきた。ほかの地でも、同様のことが起こっており、この間髪入れぬ救援活動が、どれだけ多くの民を救ったか分からない。

この日の夜、早くも宗瑞は東に向けて進軍を開始した。

伊豆南部稲津《いなづ》郷にある深根城は、伊豆国守護職・山内上杉《やまのうちうえすぎ》家の代官所である。

下田から一里ほど真北のこの地は、北の天城峠《あまぎとうげ》、西の松崎、南の下田《しもだ》を結ぶ伊豆南部の陸上交通の結節点に当たっており、この周辺一帯を蔵入地とする山内上杉家は、伊豆南部や伊豆七島から集めた米穀や貢物《こうもつ》を、下田湊から鎌倉に送っていた。

山内上杉家代官の関戸播磨守吉信《せきとはりまのかみよしのぶ》は、山内上杉家当主の顕定《あきさだ》の命により深根城で茶々丸を保護し、すでに茶々丸のための館まで新築していた。

茶々丸と吉信は、間もなく江戸からやってくる山内上杉家の加勢を待ち、下田街道を北上し、宗瑞を攻め滅ぼすつもりでいた。

武田信縄からも、九月初旬には本拠の石和《いさわ》を出陣するという書状が届き、茶々丸は狂喜した。こうなれば、韮山の回復は目前である。

深根城の茶々丸館では連日、酒宴が続いていた。

そこを大地震が襲った。


二十八日、進軍途中の宗瑞らは、台風に見舞われて足止めを食らった。まさに西伊豆の人々にとっては、「弱り目にたたり目」である。

あまりに激しい風雨により、伊勢勢は、婆娑羅《ばさら》峠付近の山中で立ち往生していた。

宗瑞は兵や小者と身を寄せ合い、大荒れの一夜を過ごした。

二十九日午後、台風一過の秋空の下、進軍は再開された。

婆娑羅峠を下り、平地の加増野《かぞうの》に出ると、多くの民家が倒壊していた。内陸部でも、地震の被害は甚大だった。

突如として現れた軍勢に、はじめ農民たちは驚きの目を向けていたが、運んできた米穀を配ると、手を合わせて喜んだ。

ここまで来れば、深根城まで一里ほどである。

宗瑞が山中才四郎に物見を命じると、十名ほどの配下を連れた才四郎は、猿《ましら》のように獣道に入っていった。

それを待つ間、宗瑞は己の考えに沈んだ。

――茶々丸を討つことで、わしは下剋上《げこくじょう》を成すことになる。

茶々丸は、幕府から正式に任命された公方《くぼう》ではない。しかし初代堀越《ほりこし》公方・政知《まさとも》の息子であることに変わりはない。政知の意向で、公方の後継者として遇されていた時期もあった。

たとえ将軍の命とはいえ、伊勢家の血を引く宗瑞が、主筋である足利《あしかが》家の血を引く茶々丸を討つということは、紛れもない下剋上である。

「何を考えておられるのか」

切り株に腰を下ろし、足元を見つめていた宗瑞が顔を上げると、大道寺《だいどうじ》太郎《たろう》が立っていた。

「いかに深根城を落とすかを考えておった」

「偽りを仰せになられてはいけませぬ。茶々丸を討つか討たぬかで迷うておるのは、馬の口取りにも分かります」

「そうか、すまなかったな」

宗瑞は苦笑した。乳兄弟に隠し事などできない。

「殿は何のために戦われる」

太郎が隣の切り株に腰を下ろす。

「何のため、か――」

宗瑞が見てきた武将たちは皆、己のためだけに戦っていた。家督や所領をわが物とするために村や田畑を焼き、多くの民を苦しめても平然と戦い続けた。応仁《おうにん》・文明《ぶんめい》の乱が終息した今となっても、将軍の座を追われた者とその与党は、虎視眈々《こしたんたん》とその奪回を期して牙《きば》を研いでいる。

それもこれも、煎《せん》じ詰めれば己のためである。

――欲に囚《とら》われた者たちの戦いは、いつ果てるともなく続くのだ。

「わしの見てきた者たちは皆、己のために戦っていた」

「そうでありましたな」

「人は皆、己のために戦う生き物なのだ」

「いかにも人とは、そういうものでござろう。殿も、そのお一人なのですな」

宗瑞は即座に「違う」とは言えなかった。

――わしは茶々丸を斃《たお》すことで、伊豆一国を手にする。

宗瑞には明応二年の政変を東国に波及させ、将軍義澄《よしずみ》の威権を東国にも確立するという使命があった。だがそれは名目にすぎず、宗瑞が伊豆の主となることに変わりはない。

「殿は、備中《びっちゅう》にいた頃のことを思い出されるか」

突然、太郎が話を転じた。その目は、遠い昔を懐かしむように潤んでいる。

「故郷のことを忘れられようか」

「あの頃、殿は借金をしても民を救おうとした。その噂を聞きつけた流民が、近隣から引きも切らずやってきましたな」

「そうであった」

在地の衆だろうが、他国から来る流民だろうが、宗瑞は分け隔てなく迎え入れ、食事と寝る場所を与えた。

「あの時、われらは己のためでなく、他人のために働くことが生きがいでしたな」

「いかさま、な」

突然、太郎の太い腕が宗瑞の肩を摑《つか》んだ。

「此度《こたび》もそうでありました。あれだけの大地震《おおない》の後でも、殿は、伊豆の民を救いに行くと仰せになられた。わしはうれしかった」

太郎の瞳から熱いものが溢れる。

「殿、この戦いは民のための戦いですぞ。殿こそは、己のためでなく民のために戦える唯一の人ではありませぬか」

「民のために戦える唯一の人とな」

「そうです。殿は、〝頼うだる人〟とならねばならぬのです」

「〝頼うだる人〟、か」

〝頼うだる人〟とは、「頼みがいのある人」という謂《い》いである。

――己のためでなく、民の輿望を担った〝頼うだる人〟として、わしは茶々丸を討つのだ。

茶々丸は己の保身と権力欲のために、罪なきお満の方とその息子を殺した。それだけでなく、民の代表である在地国人の秋山蔵人《あきやまくろうど》と外山豊前《とやまぶぜん》の二人を斬り、その所領をわがものとした。

――茶々丸は民の敵なのだ。

宗瑞の胸内から、沸々《ふつふつ》とした闘志がわき上がってきた。

「やはり、やらねばならぬな」

「やりましょう」

いつの間にか集まっていた配下の者たちも皆、大きくうなずいている。

その時、才四郎が戻ってきた。

「殿、深根城の被害は甚大です。城内には、倒壊した家屋から引き出された遺骸がそこかしこに横たわり、関戸の家人たちで生きている者は、わずかしかおりませぬ」

「関戸播磨はどうした」

「農民から聞いたところによると、今朝方、城主とおぼしき騎馬武者が、配下の者を引き連れて南に向かったとのこと」

「ははあ、下田湊の損害を見に行ったのだな」

「そのようです」

「茶々丸はどこにおる」

「おそらく城内に」

深根城内に茶々丸の御殿が新築されたことは、宗瑞も聞いていた。

新しい建築物は、白蟻《しろあり》の侵食が進んでいないため、地震に遭っても無事であることが多い。

――おそらく、茶々丸は健在だ。

宗瑞の心には、すでに一点の曇りもなかった。

二

北を除く三方にそびえる急崖《きゅうがい》に抱かれるようにして、深根城は築かれていた。

背後の山を取られてしまえば、落城は必至の選地だが、元々、代官所として築かれた城のためか、さほど要害性を考慮していない。

――いかに攻めるか。

深根城の絵図面を広げた宗瑞は、すでに半刻《はんとき》近く見入っていた。

唯一、開けている北側には、稲梓川《いなずさがわ》を隔てて深田と沼が広がっていた。つまりそちらから攻めれば、城方にとって見通しがよいため、相応の被害を覚悟せねばならない。

力攻めすれば落ちる城であっても、宗瑞は、できるだけ兵を損なわずに城を攻略するつもりでいた。

——一計を案じねばならぬな。

じっと絵図面を見入っていた宗瑞の頭に閃《ひらめ》くものがあった。

「大道寺、笠原《かさはら》、清水《しみず》は、城の北から鬨《とき》の声《こえ》を上げて矢を射掛けよ。わしと才四郎《さいしろう》は城の背後の山に登り、逃れてくる茶々丸を待つ」

「つまり、われらは矢戦だけを行い、城には近づくなと仰せか」

「北から矢戦を仕掛ければ、驚いた茶々丸は南の山中に逃げ込むはずだ。そこを討ち取る」

宗瑞の狙いは、茶々丸の首だけである。

山裾に築かれた城は、高所である山頂を取られると防戦のしようがない。そのため山頂にも、詰城や砦《とりで》を築くのが常である。

深根城もその例に漏れず、城の周囲に死角を設けないよう、何ヵ所かに削平地があり、物見櫓《ものみやぐら》が築かれていた。ところが地震でそれらも倒壊したらしく、背後の山には、何の建築物も見えない。

——さすれば、在番の兵もいないはずだ。

才四郎らに探させると案の定、何ヵ所かに曲輪《くるわ》らしきものがあった。思った通り、櫓や小屋が倒壊しており、人気はないという。

そのうちの一つを陣所と定め、設営が終わるのを待っていると、北方《ほっぽう》から鬨の声が上がった。

太郎らが遠矢を射ているのだ。

突然の襲撃に城方は慌てたらしく、怒号や女の悲鳴が聞こえてくる。

——始まったな。

宗瑞は視界の開けた位置まで移動し、山麓で行われている矢戦を眺めた。

川を隔てているためか、味方の放つ矢の半数以上は城まで届かないが、城方の注意は北方に引き付けられている。

その様子を眺めていると、西の尾根筋を目指し、山を登ってくる女人の集団が見えた。皆、頭から打掛《うちかけ》をかぶり、流れ矢を防ごうとしている。

その先頭を行く丈の高い女人の足だけが、やけに速い。

「才四郎、おそらくあれが茶々丸だ。包囲してわしを待て」

「はっ」

三十名ほどの兵を率いた才四郎が、西に向かって走り去った。

やがて女人の集団を包囲したという報が届き、宗瑞はそちらに向かった。

槇《まき》ヶ窪《くぼ》と呼ばれる谷で包囲された女人たちは、一人の貴人を隠すように一塊《ひとかたまり》になっている。

「お見逃し下さい。われらは関戸家の女房衆です！」

女房の一人が、ほかの者たちを庇《かば》うように前に立って両手を広げた。

「申すまでもなきこと。そなたらの命は取らぬ」

「それでは、お見逃しいただけるのですね」

「うむ。ただし――」

宗瑞の声音が厳しさを帯びる。

「その中のお一人には、用がある」

「あっ」

女房たちが青ざめ、互いに顔を見交わしている。

その時、女房たちの中心にしゃがみ、頭から打掛をかぶっていた一人が立ち上がった。

すらりとした長身とがっちりした体軀《たいく》から、明らかに男と分かる。

「堀越の御所様であらせられますな」

「いかにも」

打掛が捨てられると、その下から色白で気品溢れる顔が現れた。

――これが茶々丸か。

様々な人を見てきた宗瑞でさえも、その線の細い青年が政変を起こし、お満の方と潤童子の命を奪ったとは到底、思えない。

「あれだけの地震にもかかわらず攻め寄せてくるとはな。さすが伊勢宗瑞、聞きしに勝る知恵者よの」

茶々丸が口惜しげに言い捨てた。

「これも天命でございます」

「それにしても見事だ。褒めてつかわす」

「恐れ入り申す」

「そこでだ」

茶々丸は、見た目以上に度胸が据わっていた。

「この場を見逃せば、伊豆一国をくれてやろう。わしは関東で余生を過ごす」

「ははあ、それは御隠居なされるということですな」

「そうだ」

茶々丸が、わが意を得たりとばかりにうなずいたが、宗瑞は頭《かぶり》を左右に振った。

「それは、あまりよきお考えとは思えませぬな」

山内上杉顕定の懐に逃げ込めば、茶々丸が、再び伊豆回復に乗り出すのは明らかである。

「それでは出家し、韮山の寺に入る」

それは宗瑞の監視下で、僧として余生を送るということを意味していた。しかし監視の目が緩めば、逃げ出すのは目に見えている。

「御所様、悪あがきはおやめになられよ。人は過ちを起こせば、その罪を償わねばなりませぬ」

「そなたは、それほどわしが憎いのか」

茶々丸の顔が怒りで歪《ゆが》む。

「憎いと仰せか。それがしは、そうした感情から兵を動かしておるわけではありませぬ」

「では、いかなる理由で、わしを殺す」

「将軍家の命により、お命を頂きに参りました」

「母親と弟を殺された将軍家の私怨《しえん》を、代わりに果たそうというのだな」

「さにあらず。それがしは、伊豆を奪った盗人《ぬすっと》を討てという命を、将軍家から受けた

か！」

「そんな建て前など聞きたくない。私欲に駆られて国を盗もうとする者が、何を申すか！」

宗瑞は威儀を正すと平然と言った。

「御所様、それがしは、私利私欲から事を起こしたわけではありませぬ」

「では何のために、わしから伊豆を奪い、わしを討とうとするのか！」

「それは――」

宗瑞の胸内から、言葉が自然にわき出てきた。

「民のために、それがしは御所様を討たねばなりませぬ」

「民のためだと」

「いかにも、御所様は不遇であられた。しかし罪なき母子を殺し、諫言《かんげん》した国衆の命と所領を奪い、己のために民から財を絞り取りました。そのような者を誰が許せましょう。それがしは天に代わり、御所様を成敗する所存」

「はっははは、それは違う。そなたは、己のために戦っておるのだ」

「それが考え違いであることは、これから証明いたします」

宗瑞が目配せすると、左右の兵が茶々丸を取り押さえようと近づいた。

「来るな！」

そう言うと、茶々丸は懐に隠し持っていた脇差を抜いた。

「よきお覚悟」

宗瑞が拝跪《はいき》したので、配下の者たちもそれに倣《なら》う。

甲冑《かっちゅう》のすれ合う音がやむと、静寂が訪れた。

女房たちのすすり泣きだけが聞こえる中、周囲に厳粛な空気が漂い始めた。

「伊勢宗瑞」

「はっ」

「そなたの思い描く民の世など、決して来ぬ」

「――――」

「この世を支配しているのは、私利私欲だけだ。皆、己の利のためだけに戦っておる。それを民のためだと。笑わせるな」

茶々丸の高笑いが、扇のように取り巻く山々に響いた。

「御所様、それがしの言が正しいか否かは、天からとくとご覧じろう」

「分かっておる」

そう言うと茶々丸は、その場に座して肩衣《かたぎぬ》を脱ぎ、純白の袷《あわせ》を広げ、しばし腹を撫《な》で回《まわ》した。

「等持院《とうじいん》様（足利尊氏《たかうじ》）の血を引く者の最期を、しかと見届けよ！」

そう喚《わめ》くと、凄まじい気合を発しつつ、茶々丸は刃を腹に突き立てると、それを左から右に差し回した。

解き放たれるのを待っていたかのように、腸《はらわた》が溢れる。続いて鮮血が噴き出し、袷《あわせ》が真紅に染まった。

宗瑞に視線を据えたまま、茶々丸は最後の力を振り絞り、刃を抜いた。

「見たか、宗瑞！」

肩で息をしつつ、茶々丸が鮮血の滴《したた》る刃を掲げる。

茫然としていた女房たちから悲鳴が上がる。

「お見事でござる」

茶々丸は口から血を滴らせつつ、大きく喘《あえ》いでいた。

「そなたが築く世など見とうないわ」

「それがしも、新たな世を御所様に生きてほしくはありませぬ」

「ははは、よく言った！」

笑いながら血を吐くと、茶々丸はその場に突っ伏した。

血だまりが瞬く間に広がっていく。

「手厚く供養せい」

それだけ言うと、宗瑞は茶々丸の遺骸に背を向けた。


山を下りると、深根城は大道寺太郎ら別働隊に占拠されていた。関戸勢で戦える者は意外に少なく、太郎らが攻勢を強めると、降伏してきたという。

降伏した者は武器を取り上げられ、一ヵ所に集められていた。その傍らには、地震で圧死した者たちの遺骸が横たえられている。地震で死んだ者の中には、女子供の姿も多く見られた。

その状況から、遺骸を城内から別の場所に埋葬しようとしていたところに、宗瑞の攻撃を受けたと分かる。

並べられた遺骸に手を合わせ、経を唱えていた宗瑞の口から、意外な言葉が発せられた。

「死せる者の首をすべて落とし、北側の土塁の上からつるせ」

皆はわが耳を疑った。

「なぜに、さようにむごいことをなされるのか」

配下の者たちを代表し、太郎が問う。

「よく聞け」

宗瑞の声音が厳しさを帯びる。

「死せる者の願いは何だと思う」

「それは――」

太郎が言葉に詰まった。

「死せる者は、生ける者の役に立ちたいと思うておるに違いない」

その言葉は確信に満ちていた。

「死せる者が生ける者を救うのだ」

宗瑞の命に従い、百にも及ぶ死者の首が土塁からつるされた。

しばらくすると、城のはるか先に、救援に駆けつけてきた近在の土豪や地侍の姿が見られるようになった。彼らは一様に城の方を指差し、何事か語り合い、馬首を回すと去っていった。

すでに城は落ち、残虐な殺戮《さつりく》が行われたと思い込み、救援をあきらめたのだ。

その中には、下田《しもだ》湊から戻ってきた関戸播磨父子の姿も見られた。

もはや抵抗しても無駄と覚《さと》った父子は下田に戻ろうとしたが、すでに宗瑞の手勢の一部は、下田湊に向かっていた。

そのため父子は途中で引き返し、下田街道を北上するが、河津《かわづ》梨本《なしもと》まで来たところで土民に囲まれ、自害して果てた。

深根城を落とすことで、ようやく宗瑞は伊豆一国を制した。

堀越御所への討ち入りから、足掛け六年の歳月が流れていた。

茶々丸の死が確かなものになると、宗瑞に敵対していた国衆が次々と臣従してきた。

中伊豆から南伊豆にかけて、人のよく集まる場所に、宗瑞は「侍百姓、何人たりとも馳《は》せ参ずれば、本知行相違有るべからず」という高札を掲げさせた。つまり、これまで敵対した者であっても、素直に詫《わ》びを入れて傘下入りすれば、罪を問わないというのだ。

臣従してきた者たちの中には、狩野道一と為茂《ためしげ》もいた。

宗瑞は賓客を遇するように二人を迎え入れ、堀越公方に対する二人の忠節を褒め上げた上、所領を安堵《あんど》した。

死罪または大幅な所領の削減を覚悟していた二人は、歓喜に咽《むせ》び、宗瑞への忠節を誓った。

道一と為茂の子孫は、後に伊勢家改め北条家の奉行や評定衆といった重臣に名を連ね、北条家の関東制圧の尖兵《せんぺい》として活躍することになる。

しかし問題は、粉骨砕身《ふんこつさいしん》して働いた味方に、いかに報いるかだ。

関東に統一国家を築き、安定した生活を保障するという理想は、すぐには実現できないため、当面は褒賞で報いねばならない。

宗瑞には秘策があった。

検地である。

検地をすれば、これまで郷村ぐるみで隠していた田畑、いわゆる隠田《おんでん》も明らかにされ、領主の収入は増える。そこから得た余剰米を、武功を挙げた者に褒美として分け与えるのである。

この後、宗瑞は頻繁に、領国内で検地を行うようになる。

すなわち、郷村の田畑の面積を調査ないしは申請させ、郷村の貫高を決定し、平等に年貢や税を課したのだ。これにより家臣の知行高も決定し、それが軍役・普請役《ふしん》の算出につながっていく。

それゆえ四公六民という優遇税制に移行しても、宗瑞は十分な資金を蓄えることができた。

宗瑞は常識を破り、優遇税制と収入の増加という二律背反した課題を克服したのだ。

さらにこの年、西伊豆海賊を中心とした伊勢水軍を組織した宗瑞は、伊豆七島の制圧を図った。これは、関戸氏との戦いが長引くことも考慮して、伊豆沿岸の制海権を確保し、下田湊を封鎖し、山内上杉家から関戸氏への補給を断つことを目的としていた。

幸いにして茶々丸討伐がうまく運んだため、下田湊を封鎖するには至らなかったが、山内上杉家の制する江戸湾と、西国の玄関口である伊勢国をつなぐ航路を、伊勢水軍が脅かすようになった。

宗瑞は土地から上がる収入だけでなく、交易による利益にも目を向け始めていた。すなわち伊豆国の下田、伊豆諸島、相模《さがみ》国の三崎《みさき》、武蔵《むさし》国の神奈河《かながわ》（川）、品川《しながわ》、江戸《えど》などを結ぶ〝海の道〟を掌握し、伊勢国の鳥羽《とば》や大湊《おおみなと》から運ばれる西国の物資を東国に行き渡らせることで、大きな収益を上げようとしていた。

三

明応八年（一四九九）から同九年（一五〇〇）にかけて、宗瑞は伊豆の経営に専心し、対外的な動きを控えていた。というのも宗瑞は、小田原《おだわら》攻略の手がかりを摑もうとしていたからだ。

多くの細作《さいさく》（忍）を西相模の大森《おおもり》領に派遣した宗瑞は、それらの情報を元に、最小限の損害で小田原城を攻略する手立てを考えていた。

だがそうしている間も、畿内の情勢は激変していた。

宗瑞が茶々丸を討伐する前年の明応六年十月、義材《よしき》与党の畠山尚慶《はたけやまひさよし》が同基家《もといえ》方を圧倒し、河内《かわち》・大和《やまと》・南山城《みなみやましろ》を制圧した。

これを聞いた義材は翌明応七年九月、越中から越前《えちぜん》の朝倉貞景《あさくらさだかげ》の許《もと》に移った。貞景の力を借りて上洛《じょうらく》するためである。

続く明応八年正月、反撃に出た義豊が尚慶の返り討ちに遭い、河内で戦死すると、義澄《よしずみ》の政権は危機に陥った。

ところが、こうした状況にあっても、細川政元《ほそかわまさもと》は修法《ずほう》に没頭し、何の手も打とうとしない。

尚慶は、守護国の越中から椎名《しいな》や神保《じんぼ》といった寄子国衆《よりこくにしゅう》を河内に呼び寄せ、朝倉勢と共に南北から京に乱入しようとしていた。

これに危機感を抱いたのが、細川京兆家を牛耳る赤沢宗益《あかざわそうえき》である。

宗益は、出身母体である信濃小笠原《しなのおがさわら》氏を介して斯波義寛《しばよしひろ》に通じ、義材方の切り崩しに掛かる。

この時、斯波義寛が宗益に協力する見返りとして出してきた条件が、義材勢力を駆逐したあかつきには、今川・伊勢両氏の討伐に協力するというものだった。

宗益はこの条件に合意した。これにより氏親《うじちか》と宗瑞は、義澄と政元から切り離された形になる。

宗益が主体となって進めたとはいえ、この方針転換は、将軍義澄と政元の合意なくしては認められるはずもなく、ここに氏親と宗瑞は、現政権から見捨てられたことになる。

さらに宗益は、関東管領《かんれい》・山内上杉顕定、その同盟者の古河公方《こがくぼう》・足利高基《たかもと》、顕定の実弟・越後《えちご》上杉房能《ふさよし》とも誼《よしみ》を通じた。

すでに伊勢宗家の貞宗《さだむね》は政治活動から身を引いており、その子の貞陸《さだみち》は、政治手腕に欠けるため頼りにならない。

宗瑞と氏親の味方は、相模の扇谷《おうぎがやつ》上杉家とその与党くらいだが、その間には、敵方となった大森氏がおり、連携は分断されている。

こうした理由から宗瑞は、小田原攻略を急がねばならなかった。

しかしそこに、驚くべき情報が飛び込んできた。

氏親と宗瑞を売ることで、周囲の情勢を好転させた宗益は、義材と畠山尚慶に対して攻勢に転じた。

明応八年九月、細川勢を率いた宗益は、南山城で畠山尚慶勢を撃破した。

これに焦った義材は、朝倉勢と共に敦賀《つるが》から琵琶《びわ》湖《こ》西岸を経て上洛を目指すものの、その途次、六角高頼《ろっかくたかより》勢に邀撃《ようげき》され、朝倉勢は瓦解《がかい》し、義材は周防《すおう》の大内義興《おおうちよしおき》の許に逃げ込んだ。

宗益の政治力の前に義材方の勢力は壊滅し、将軍義澄の座は盤石となった。しかし義澄と政元の発言力はなきに等しいものとなり、宗益の専横はここに極まった。

明応九年も押し迫った頃、相模国の雑説収集と調略を任せていた松田盛秀《まつだもりひで》（顕秀《あきひで》）・康定《やすさだ》兄弟が戻ってきた。彼ら二人は、堀越公方の奉公衆だった松田頼秀《よりひで》の息子である。

この松田氏は備前松田氏の流れを汲《く》み、室町時代初期から幕府奉公衆として将軍に仕えてきた一族である。

「大儀であった」

「はっ」

弾むような若々しい声が、静かな室内に響く。

「して、いかがであった」

二人は、互いの言葉を補足しつつ報告した。

それによると、扇谷上杉傘下を離反した大森一族は、山内上杉方勢力からの孤立を恐れ、鎌倉街道上道と小田原道の確保に躍起になっているが、三浦道寸《どうすん》が馬入川《ばにゆうがわ》西方の内陸部にある岡崎《おかざき》城を改修し、そこを拠点として妨害しているため、思うに任せないという。

岡崎城のある相模中郡は、三浦道寸の祖父・時高《ときたか》が康正《こうしよう》二年（一四五六）、扇谷上杉家から拝領したものだが、すでに扇谷上杉家の守護権は排除され、三浦氏の一元的支配が布かれていた。

すなわち三浦氏の支配圏は、本拠の三浦郡と馬入川以西の中郡にまで広がり、三浦氏は戦国大名への道を歩んでいた。

しかし道寸は、大森氏の先代・氏頼に大恩があり、また道寸の母は氏頼の娘という関係から、大森領である西郡に侵攻する意思はなく、藤頼《ふじより》と定頼《さだより》に、扇谷上杉陣営への帰参を呼び掛けているという。

こうした情勢に危機感を抱いたのが、相模国西郡に散在する大森氏傘下の国衆たちである。その筆頭が、備前松田氏の遠縁にあたる相模国人の松田氏である。

「相模松田家当主の左衛門尉《さえもんのじょう》は、扇谷上杉勢の矢面《やおもて》に立たされ、大森家に対し、大きな不満を抱いております」

盛秀が得意げに述べる。

盛秀らの父頼秀は備前松田氏出身で、足利政知が関東公方に任命されて下向した折、宿老の一人として付き従い、韮山近くに所領をもらった。以来、相模松田氏とも緊密な関係を築いてきた。

「それで左衛門尉は、われらが箱根《はこね》を越えれば、呼応して起《た》つと申すのだな」

「はっ、起請文《きしょうもん》までもらっております」

「でかしたぞ」

二人の若者の顔に笑みが広がる。

早速、重臣たちを評定の間に集めた宗瑞は、翌年の相模西郡討ち入りを宣言した。

しかし、小田原に本拠を置く大森氏の勢力は、茶々丸や関戸氏の比ではない。動員兵力も一千五百は下らず、今川家から兵を借りても一千に満たない伊勢勢が、何の策もなく攻め入っても、勝機は薄い。

それゆえ宗瑞は、再び奇襲を考えた。

奇襲となれば海からと考えるのが自然だが、船を使った上陸作戦は、天候に左右される。清水湊から西伊豆に上陸するのとはわけが違い、潮流の変化が激しい石廊崎《いろうざき》を回り、相模湾に至るのは容易でない。

雪の積もった箱根山を越えるのも難儀だが、海を行くよりはましということになり、陸路を行くことに決まった。

「して、いつ攻め入るおつもりか」

大道寺太郎が膝《ひざ》を進めた。

「二月を考えている。その前に、一つやらねばならぬことがある」

広縁まで進み出た宗瑞は、東の空を睨《ね》めつけた。

岡崎城の対面の間で小半刻ほど待っていると、長廊を大股でやってくる足音が聞こえた。

――いよいよ勝負だな。

「ご無礼仕《つかまつ》る」と言いつつ、道寸が入室してきた。

「お久しぶりです」

道寸が主座に着くや、宗瑞が軽く頭を下げる。

すでに出家している道寸は、剃《そ》り上げられた頭に角帽子《すみぼうし》をかぶり、白衣の上に黒い衲衣《のうえ》をはおり、その怒り肩に紫紺《しこん》の絡子《らくす》を掛けていた。

享徳《きょうとく》二年（一四五三）生まれの道寸は四十九歳。宗瑞より三つほど年長である。

「よくぞ参られた」

軽く頭を下げると、道寸は鷹《たか》のように鋭い目で宗瑞を見据えた。

その悠揚《ゆうよう》迫らざる立ち居振る舞いは、相対する者を圧倒する迫力がある。

「この城は見事な縄（設計）ですな」

宗瑞が、火花を散らすような緊張感をはぐらかすように言った。

「ははは、城の中心をお見せせずとも、すべてをお見通しのようですな」

岡崎城は、相模平野に突き出た台地の先端に造られた平山城である。治承《じしょう》年間、鎌倉幕府の御家人の岡崎義実《おかざきよしざね》が居館を築いたのが始まりだが、城域を広げて防御性を高めたのは道寸である。

道寸は、南北に長い舌状台地を複数の堀切《ほりきり》で断ち切り、各曲輪の独立性を高め、それぞれの曲輪を堀で囲繞《いにょう》した。

しかも城の南側半面には、「泥土の深きこと測るべからず」と言われた西海地土腐《さいかちどぶ》が広がっているので、よほどのことがない限り、寄手は南から攻め寄せられない。残る北半面には幅十間余の外堀がうがたれ、さらに各曲輪の外縁部は、土塁や腰曲輪で補強されているため、こちらも力攻めすれば、相応の損害を覚悟せねばならない。方形居館を城と称していたこの時代に、太田道灌《おおたどうかん》の薫陶《くんとう》を受けてきた道寸の縄張りは、次の時代を見据えた先鋭的なものだった。

「それがしは、さほどの城が要らぬ備中の出ゆえ、物珍しかっただけです」

「よくぞ申された。それでは、韮山の城に相当の手を入れているのは、なぜでござろう」

道寸は、宗瑞の動向をよく摑んでいた。

――侮れぬ男だ。

宗瑞の直感がそう教える。

「いえいえ、田舎造りの簡素な城にすぎませぬ。いつの日か、駿河御屋形様を歌会などにお招きするために、それなりの結構を整えておるだけです」

「それならよろしいが、身のほど知らずの大望は、身を滅ぼすことをお忘れなく」

「ははは、これは参りましたな」

二人の男は、互いの肚《はら》を探るように声を上げて笑った。

「して、用向きは何でござろう」

しばらく笑った後、油断のない目つきで道寸が問うてきた。

「もうお分かりかと」

「貴殿の口からお聞きしたい」

真剣勝負に肚の探り合いは要らない。

「そろそろ山を越えようかと」

「ほほう」

道寸の顔つきが、瞬時に険しいものに変わった。

「山とは、箱根山のことですな」

「いかにも」

「それを、それがしに手伝えと仰せか」

「いいえ」

道寸の瞳から目をそらさず、宗瑞が告げる。

「ただ、ご覧になっていただくだけで結構」

「貴殿が大森家を討つのを、傍観せよと申すのですな」

道寸の声音が刺々《とげとげ》しいものに変わった。

「はい。そうしていただければ、この上なくありがたいと――」

「ありがたい、と申されるか」

突然、道寸が高笑いしたので、庭の木にいた百舌《もず》が、悲鳴のような声を上げて飛び去った。

「宗瑞殿、大森家を滅ぼすなど、このわしが許さぬ」

「何を仰せか。大森家は山内上杉方に与《くみ》し、われらの敵となったではありませぬか」

「わしの出自を知らぬとは言わさぬぞ」

道寸の父高救《たかひら》は扇谷上杉家出身で、母は大森氏頼の娘である。つまり道寸には、鎌倉幕府創建に貢献した三浦一族の血が流れていないのだ。

道寸の祖父にあたる時高には別に男子もいたが、家名存続のため、当時の南関東における有力二家から婿と嫁を取ったからだ。

「それは存じ上げております。しかし、いかに道寸殿と血縁深き間柄とはいえ、大森家が扇谷上杉方を離反したことに変わりはありませぬ」

かすかに首を左右に振ると、黙って立ち上がった道寸は広縁に出た。

「宗瑞殿、ここからは相模野が見える」

広縁からは、相模国有数の穀倉地帯である相模平野が一望の下に見渡せた。

「今は冬なので黒土を露出させているだけだが、初秋には黄金色の稲穂に包まれ、豊《ほう》穣《じょう》の歌を奏でる」

「さぞや、美しき光景でしょうな」

宗瑞が道寸に合わせる。

「われら武士は、一所を懸命に守り、子孫に伝えてきた」

道寸の声音に哀《かな》しみの色が混じる。

――武士が武士であった時代を懐かしんでおるのだな。

武士の家に生まれた宗瑞には、道寸の気持ちが分からぬでもない。

――だが時の流れは、誰にも押しとどめられないのだ。

道寸が続ける。

「かつて、われら武士は公家《くげ》どもに支配され、懸命に働いて得た糧のほとんどを取り上げられていた。しかし鎌倉幕府が創設され、われらの糧はわれらのものとなった。

やがて鎌倉幕府は滅んだが、室町幕府によって武士の秩序は保たれた。それを壊しては、武士の世は終わる」

道寸の声音に力強さが籠もる。

「伊勢宗瑞！」

名を呼ばれても、宗瑞は瞑目《めいもく》したままでいた。

「いかに悪逆非道な堀越御所（茶々丸）とはいえ、そなたは室町幕府被官の身でありながら、足利家の血を引くお方を殺したのだ。そしてまた、鎌倉公方から小田原周辺の地を与えられた大森家を討つという。それがいかに無法な行いか分かっておるのか！」

――いかにも、わしは時代の破壊者なのかもしれぬ。しかし、その後に来るべき時代の姿を、わしは思い描いている。

宗瑞は、己が単なる破壊者でないことを知っていた。

――黎明《れいめい》を呼ぶのは、この男ではなくわしなのだ。

宗瑞は威儀を正すと、決然として言いきった。

「それは違います」

「何が違う」

「道寸殿が仰せの秩序とは、武士のための秩序でござろう。それがしが築く秩序は、民のための秩序です」

「民のためだと」

「いかにも。民あっての武士。民のための新しき世を築くには、不要な者を除かねばなりませぬ」

「武士が不要と申すか」

「いいえ、世の静謐《せいひつ》を守るために、まだ武士は必要です。しかし我欲に囚われ、己の家を保つためだけに飯を食らい、糞《くそ》を垂れる者たちは取り除かねばなりませぬ」

道寸の高笑いが相模野に響きわたった。

「つまり堀越公方も大森家も、そなたの申す新しき世のためには不要だと申すのだな」

「仰せの通り。民の上に胡坐《あぐら》をかき、民のための政道を行わぬ者は皆、不要に候」

「それでは、民から糧を絞り取っているだけの大半の武士が不要ではないか」

「そうなりますな」

「ということは――」

道寸が口端《くちのは》を歪めた。

「わしも不要ということだな」

その時、空気を切り裂くような百舌の鳴き声が耳朶《じだ》を貫いた。

この訪問の目的は、大森家を討つ断りを道寸に入れておくところにあった。むろん、道寸に馳走《ちそう》など請うつもりはない。

しかし宗瑞は、道寸が大森家に味方できないことも分かっていた。そんなことをすれば、主筋の扇谷上杉家が黙っていない。

それゆえ道寸は、歯噛《はが》みしながらも見て見ぬふりをしてくれるはずである。

さらに、もう一つの目的もあった。

宗瑞は、道寸の人となりを確かめておきたかったのだ。

文亀《ぶんき》元年（一五〇一）二月四日、下田街道を北上し、三嶋大社《みしまたいしゃ》で戦勝を祈願した伊勢勢五百は、積雪の残る箱根道を懸命に登った。

その中には、十五歳で初陣を迎えた宗瑞の嫡男・氏綱《うじつな》の姿もあった。

箱根峠の中腹にあたる水呑《みずのみ》の関（後の山中城）で小休止した後、やっとの思いで箱根峠を越えた一行は、箱根権現で一泊した。

この時の箱根権現別当は、大森宗家の血を引く海実《かいじつ》である。海実の兄・憲頼《のりより》は、かって庶家の氏頼に滅ぼされ、大森本家を乗っ取られており、亡き氏頼はもとより、それに連なる大森家の人々に恨みを抱いていた。

その雑説を入手した宗瑞は、権現に多大な寄進をして味方に取り込んだ。

翌五日朝、一行は湯坂道を下り、小田原に向かった。

この時代の小田原城は、箱根外輪山が指を広げたように相模湾に向かって伸びる尾根筋の先端に築かれていた。

後年、宗瑞の子孫たちが築くことになる小田原城には、規模や縄張りの巧妙さで、はるかに及ばないものの、太田道灌と長尾景春が幕を開けた〝城郭の時代〟にも適応した拡張や改変が、この城にも徐々に施されつつあった。

相模国人の松田左衛門尉から宗瑞家臣の松田兄弟に入った情報により、宗瑞は小田原城のおおよその縄張りを摑んでいた。

湯坂の関を急襲し、大森家の在番衆を捕らえた宗瑞は、そこを陣所とし、さらに雑説の収集を行った。

相模国人松田氏と行を共にしている松田兄弟とも連絡が取れ、二百ほどの手勢を率いた松田左衛門尉が、ひそかに酒匂《さかわ》川《がわ》左岸まで進出してきているという。

これで挟撃態勢が整った。

「夜討ちを掛ける」と配下の諸将に通達した宗瑞は、そのまま山を下った。松田勢には、城から火の手が上がったら酒匂川を渡るよう伝えておいた。

早川河畔に至れば、城は目前である。

小田原城は、宗瑞らの動きを全く察知していないらしく森閑《しんかん》としている。

「河を渡る」

宗瑞が軍配を振り下ろすと、甲冑の音をさせつつ伊勢勢が渡河を始めた。

この時になって、ようやく対岸の川番所が異変に気づいたらしく、松明《たいまつ》が行き交っているのが見えた。

――見つかったか。

先に渡河した者たちが、川番所にいる者たちと戦っている様が見える。かすかに敵襲を知らせる鉦《かね》の音も聞こえてきた。

渡河を終えた宗瑞は、逸《はや》る気持ちを抑え、大事に搬送してきた油樽《あぶらだる》を開けさせると、布切れを巻いた火矢の束を浸《つ》け、先手《さきて》を担う弓兵《きゅうへい》一人ひとりに手渡していった。

「頼むぞ」と言いつつ、宗瑞は手ずから火矢の束を渡していく。

弓兵の顔には、緊張が漲《みなぎ》っている。

――そなたらが時代の扉をこじ開けるのだ。

先手衆が順次、闇の中に消えていった。小部隊に分かれて火矢を射るためである。

やがて鬨の声が上がると、大きく弧を描いて城内に落ちる火矢が望見できた。

「行くぞ」

宗瑞の軍配に従い、梯子《はしご》を担いだ足軽が駆け出していく。堀に梯子を渡すためである。続いて槍《やり》隊が押し出していく。

城際に並んだ弓隊からは、さかんに火矢が放たれ、やがて城内から火の手が上がった。

宗瑞は、ようやくここまで来たという感慨に浸っていた。


文亀元年二月、宗瑞は小田原城を攻略した。

突然のことに防戦らしい防戦もできず、大森一族は小田原城から自落していった。

藤頼と定頼は武田信縄を頼って甲斐に落ち、その後も微弱な抵抗を続けるものの、数年後には、武田家からもその足跡を消している。その理由は定かでない。

かくして宗瑞は、相模国への進出に成功した。

その先に待つものが何であるかは分からない。しかし宗瑞は、一歩ずつであっても前に進むつもりでいた。

同年八月、宗瑞は駿府《すんぷ》に向かった。

本来であれば、西相模の領国統治に力を注ぎたかったが、今川家の兵を借りて小田原を攻略した手前もあり、その要請には応えねばならない。

実はこの頃、細川家の家宰・赤沢宗益の要請に応じた小笠原貞朝《おがさわらさだとも》勢が、斯波義寛と共に遠江《とおとうみ》国の袋井《ふくろい》周辺まで進出し、今川方の城を落としていた。

十月、袋井まで進んだ宗瑞は反撃に転じ、浜松《はままつ》の引間《ひくま》城（後の浜松城）まで敵を押し返した。

これにより斯波義寛は三河《みかわ》国へ、小笠原貞朝は信濃《しなの》国に兵を引き、遠江戦線は鎮静化した。

宗瑞の見事な手際だった。

四

束《つか》の間《ま》の平穏に包まれていた関東を、再び戦乱に巻き込んだのは、またしても山内上杉顕定だった。

永正《えいしょう》元年（一五〇四）八月、古河公方・足利政氏《まさうじ》を奉じた顕定は、突如として鉢形城を発し、扇谷上杉家の本拠・河越城に攻め寄せた。

扇谷上杉朝良《ともよし》は山内上杉勢の猛攻を凌《しの》ぎつつ、各地に援軍の派遣を要請する。

顕定が不退転の覚悟でいることは、その攻撃の苛烈さから明らかであり、朝良は宗瑞に飛札を送り、今川勢の来援を切望した。

後詰のあてがある時、籠城している軍勢は強い。

これまで幾度となく山内上杉方の攻撃を凌いできた河越城は、今回も持ちこたえた。

顕定は兵糧攻め以外に河越城を攻略できないと判断し、城を包囲封鎖しようとしたが、複雑に流れ込む河川を使った補給により、それもままならない。

河越の周辺には荒川《あらかわ》、入間川《いるまがわ》、河岸川《かしがわ》といった大中の河川や、その支流がもつれるように走っており、すべての河川を封鎖するのは不可能だからだ。

そこで顕定は、河越城の兵站《へいたん》を根から断つことにした。

河越城は、南東八里余にある江戸城から河川を通じて補給を受けており、江戸城を攻略すれば、河越城も自然に立ち枯れるはずである。

八月末、江戸城に向かって進軍を開始した顕定だったが、途中の白子原《しらこはら》まで来たところで、今川・伊勢両勢の接近を知る。

朝良も顕定を追って河越城を出陣し、扇谷上杉家の重臣・曾我兵庫祐重《そがひょうごひろしげ》の軍勢も、江戸城から迎撃に出てきた。

これにより顕定は、多摩川左岸で三方から逆包囲されることになる。

顕定は江戸への行軍を中止し、堀と土塁で囲まれた立河《たちかわ》の普済寺《ふさいじ》に着陣するや、越後にいる弟の越後守護職・上杉房能に後詰要請した。

九月二十七日昼、決戦を覚悟して普済寺を出た山内上杉勢と扇谷上杉勢主力が衝突し、それに今川・伊勢両勢が加勢する形で、立河原合戦が始まった。

今川・伊勢両勢を兵種別に編制し直した宗瑞は、弓隊を箕形《みのがた》に、槍隊を鋒矢《ほうし》の陣形に展開し、押し寄せる敵を邀撃《ようげき》する。

すなわち弓隊を半円形に配し、まず矢戦を挑む。敵が怯《ひる》んだと見るや、弓隊を左右に開き、その中央から騎馬武者を突出させる。そして騎馬隊が敵陣を乱した後、槍隊を横一線に並べて突撃させたのだ。

宗瑞の編み出した兵種別編制が物の見事に当たる。

敗れた山内上杉方は再び普済寺に籠ったが、翌日の扇谷上杉方の総攻撃は必至であり、二十七日の夜から二十八日の早暁《そうぎょう》にかけ、思い思いに脱出を図った。

むろん追いすがる扇谷上杉勢に、その多くが討ち取られたのは言うまでもない。

連歌師柴屋軒宗長《さいおくけんそうちょう》の記した『宗長手記』によると、「数刻の合戦、敵（山内上杉方）討ち負て本陣立川に退き、その夜行方《ゆくえ》しらず、二千余討死討（打）ち捨て、生け捕り・馬・物の具充満す」とある。

つまり、二十七日の数時間に及ぶ合戦で、山内上杉方は敗れて普済寺に引いたものの、その夜、二千余の死者を見捨て、生け捕りにされる者（負傷者か）、馬、武具などを残して四散したという。

後に立河原合戦と呼ばれるこの戦いは、扇谷上杉方の完勝に終わった。

これにより山内上杉方は、当分の間、立ち直れないはずである。

この結果に満足した宗瑞も、氏親ともども帰途に就いた。

十月四日に鎌倉に着いた氏親と宗瑞は、鶴岡八幡宮《つるがおかはちまんぐう》に詣でた後、伊豆の熱海《あたみ》で一週間ほど湯治をし、三嶋《みしま》大社に戦勝報告を兼ねた連歌千句を奉納し、ようやく軍を解いた。

ところが、事はそう容易には運ばない。

十一月、越後上杉房能から派遣された守護代・長尾能景《ながおよしかげ》が、一万二千の兵を引き連れ、鉢形城近郊に現れたのだ。

これに小躍りした顕定は、越後勢と共に反撃に転じる。

その勢いは凄まじく、油断していた扇谷上杉勢は、瞬く間に相模国南部まで攻め込まれた。

韮山の宗瑞は氏親にも声をかけ、援軍に赴く準備をしていたが、朝良からは、いっこうに援軍要請がない。

実は、氏親と宗瑞の影響力を関東に及ぼさせたくない扇谷上杉家の重臣たちの勧めにより、朝良は援軍要請を出さなかったのだ。

しかし扇谷上杉家中の足並みは乱れ、反撃に転じるどころではなくなっていた。

一方、顕定にしてみれば、再び今川・伊勢両勢に救援に来られては、元《もと》の木阿弥《もくあみ》である。

そのため翌永正二年（一五〇五）三月七日、顕定は意を決し、河越城に惣懸《そうがか》りを掛けた。この戦いで双方は多くの死傷者を出したが、損害は扇谷上杉方の方がひどく、朝良は古河公方政氏を介して顕定に和睦を申し入れた。事実上の降伏である。

顕定もこれを了承し、ここに長享の乱は終息した。

しかし朝良は隠居もさせられず、今後、何事にも名代を立てることを命じられただけで、河越・岩付《いわつき》・江戸諸城も扇谷上杉家所有のままとされた。

山内上杉家も消耗しており、これ以上の戦いを続けられなかったのだ。

二本の大きな杉は、互いに枝をぶつけ合って傷つき疲弊していた。

この頃、都では、再び政元の迷走が始まっていた。

修法に凝《こ》った政元は妻を娶《めと》らず、子もいなかった。そのため延徳《えんとく》三年に九条《くじよう》家から養子・澄之《すみゆき》を迎えていた。ところが文亀三年（一五〇三）五月、阿波《あわ》の細川成之《しげゆき》の息子・六郎を養子に迎えた。これが後の澄元《すみもと》である。

政元は自らの手で、わざわざ内訌《ないこう》の火種を蒔《ま》いたことになる。

翌永正元年（一五〇四）九月、摂津《せつつ》守護代で細川家重臣の薬師寺元一《やくしじもとかず》が政元を隠居させ、澄元を擁立しようとするが、この政変は二週間余りで鎮圧された。

ところが、この政変に加担した細川家家宰の赤沢宗益も失脚を余儀なくされたため、細川家の指導者の座に空白が生じた。

この間隙を縫うように、永正三年（一五〇六）四月、澄元が阿波より兵を率いて入京し、実力で細川家の実権を掌握した。

こうした動きが中央で起こっている最中の同年九月、宗瑞は今川氏親と共に三河国に出陣した。

十一月、宗瑞は東三河の要衝・今橋《いまはし》城（後の吉田《よしだ》城）を攻略し、城主の牧野成時《まきのなりとき》

(古白《こはく》)を討ち取った。さらに西三河に転進し、岩津《いわつ》城に拠《よ》る岩津松平《まつだいら》氏を没落させ、三河国の大半を今川家のものとした。

この時、三河国八名《やな》郡多米《ため》郷の国人・多米玄蕃允元益《げんばのじようもとます》と、その息子の権兵衛《ごんべえ》元興《もとおき》が、宗瑞に付き従って駿河に下向した。

多米一族は勇猛果敢で、以後、伊勢勢の先手を担うことが多くなる。

宗瑞の遠江・三河方面への遠征は、反攻に出た松平勢鎮圧のために、奥三河まで赴いた永正五年(一五〇八)八月から十月を最後に見られなくなる。

今川家に借りを返したと思った宗瑞は、いよいよ自立への道を歩み始めようとしていた。

五

街路には、砂塵《さじん》が舞っていた。

どこかの寺の軒端に揺れる鉄風鈴の音が、耳朶を震わせる。

先ほどまでいた軍勢は跡形もなく消えうせ、幅八間の大道《だいどう》には、白刃を提げた男が一人、立っていた。

「兄者か」

それには何も答えず、ゆっくりと貞興は太刀を正眼に構えた。

「わしは、兄者と斬り合いなどしとうはない」

だがその言葉とは裏腹に、宗瑞は腰の太刀を抜いていた。

——なぜだ。

自分の思いと裏腹な行為に、宗瑞は戸惑いを隠せない。

「新九郎、覚悟せい！」

これまで見たこともないほどの険しい顔つきで、兄が打ち掛かってきた。

「嫌だ！　わしは兄者を斬りたくない」

「この意気地なしめ」

「あっ！」

兄の顔は、いつの間にか平三郎《へいざぶろう》に変わっていた。

「何をする。やめろ！」

人の丈ほどもある太刀が振り下ろされ、宗瑞は肩から袈裟《けさ》に斬られた。

しかし血潮はおろか、痛みさえ襲ってこない。

「新九郎、伊豆を制したくらいで満足か」

「何だと」

鍔迫《つばぜ》り合《あ》いをしつつ平三郎が問いかけてきた。

久方ぶりに間近で嗅《か》ぐこの体臭こそ、平三郎のものである。

「平三郎、おぬしは生きていたのか」

それには答えず、凄まじい膂力《りょりょく》で宗瑞を押しつつ、平三郎が逆に問うてきた。

「これが、おぬしの言っていた民のための戦いなのか」

「何を言う」

新九郎は言葉に詰まった。

目先のことばかりに囚われていると、大局を見失う。

ここ数年、宗瑞は扇谷上杉家を支援することばかりに力を注ぎ、大義を忘れていた。

その結果がもたらしたものは、両上杉家の勝手な妥協である。

——支配者たちの争いに巻き込まれ、民は呻吟《しんぎん》している。だが支配者たちは、互いの利権をやり取りするだけで、根本から政道を正そうとはしない。

気づくと宗瑞は、あの懐かしい備中の田園のただ中に立っていた。

——帰ってきたのか。

限りなく続く稲穂の海は豊穣の音を奏で、その心地よい香りは、甘酸っぱい思い出を呼び覚ます。

——菜穂。

しばし瞑目していた宗瑞が目を開けると、稲穂の海の中に菜穂が立っていた。あの、こぼれんばかりの笑みを浮かべて。

——菜穂、行かないでくれ。

それが夢であることに、すでに宗瑞は気づいていた。これまで幾度もあったように、菜穂の体に触れた瞬間、すべては終わってしまうのだ。

それでも宗瑞は、菜穂を追わずにはいられなかった。

背後に去り行く風景は溶けるように消えていき、宗瑞は白い靄《もや》の中を走っていた。

だが先ほどまで見えていた菜穂の背は、どこを探しても見当たらない。

「菜穂、どこにおるのだ。行かないでくれ！」

宗瑞は懸命に菜穂を探した。しかし、その小さな背は二度と見つからなかった。

やがて無味乾燥な天井の木目が視野に広がり、宗瑞は目を覚ました。

——わしは何のために戦《いくさ》をしてきたのだ。扇谷上杉家を東国の盟主とするためか。それが成れば、民のための楽土が築けるのか。さにあらず。扇谷上杉家もしょせん同じ穴の貉《むじな》にすぎない。それが、此度のことでよく分かったではないか。

夢の中で、三人がそれを思い出させてくれたのだ。

――兄者、平三郎、そして菜穂、愚かなわしを許してくれ。

この時、宗瑞は扇谷上杉家を担ぎ、東国を静謐に導くという明応二年以来の方針を捨てる決心をした。

すでに将軍義澄も、管領の政元も宗瑞を見捨てた今となっては、当初の方針を守る意味さえないのだ。

扇谷上杉家を守り立て、山内上杉家と古河公方を倒すという戦略も、三者の間で同盟が締結された今となっては、意味をなさなくなっている。

――つまり、わが力で関東の守旧勢力を一掃するしかないのだ。

伊豆一国と相模西郡にしか領国を持たない宗瑞にとって、それは途方もないことである。

後のことだが、慶長《けいちょう》三年（一五九八）の太閤《たいこう》検地により、関東諸国の石高が明らかになる。

両上杉家の勢力圏だけ見ても、相模は十九万四千石、武蔵は六十六万七千石、上野は四十九万六千石で、合計すると百三十五万七千石となる。宗瑞に西郡を取られているため、相模は三分の二だとしても百三十万石前後である。

これに対し、宗瑞の伊豆は六万九千八百石しかない。奪取した相模の三分の一を足しても、おおよそ十三万五千石である。

すなわち宗瑞は、十分の一の身代で両上杉家に戦いを挑むことになる。

これまで恃《たの》みとしてきた今川家も、三河や遠江で激しい戦いを続けており、そうそう関東に出陣してもらうわけにはいかない。すなわち宗瑞は単独で守旧勢力と戦い、関東に覇権を打ち立てねばならないのだ。

そのためには、新たな枠組の中に入り、大義を掲げる必要があった。

宗瑞は義材陣営への接触を図ることにする。

伊勢貞宗が隠居して久しい今、その窓口となってくれたのが、西三河を領する吉良《きら》義信《よしのぶ》である。足利家御一家衆の義信は京におり、周防にいる義材と連絡を取っていた。

宗瑞はその手筋を頼った。

かつて今川勢を指揮して三河を制した折、宗瑞は義信と共に戦っており、互いに信頼関係は築けている。

唯一、残念なのは、お満《まん》の方の忘れ形見である義澄を見捨てることである。しかし義澄は、かつて細川家内衆の赤沢宗益の方針を是認し、氏親と宗瑞を苦境に陥れている。

——すでに恩は返した。

宗瑞は己にそう言い聞かせた。

永正四年（一五〇七）九月、京にいる吉良義信の許に派遣していた荒川又次郎と有滝兵衛《ありたきひょうえ》が、韮山に戻ってきた。

何の前触れもない突然の帰国に、宗瑞は、ただならぬことが起こったと察した。

急いで対面の間に入ると、髭面《ひげづら》の又次郎と青白い顔をした兵衛が畏《かしこ》まっていた。

「いかがいたした」

又次郎は宗瑞と同じ室町幕府申次衆《もうしつぎ》の出身で、京に知己が多い上に機転が利くので、この重要な役割を任せていた。

「それが、大変なことになりました」

「大変なこととは」

「京兆家様（政元）が身罷《みまか》られました」

「何だと」

宗瑞は絶句した。

長きにわたり宗瑞の謀主であった政元が、もはやこの世にいないなど、宗瑞は信じられなかった。

少年時代の政元は軽佻浮薄《けいちょうふはく》なところもあったが、頭の回転が早く、周囲から一目置かれていた。それは、明応二年の政変の成功となって結実し、政元は実質的な天下人となった。しかしそれ以後、修法に凝って政治を顧みなかったことにより、家宰の赤沢宗益、そして昨年、阿波から上洛した養子の澄元に実権を奪われ、名ばかりの当主と化していた。

しかし宗瑞は、いつか政元が正気に戻り、実権を取り戻すのではないかと思っていた。それだけ、政元は何かを持っていた。

――しかしそれも、もはや叶《かな》わぬことになったのだな。

「して、いかなる経緯で身罷られた」

「はっ、実は――」

兵衛が話を代わった。

「澄元様上洛後、もう一人の御養子である澄之様のお立場は、至って悪くなられました。そこで澄之様は、養父の京兆家様に倣い、政変を起こしたのです」

「何だと」

兵衛によると、澄元の上洛により情勢不利となった澄之は、永正四年六月、政元を暗殺し、自らが管領の座に就いた。

それでも八月、澄之は一族の細川高国《たかくに》により討伐される。細川高国も政元の養子であるが、家督継承順位が下がるため、この時は澄元を支援していた。

――権力の魔に魅入られた者どもめ。

それぞれ血縁関係がないとはいえ、親兄弟が殺し合う細川家の内訌に、宗瑞は暗澹《あんたん》たる思いを抱いた。

――彼奴らの頭には、己のことしかないのだ。

将軍家の管領として、天下の政道を執るべき細川家がこの体たらくでは、ほかの幕府の重鎮たちも推して知るべしである。

「これにより澄元様が、晴れて京兆家の名跡を継ぐことになりました」

これで明応二年の政変により作られた体制は瓦解し、将軍義澄の地位も風前《ふうぜん》の灯《ともしび》となった。

澄元は、細川高国の軍事力に頼って体制維持を図ろうとするはずだが、畿内で顔の利かない澄元が、政元同様の政治力を発揮できるとは思えない。

「一波乱ありそうだな」

「おそらく」

こうした細川家の混乱を耳にすれば、周防にいる義材が再び上洛を画策するはずであり、義材を後援する大内義興と、義澄・澄元体制を維持しようとする細川高国の間で、衝突が起こるのは必然である。

「二人とも大儀であった。数日、疲れを癒やした後、また京に行ってくれぬか」

「もとより」

宗瑞が立ち上がろうとした時である。

荒川又次郎が、さも言いにくそうに口を開いた。

「この九月、御父君が病没されました」

「何だと――」

宗瑞の父・盛定は京に居を定め、伊勢宗家の庇護《ひご》下で隠居生活を送っていた。宗瑞が韮山に来るよう勧めても、盛定は「この年になって慣れない地に行くのは辛い」と言い、決して都を離れようとはしなかった。

盛定は、義兄の伊勢貞宗と共に花鳥風月の日々を送っていると聞いていたが、病とまでは聞いていなかった。

──時の流れは早い。

かつて、たくさんの土産物を車に載せて、盛定は荏原荘《えばらのしょう》に帰ってきた。馬上から幼い宗瑞に向かって手を振る盛定の姿が、昨日のことのように思い出される。

──人は必ず死ぬ。人の生涯など短いものだ。

この二年後、伊勢貞宗も鬼籍に入る。

宗瑞の育ての親であり、弥次郎《やじろう》の実母の猪乃《いの》も数年後に亡くなる。

──時の流れは、川水のように人を押し流していく。その流れに抗《あらが》うことは誰にもできない。それならば、天から与えられた時間の中で、己の成すべきことをやり遂げるしかない。

父の死に接し、宗瑞は誓いを新たにした。

翌永正五年四月、衆目の予想した通り、前将軍の義材が大内勢を率いて上洛してきた。

これを妨げようとする細川高国勢との間で衝突が予想されたが、何と高国は二人と妥協し、将軍義澄と管領澄元を放逐《ほうちく》した。

高国は義澄と澄元を見捨て、新たな体制の中に組み込まれることを望んだのだ。

永正八年（一五一一）、近江《おうみ》に隠棲《いんせい》していた義澄は、失意のうちに病没する。享年は三十二。

亡き円満院の唯一の希望となった義澄も、母や弟同様、満たされぬ思いを抱いたまま、この世を去った。

六月に入京した義材は七月、将軍職に返り咲く。これにより高国も、細川宗家の家督と管領の座を手にした。

将軍義材と管領高国を、大内義興の軍事力が支えるという新体制が発足した。

これを知った宗瑞は、氏親に祝賀使節の派遣と礼物《れいもつ》の献上をさせたので、氏親は、義材から遠江守護職を与えられた。

これによって義澄を支持してきた斯波義寛は、名目上も遠江を失った。

この年、新たな時代の胎動が北国でも起こっていた。

事の起こりは永正三年九月、一揆《いっき》の蜂起に悩まされていた越中《えっちゅう》国守護・畠山尚慶から援軍要請を受けた越後《えちご》国守護代・長尾能景《よしかげ》が、一揆勢に内通した越中国守護代・神《じん》保慶宗《ぼよしむね》の裏切りに遭って敗死したことに始まる。

その子の為景《ためかげ》が守護代を引き継いだが、この機に守護権力を強化しようとする越後守護・上杉房能との仲が険悪になる。

永正四年八月、突如として挙兵した為景は房能の館を急襲した。

辛くも脱した房能だったが、信越国境まで逃げたところで、為景勢に追いつかれて自刃《じじん》する。

為景は主を殺し、実力で越後国を奪ったことになる。すなわち下剋上を成し遂げたのだ。

しかし関東には、房能の実兄である関東管領・山内上杉顕定がいる。このまま顕定が黙っているわけがない。

案に相違せず、永正六年（一五〇九）七月　関東全土に陣触れを発した顕定は、八千余の兵を率いて三国《みくに》峠を越えた。

六

「この機を逃さず、起とうと申すか」

永正六年七月下旬、長尾景春の書状を読みつつ、宗瑞は笑みを漏らした。

――懲りぬ男だ。

文明八年、主家の関東管領・山内上杉顕定に対して反旗を翻した景春が、息子である景英《かげひで》の仲介により、顕定の許に再出仕したのは二十一年後の明応六年（一四九七）のことである。

以後、顕定の下で所領をもらい、隠居生活を送っていたはずの景春が突然、宗瑞の許に書状を送り付け、共に旗揚げしようというのだ。

すでに六十五という高齢であるにもかかわらず、いまだ景春は意気盛んである。

平伏《ひれふ》していた景春の使者が顔を上げた。

「この旗揚げは、将軍家の命によるものと聞いております。伊勢様の許にも、将軍家の御教書が届いておるはず」

新将軍義材は、今川氏親、伊勢宗瑞、長尾景春、信濃の高梨政盛《たかなしまさもり》、出羽《でわ》の伊達尚宗《だてなおむね》、そして越後の長尾為景らに、相呼応して顕定を討伐するよう御教書を出していた。

長年にわたり義澄を支援してきた顕定に、義材は深い恨みを抱いていた。

「御教書なら、わしも頂いておるが、伊玄《いげん》殿（景春）に勝算はあるのか」

「わが主に勝算などありませぬ。そんなものがあれば、これまで負けることなどなかったはず」

「尤《もっと》もだ」

使者の言葉に、思わず宗瑞は噴き出した。

かつて景春の戦に勝算などなかった。相対した敵が軍略の天才・太田道灌《おおたどうかん》だったからだ。しかし景春は敗戦から学び、幾度となく立ち上がった。その強靭《きょうじん》な精神力こそ、凡百の軍略を上回るに違いない。

「勝算なき戦いか。面白い」

主戦場は越後となるはずで、それを少しでも後方支援するのが、宗瑞と景春に課せられた使命である。

――大事なことは勝算ではない。どれだけ敵を攪乱《かくらん》できるかだ。

「伊玄殿にお伝えせよ。承知いたしたとな」

「はっ」と言って満面に笑みを浮かべると、使者は喜び勇んで去っていった。

顕定率いる八千の関東勢が三国峠を越えたと聞いた長尾為景は、傀儡《かいらい》として守護に担ぎ上げていた上杉定実《さだざね》と共に、越中国に逃れた。

これにより、越後府中と春日山《かすがやま》城の無血占領に成功した顕定は、嬉々《きき》として「越後直仕置《じきしおき》」を始めた。

最初に着手したのは、為景与党に対する報復措置である。

顕定は、為景に与して弟を殺した者には死罪を申し渡し、中立的立場を取った者には、所領の一部没収で報いようとした。

越後国衆の反感は強まったが、八千の軍勢に刃向うことなど誰にもできない。

顕定は越後府中で年を越し、関東管領の直仕置を越後国内に徹底させるつもりでいた。

一方、顕定の越後入りと同時に、上州尻高《しったか》城で挙兵した景春は、かつての本拠・白《しろ》井《い》城を瞬く間に攻略した。

これを聞いた顕定の養子・憲房《のりふさ》は、越後に差し向けるつもりでいた後詰勢を率いて、白井城奪回に向かった。

白井城は、越後と関東をつなぐ街道を封鎖できる要衝であり、放置しておけば、越後と関東の連絡が断たれる。そのため憲房も必死だった。

しかし、憲房来襲を聞いた景春は、迷うことなく白井城を放棄し、西方二里にある柏原《かしわばら》城に移った。

粘り強く戦うことで山内上杉方を疲弊させることが、景春の目的だからである。

柏原城は沼尾《ぬまお》川《がわ》が吾妻川《あがつまがわ》に合流する崖上にある要害で、白井城よりも小規模だが、要害性は高く、寡勢《かぜい》での防御がしやすい。

この要害に拠った景春は、衆を頼んで攻め寄せる憲房を手玉に取ることになる。

同じ頃、宗瑞も旗揚げした。

水軍衆を使って海路、相模国中郡の大磯《おおいそ》まで進出した宗瑞は、高麗寺山《こうらいじやま》北麓の殿上《とんのうえ》台地に陣を構え、眼下の住吉《すみよし》要害に兵を入れた。

住吉要害は、後の永禄《えいろく》四年（一五六一）に上杉謙信《けんしん》が襲来した際、「山下宿河原《やましたしゆくがわら》」という名で呼ばれた陣所のことである。殿上砦の北東眼下にあり、微高地を木柵で囲っただけの簡易なものだった。

つまり宗瑞は、新たに城を取り立てたわけではなく、殿上台地に本陣を置き、住吉要害を前衛部隊の陣とし、その前面に兵を展開させたのだ。

むろん宗瑞が意識していたのは、一里半ほど真北にあたる岡崎城である。

岡崎城主の三浦道寸は千葉孝胤《ちばのりたね》と戦うべく、しばしば下総《しもうさ》国に進出しており、立河原合戦にも参戦していなかった。

山内・扇谷両家の和睦後も、三浦氏と千葉氏との戦いは私戦の様相を呈し、永正三年には、下総国の千葉領に、道寸が複数の要害を築くまでになっていた。

かつて太田道灌が目指した房総制覇の道を、道寸も歩み始めていたのだ。

それは実力で版図《はんと》を拡大し、誰の承認も得ずに領国を一元的に支配する戦国大名化への一歩だった。

高麗寺山に着陣した宗瑞は、これまで同様、調略を忘れなかった。

今度の相手は上田《うえだ》正忠《まさただ》・政盛《まさもり》父子である。

正忠は、かつて山内上杉方に本拠の実田要害を攻められて自落したことを、主の扇谷上杉朝良から責められ、中郡から武蔵国久良岐《くらき》郡神奈河の権現山城に移されていた。

実田要害の攻防で一族の朝直《ともなお》を失うほどの痛手をこうむったにもかかわらず、慰労の言葉一つなく移封を申し渡してきた扇谷上杉家に、正忠は不満を抱いていた。

宗瑞は正忠・政盛父子に海路からの支援を約し、権現山城で旗揚げさせた。

権現山城は、江戸や品川と並ぶ有数の商港だった神奈河湊を臨む丘陵の突端に築かれており、この城を押さえられると、扇谷上杉家は江戸湾交易を麻痺《まひ》させられる。

この一報を上州で受けた朝良は驚愕《きょうがく》した。

権現山城は江戸城の南西六里ほどにあり、扇谷上杉家の内懐《うちぶところ》にあたる。そんなところで反乱を起こされては、江戸城さえ危うくなる。

この頃、朝良は憲房の越後入りを支援すべく上州におり、すぐに江戸城に戻れない。

一方、前年の永正六年八月、権現山城に入った宗瑞は、上田勢と共に江戸城付近まで攻め上り、江戸城のすぐ西にある貝塚村まで制圧した。

だが宗瑞は兵を引いた。一千以下の寡兵では、江戸城を攻め落とせないと踏んだからだ。

一方、越後の情勢は、山内上杉方にとって悪化の一途をたどっていた。

越後で直仕置を始めた顕定だったが、八千の軍勢を食べさせるのは、二毛作のできない越後では容易でない。そのため末端まで食料が行き届かず、略奪を容認した。これにより在地衆との関係は険悪になり、各地で一揆が頻発する。

一揆は広がり、翌永正七年（一五一〇）三月、顕定は雪どけと同時に一揆の掃討作戦に出たが、ことごとく失敗に終わった。

四月になると、越中から為景が戻り、寺泊《てらどまり》で反撃の狼煙《のろし》を上げた。

この一報を受けた宗瑞は五月、西武蔵《むさし》に進出し、山内上杉方の国人・大石道俊《おおいしどうしゅん》の椚田《くぬぎだ》要害を攻略した。

一方、六月初旬、顕定は寺泊の為景勢を急襲したが、逆に撃退され、憲房と共に魚沼郡の妻有荘《つまりのしょう》まで退却した。

ところがここで、魚沼郡を領する上田長尾房長《ふさなが》が為景方に寝返ったため、山内上杉勢は恐慌状態に陥って四散し、顕定を守るのは直属軍一千だけになってしまった。

こうなれば、顕定も関東に帰還するしかない。

退き戦を展開しつつ三国峠を目指した顕定だったが、六月二十日、長森原《ながもりはら》で捕捉され、討ち死にを遂げる。

関東管領として君臨した男の呆気《あっけ》ない最期だった。

この勝利には、景春と宗瑞も貢献していた。

二人の旗揚げにより、上杉方が思うように越後に後詰勢を送れなかったことが、為景の勝因の一つとなったからである。

ところが、誤算が生じたのはここからである。

三国峠を越え、関東勢が続々と帰還してきたのだ。いかに敗軍とはいえ、憲房率いる上杉方の主力は健在である。

憲房の攻撃に晒《さら》される前に柏原城を自落した景春は、相模国まで兵を引き、津久井城に拠った。これにより宗瑞も椚田要害を放棄し、小田原に戻った。

七月、反撃態勢の整った上杉方は攻勢に転じる。

朝良は、成田《なりた》、渋江《しぶえ》、藤田《ふじた》、大石ら両上杉氏を支えてきた有力国衆や被官に、権現山城の攻略を依頼し、自らは景春のいる津久井方面に向かった。

　十一日、上杉勢は権現山城への攻撃を開始する。

　これを迎え撃った上田父子ら権現山籠城衆は、宗瑞の援軍を得て善戦するが、衆寡敵せず十九日、権現山城は陥落した。

七

「やはり思った通りであったな」

　高麗寺山北麓の殿上台地から眼下の戦いを眺めつつ、宗瑞が呟《つぶや》くと、今年で二十四歳になる氏綱が首をかしげた。

「と、申されますと」

「三浦衆の精強さは、つとに聞いていたが、その理由《わけ》がよく分かった」

「いかに分かりましたか」

　氏綱が目を輝かせる。

　氏綱は虫も殺せぬような穏やかな気質の少年だったが、長ずるに及び、それが慎重さや慈悲心といった将としての優れた面として現れてきており、宗瑞は頼もしく思っていた。

「あれを見ろ」

宗瑞が住吉要害の方に軍配を向ける。

ちょうど北方の岡崎城から押し寄せてきた三浦勢と、住吉要害に籠った山中才四郎らが、矢戦を始めたところだった。

三浦勢は竹束を盾に、城から五十間ほどに近づくと雨のように矢を放ち、じわじわと前進する。功を焦って前に出すぎることもなく、怖気《おじけ》づいて尻込みすることもない。

「三浦一族は、古くから相模東部に根を下ろしているだけあり、国衆との結束が固い。いや、国衆というより被官に近いのだ」

国衆ごとに陣を構え、勝手に戦うのが当然だったこの時代、末端に至るまで、一糸乱れぬ動きで道寸の軍配に従う三浦衆は、まさしく異端の軍団だった。

しかも、宗瑞が試行錯誤の末に編み出した兵種別編制が、三浦家中では自然にできており、城攻めの手順が確立されている。

「わが兵の結束の弱さを補うために、わしが行ったことを、三浦一族はずっとやっていたのだ」

宗瑞の手勢は、備中、山城《やましろ》（京）、駿河、伊豆、相模出身者から成る寄せ集め軍団で、統一した動きは取り難《にく》い。それを強兵にするには、兵種別編制しか手はなかった。だが三浦勢は、気心の知れた者どうしで、それが実現できているのだ。

「それが三浦勢の強さの秘訣《ひけつ》よ」

「恐れ入りました」

氏綱が納得する。

「平左《へいざ》、孫三郎《まござぶろう》」

「はっ」

笠原平左衛門《へいざえもん》と清水孫三郎が傍らに控えた。二人は騎馬隊を率いている。

「間もなく日没だ。敵が火矢を射てくる前に、一走り見せてくれぬか」

「敵陣まで乗り入れまするか」

平左衛門が目を輝かせた。

「いや、敵の弓隊を蹴散らすだけでよい」

「と、仰せになられますと」

「今日は道寸殿と戦わぬ。敵の前衛を蹴散らし、その隙に住吉要害の味方を逃がすのだ」

氏綱が不思議そうな顔をする。

「その後は、どうなされるおつもりか」

「決まっておろう」

宗瑞がにやりとした。

「逃げるだけよ」

この戦いは敵の手の内を探るためのものと、宗瑞は割り切っていた。三浦勢と無二の一戦を行い、たとえ打ち勝ったとしても、その後に上杉方との決戦が控えている。そうなれば、疲弊するのは宗瑞の方であり、やがて力尽きるだけだ。

――今は、伊玄入道と共に敵方を揺さぶり、後日の決戦のために力を蓄えておくのだ。

「平左、孫三郎、任せたぞ」

「承知！」

二人は、今や遅しと出番を待っていた騎馬隊を率いると、嬉々として山を下っていった。

「太郎」

「分かっております。住吉要害の味方が、高麗寺浜まで引くのを助けよと――」

宗瑞が笑ってうなずくと、大道寺太郎は徒士《かち》隊を率いて山を下っていった。

眼下では、笠原・清水の両騎馬隊に、敵の弓兵が蹴散らされている。

二人には一走りして敵を追い散らした後、高麗寺浜まで急行するよう命じてある。

そして宗瑞は、待たせている水軍衆の船に乗り、全軍で小田原まで帰るつもりでいた。

「よきものを見せてもらった」

一言そう漏らすと、宗瑞も下山の支度にかかった。


八月下旬、三浦道寸・義意《よしおき》父子により、宗瑞は住吉要害を攻略され、高麗寺山から撤退した。

しばらくこの地に駐屯した道寸は、九月、敵の追討と近辺の守備を息子の義意に任せると、津久井方面に向かった。

長尾景春が津久井城で挙兵したからだ。

津久井城攻撃は朝良と連携して行うことになり、江戸城から朝良が着くのを待ち、道寸は津久井城に攻め寄せたが、時すでに遅く、景春は姿を消していた。

その後、長尾為景の援軍を得た景春は、上州《じようしゆう》猿《さる》ヶ京《きよう》で山内上杉憲房《のりふさ》を破り、白井城に帰還する。文明八年に反旗を翻してから、実に三十四年の歳月を経て本領を回復した景春は、齢《よわい》六十八になっていた。

失ったものを回復するのに、景春は一生の大半を費やした。その執念は敬服に値するが、それだけに生涯を捧《ささ》げねばならなかった景春に、宗瑞は同情した。

景春は、関東における室町秩序の破壊者として時代の壁を打ち破った。同じ下剋上の魁《さきがけ》としては、越後の長尾為景に比べて得た物は少ないが、景春もまた時代の生んだ寵児《ちょうじ》の一人である。

しかし宗瑞は、景春と違う何かを、天が己に託していると感じていた。

——わしは、それだけでは終わらぬ。

宗瑞は、眦《まなじり》を決して北の空を睨《ね》めつけた。

一方、もぬけの殻となった津久井城を占拠した朝良と道寸は、一気に小田原城を突くことで一致した。

季節は十月になっており、兵糧には事欠かない。兵もさほど損じておらず、敵の本拠を攻める条件はそろっていた。

「随分《ずいぶん》とおるな」

小田原城の高櫓から酒匂川を渡ってくる敵勢を眺めつつ、宗瑞は、他人事のように感心していた。

「四千はおるはず」

物見に出ていた山中才四郎が、いつの間にか戻ってきていた。

「敵の先手は道寸殿と見たが」

「そのようです。三つ引両の旗が最初に川を渡りました」

「となると後陣は治部少《じぶしよう》（朝良）と、武蔵国衆だな」

朝良は、権現山城を攻略した成田、渋江、藤田、大石らを引き連れてきていた。

「殿軍は藤田虎寿丸《とらじゆまる》らしく、下り藤の旗が広範囲に広がり、刈り働きをしておりました」

刈り働きとは、敵領内の稲や麦を刈り取ることである。これには、味方の兵糧や馬糧を確保すると同時に、敵の食料を枯渇《こかつ》させる狙いがある。

だが、すでにそれを予想していた宗瑞は、大半の稲を刈り取り、小田原城内に収めていた。残っているのは雑穀《ざつこく》ばかりなので、藤田勢は、血眼《ちまなこ》になって食料の確保に走っているはずだ。

――大軍は攻めるに強いが、耐えるには弱い。

兵は食べられなければ四散するだけであり、大軍は常に瓦解の危機と隣り合わせである。

——長期戦になればなるほど、兵の多さは弱みになるのだ。

「すると藤田勢は、いまだ酒匂川を渡っておらぬわけだな」

「はい、対岸で刈り働きに走り回っておるようです」

敵の必死の姿を思い出したのか、才四郎が笑みを見せる。

「父上」

これまで黙っていた氏綱が、前に進み出た。

「それで父上は、この城に籠り、敵の疲弊を待つおつもりか」

「ははははは」

秋晴れの空に宗瑞の笑いが響き渡る。

「わしは聡明《そうめい》な息子を持った。しかしな——」

宗瑞の瞳が険しい色を帯びた。

「それだけでは籠城戦を勝ち抜けぬ。どこかで寄手に痛打を与えねばならぬのが、籠城戦というものだ」

その間にも敵は酒匂川を渡り、小田原城の東に展開を始めた。

宗瑞から「命ずるまで一矢《いっし》も放つな」と命じられている兵たちの顔に、不安な色が浮かぶ。

やがて先手を担う三浦勢が、竹束を横一列に並べ、ゆっくりと押し出してきた。

懸かり太鼓の音が徐々に調子を早め、甲冑の擦れ合う音が次第に大きくなる。

――まだまだ。

空気も凍り付くような緊張が、両軍の間に漲った。

敵の先頭が、城際まで三百間の距離まで近づいた時である。

「狼煙《のろし》を上げよ」

宗瑞の命に応じ、城内から黒々とした狼煙が上がった。

それを城兵も寄手も茫然と見上げていると、酒匂川の対岸で喊声《かんせい》が湧き上がった。

人馬が入り乱れ、砂塵が巻き上げられ、その中で穂先や白刃がきらめいている。

「何があったのだ」と言わんばかりに、三浦勢が背後を気にし始めた。

渡河したばかりの扇谷上杉勢は浮足立ち、進軍を停止している。

「父上、あれは――」

「松田勢だ」

「いったい、どこに隠しておいたのですか」

「鴨沢《かもざわ》要害だ」

宗瑞は、小田原城の北東二里半ほどにある大磯《おおいそ》丘陵の山中に鴨沢要害を取り立て、松田勢を隠しておいた。その松田勢が、藤田勢の後備《うしろぞなえ》に襲い掛かったのだ。

雑穀を荷車に載せて運搬している最中に襲撃された藤田勢は、荷車を置き捨て四分五裂した。かろうじて生き残った者たちは、扇谷上杉勢に合流すべく酒匂川河畔まで逃げてくる。

これを見て、退路を断たれてはならじと、渡河途中の扇谷上杉勢が反転し、対岸に戻り始めた。

「掛かったな」

宗瑞がにやりとした。

こうした場合、背後の混乱に動じず、城攻めを継続される方が城方には辛い。しかし朝良は実父の朝昌《ともまさ》に似て、その場の思いつきで兵を動かすことを常としている。

酒匂川右岸には、三浦勢だけが取り残されようとしていた。

ところが道寸は心得たもので、城方が必ず出撃してくることを予想し、陣形を乱さず、伊勢方が攻め寄せてくるのを待っていた。

――さすが道寸殿だ。それならば望み通りに出てやろう。

「よいか」

高櫓の上から、眼下に控える兵たちに向かって宗瑞が命じる。

「今から城を出て戦う」

「応！」

矢は十分に引き絞られており、放たれるのを今や遅しと待っていた。

――激水の疾《はや》くして石を漂わすに至るは勢《せい》なり。

宗瑞は、「川中の石を動かすには、勢いをもってせよ」という『孫子』兵勢篇《へいせいへん》に書かれた言葉を思い出していた。

「開門！」

宗瑞の鋭い声が響くと、軋《きし》み音を立てて大手門が開かれた。

笠原と清水に率いられた騎馬隊が、弾《はじ》かれたように飛び出していく。敵陣の乗り崩しを担う先手の騎馬隊である。

そこに驟雨《しゅうう》のような矢が降り注ぐ。

一方、騎馬隊を援護すべく、城内の櫓から敵に向けて一斉に矢が放たれた。

快晴の空は、行き交う矢箭と礫《つぶて》によって瞬く間に暗くなり、そこかしこで人の絶叫と馬のいななきが交錯する。

「先手衆進め」

宗瑞の軍配が振り下ろされる度に、次々と将兵が城を飛び出していく。すでに味方が浮足立っていることもあり、さしもの三浦勢も防戦一方になりつつある。

「さてと」

宗瑞は床几《しょうぎ》から立ち上がると、茶人頭巾《ずきん》を兜《かぶと》に替えた。

「父上、何をしておられるのか」

氏綱の目が見開かれた。

「出陣するのだ」

「何を仰せか。お待ち下さい。父上にもしものことがあれば、どうなさるおつもりか」

「心配は要らぬ。槍を取って戦うとは申しておらぬ」

「しかし、城を出れば流れ矢に当たることもあります」

馬を引いてこさせた宗瑞が鐙《あぶみ》に足を掛けても、氏綱は、その袖を取って離さない。

「それだけの運しかないのなら、しょせん、この世に民のための楽土など作れぬ」

「お待ち下さい」

「そなたはここに残り、わしに万一のことがあれば、兵をまとめて韮山に引け。そして城を固く守って、二度と出戦をするな。もちろん今川家に臣従し、伊豆一国を差し出すのだぞ」

そう言い残すと、宗瑞は城を後にした。

氏綱が言うように、戦場では何があるか分からない。運試しをするのは、将としての責任に欠ける。しかし宗瑞が城を出て不退転の覚悟を示すことで、伊勢勢は寄せ集め軍団から一つの家中になると、宗瑞は信じていた。

――さもなくば、これからの厳しい戦いには勝ち抜けぬ。

城を出ると、味方が三浦勢を圧倒し始めているのが分かった。

「押し詰めろ！」

ここは一気呵成《いっきかせい》に押すべきと、宗瑞は感じた。

宗瑞が、馬廻衆《うままわり》と共にさらに陣を進めようとした時である。

「待っておったぞ！」

砂塵の中から大音声が聞こえた。

「道寸殿か」

三浦勢の一隊は、四囲を伊勢勢に囲まれながらも、直径五十間ほどの「丸備え」という陣形を布いていた。

「丸備え」とは、円形の陣の中央に大将を置き、その周囲を幾重にも馬廻衆などが取り巻く陣形である。一か八かの突撃時にも使われるが、退き陣に使われることもある。

「槍を」

背後の小姓から槍を受け取ると、宗瑞は厳しく命じた。

「誰も手を出すな」

道寸も同じことを配下に言い渡したらしく、「丸備え」の前面が開くと、道寸が単騎で飛び出してきた。

「覚悟せい！」

黒鹿毛《くろかげ》の駿馬《しゅんめ》を駆り、裹頭《かとう》と呼ばれる頭まで包んだ袈裟《けさ》を風になびかせつつ、道寸が突進してきた。裹頭の間から、わずかにのぞく瞳は憎悪でたぎっている。

――民のために、わしは負けるわけにはいかぬ。

宗瑞も白葦毛《あしげ》の馬に鞭《むち》をくれた。

二頭の馬が交差すると、互いの繰り出した槍の穂先が火花を散らす。

同時に、双方の兵からどよめきがわく。

——これが武士の戦いなのだ。

宗瑞の血もたぎっていた。

二十間ほど走り抜け、馬を反転させた二人が再び槍を合わせようとした時である。

対岸から扇谷上杉勢が戻ってくるのが見えた。松田勢を蹴散らし、落ち着きを取り戻したのだ。

「この勝負、預けた！」

宗瑞が馬首を返すと、「逃げるのか！」という道寸の声が追ってきた。

しかし宗瑞は、それを無視して城に引き揚げた。

城を出て戦っていた兵たちも順次、城に戻ってきた。

戦場が一時的な静寂に包まれる。

再び攻勢に転じるかに見えた扇谷上杉勢であったが、日没が迫ったこともあり、兵をまとめて対岸に引いていった。

この日の戦いの勝敗はつかなかったが、翌日、扇谷上杉勢は兵を引いた。あてにしていた刈り働きがうまくいかず、四千人分の食料が確保できなかったのだ。

また、武蔵国に獲り入れの季節が迫っており、いったん兵を農地に返さねばならないという事情もあった。

十二月、朝良と道寸が再び小田原城まで攻め寄せてきた。今度は、鴨沢要害を落として背後の憂いをなくし、十分な兵糧も用意してきている。

しかし城方も、木柵を幾重にもめぐらせた上、堀幅を広くするなどして、以前に増して防備を厳にしており、扇谷上杉方は攻撃の糸口を摑めない。

双方はにらみ合ったまま膠着《こうちゃく》状態となった。

しかし扇谷上杉勢とて、いつまでも宗瑞と戦っているわけにはいかない。

実はこの頃、永正三年（一五〇六）からくすぶっていた、古河公方政氏と嫡男の高基の対立が表面化し、それぞれの与党勢力が各地で衝突を始めていた。

後に永正の乱と呼ばれる古河公方家の内訌である。

筋目から言えば、現公方の政氏が有利なはずだが、宇都宮《うつのみや》・小山《おやま》・結城《ゆうき》といった北関東有力国衆を自陣営に引き込んだ高基は、侮れない勢力となりつつあった。

以前から、山内上杉憲房は高基を支持していたため、政氏を支持していた最晩年の顕定と折り合いが悪くなり、その遺言により、顕定死去後の山内上杉家家督と関東管領職を、公方政氏の弟・顕実《あきざね》に奪われてしまっていた。

これにより顕実は、武蔵国を支配すべく武州鉢形城に入り、一方の憲房は、山内上杉家の本拠である上州平井城に居座り、上野国を支配するという二重構造が生まれていた。

それが公方家の内訌と絡み、関東の混乱は頂点に達した。

こうした経緯から自陣営を強化したい憲房は、朝良に味方になることを要求したが、朝良はこれを拒否し、あくまで政氏・顕実兄弟を支持することを伝え、憲房に双方の和睦を提案した。

両陣営の和睦を仲介するのであれば、朝良は早急に小田原から撤退するしかない。怒る道寸を説き伏せ、朝良は退き陣に移った。

単独で小田原城を攻めるのは、さすがの道寸とて荷が重く、朝良に従わざるを得なかった。

これにより宗瑞と道寸は、相模国の西郡と中郡でにらみ合いを続けることになる。

八

古河公方家同様、関東管領・山内上杉家の内訌も激化の一途をたどっていた。

永正七年に顕定が越後で敗死した後、その遺言により、政氏の弟の顕実が家督と管領職を継承したが、それで憲房が収まるわけがない。

憲房には、養父の顕定を支えて懸命に働いてきたという思いもある。

高基と結んだ憲房は政氏・顕実兄弟と対立、双方は各地の与党を巻き込み、北関東全土を舞台に、大小の合戦を繰り広げた。

朝良は宗瑞の抑えを道寸に一任し、政氏を支援すべく北関東に赴くことが多くなっていた。

朝良は、永正七年の小田原攻防戦で宗瑞を封じ込めたと思っており、当面、宗瑞が積極的な攻勢を取れないと踏んでいた。

その読みは決して誤ってはおらず、永正八年は宗瑞にとって我慢の年となった。

この間、宗瑞は領国を回り、治水灌漑《ちすいかんがい》事業などに注力し、農業生産性の向上に努めていた。

国力を付けることで、長期戦に耐え得る軍事力を養うためである。

永正九年（一五一二）四月、下野国の一部を領する宇都宮家中の騒動が飛び火し、関東は再び大きな戦雲に覆われる。

これが、政氏・顕実陣営と高基・憲房陣営の直接対決の呼び水となり、六月、鉢形城に攻め込んだ憲房方が、顕実を古河に自落させた。

この戦いをきっかけとして、各地で国衆が衝突を始めたが、高基・憲房側が優位に戦いを進め、政氏は高基により古河を追われ、下野《しもつけ》祇園《ぎおん》城の小山氏の許に身を寄せた。

朝良は乱の鎮静化に努めるべく、主力勢を北関東に常駐させねばならず、宗瑞の抑えは三浦勢だけとなっていた。

遂《つい》に機は熟した。

八月十二日の夜、ひそかに小田原城を出陣した伊勢勢は未明、岡崎城の西の尾根続きにある岡崎台に陣を布いた。

すでに鴨沢要害の近くで敵の哨戒《しょうかい》部隊と遭遇し、そのうちの何人かを逃がしていたが、それは織り込み済みである。

東に連なる田園地帯から朝日が差してきた。

南からの微風が、皺《しわ》の多くなった宗瑞の頰《ほお》を撫《な》でていく。

――わしは天命に従い、道寸殿と戦う。

宗瑞は道寸の中に己を見ていた。だが室町秩序を守ることを課せられた道寸と、それを破壊し、民のために新たな秩序を築かねばならない己の対決は、避け難いものとも思っていた。

彼方《かなた》から鉦鼓《しょうこ》の音が聞こえてくると、すぐにそれは喊声と化した。

――やはり来たか。

道寸は宗瑞の機先を制すべく、出戦を仕掛けてきた。

むろん宗瑞は、それを予期している。

空には、無数の矢箭と礫が行き交い始めた。

やがて三浦勢は、尾根筋の何ヵ所かに設けた阻塞《そさい》を破壊し、急造の虎落《もがり》や鹿垣《ししがき》を押し倒し、岡崎台へと侵入してきた。わき上がる砂塵で見えないが、台地の端では、すでに白兵戦が始まっているようだ。

「引き太鼓を打て。ゆっくりとな」

宗瑞の命に応じて引き太鼓が叩《たた》かれると、前線から兵たちが整然と引いてきた。

弓隊が交互に矢箭の幕を張り、前線の兵を収容する。

台地は広く緩やかな勾配で西に下っているため、敵は、勢いを得てどんどん押してくる。

やがて岡崎台を占拠した敵の勝鬨《かちどき》が聞こえてきた。

――頃合いよし。

「掛かり太鼓を叩け」

宗瑞の命により、一転して伊勢勢が攻勢に転じた。

後陣にいた部隊が、喊声を上げながら押し出していく。

思わぬ新手の出現に敵はたじろぎ、前進が止まった。

勝ちに乗じて押し寄せた側は、総じて兵の足並みがそろわず、新手に槍衾《やりぶすま》を作られると、押し返されることが多い。

この時もそうなった。

反撃に十分な地積《ちせき》が西方に取れると見た宗瑞は、精鋭を背後に置き、敵の攻撃が伸びきったところで、反転逆襲に移ったのだ。

三浦勢が、引き太鼓の音とともに撤退していく。

「押せ、押し切れ！」

宗瑞は軍配を振り続けた。

しかし、敵を岡崎台から追い落とすかに見えた寸前、宗瑞は再び引き太鼓を叩かせた。

撤収してくる伊勢勢の背後から、三浦勢が盛り返してくる。

「踏みとどまれ。押し返せ！」

それをまた伊勢勢が押し返す。矢が空を飛び交い、喊声と悲鳴が錯綜《さくそう》する。岡崎台をめぐり、双方は押しては引いてを繰り返した。

結局、この日の戦いは終日に及んだが、日没となって双方は兵を引いた。結果的には、岡崎台を守り切った伊勢方の勝ちとなったが、ほぼ互角の内容だった。

しかし、こうした無駄とも思える戦い方を、なぜ宗瑞がしたのかを三浦方が知るのは、翌朝になってからだった。

翌十三日の朝、三浦方の物見が夜明けとともに見つけたのは、城の南に広がる湿地帯に渡された筏《いかだ》の舟橋である。

宗瑞が岡崎台で仕掛けた戦は、陽動だったのだ。

宗瑞は、日のあるうちに敵の耳目を岡崎台にそらし、西海地土腐を渡る舟橋を作っておきたかった。夜間の作業は松明《たいまつ》を焚《た》かねばならないので、敵に気づかれてしまうからである。

幸いにして、思惑通りに岡崎台に敵が引きつけられたため、その間に筏を作り、それらを結び付けて舟橋とし、葦《よし》や荻《おぎ》の間に隠しておくことができた。

さらに日が落ちてから、それを城の間際まで渡しておいたのだ。

西海地土腐という天然の要害があっても、橋を渡されてしまっては、その防御力は半減する。

この異変を道寸が知る前に、寄手が舟橋を渡り始めた。

城からは慌てて矢が射掛けられるが、にわかなことで弓兵の数がそろわない。

寄手の弓兵が援護する中、最初に藁束《わらたば》を担いだ雑兵《ぞうひょう》が舟橋を渡り、足元が悪いところにそれを投げ入れていく。さらに後方から多数の梯子が運び込まれ、藁束の上に載せられる。

瞬く間に、西海地土腐の諸所に舟橋が渡された。

「どうやら、うまく行きそうだな」

「これほどうまく行くとは思いませなんだ」

満面に笑みを浮かべながら、大道寺太郎がさかんに首をかしげている。

「三浦方は西海地土腐を過信しすぎたのだ」

――人は何か頼るものがあると、それを過信する。

かつて岡崎城を訪れた折、宗瑞は城の縄張り以上に西海地土腐をよく実見した。城攻めにおいて、これほどの障害はないと思われたが、いかなる川にも橋が架けられるのだから、西海地土腐を渡る橋も架けられるはずである、と宗瑞は考えた。

そして編み出したのが、この作戦だった。

その間も、見る間に舟橋は広がっていく。

筏で作った舟橋を何ヵ所かに渡し、そこを幹線とし、まず弓隊を渡し、その援護の下に先手勢に突入させる。

その間、後方では、藁束と梯子で舟橋の支線を作らせていた。これにより幹線から枝分かれした支線が何本もでき、広範囲に大軍を渡すことができる。

「惣懸り！」

頃合いよしと見た宗瑞が、軍配を振り下ろした。

いったん引いてきた弓隊の援護の下、主力勢が一斉に橋を渡り始めた。

これを見た城方も激しく矢を射込んでくるが、木盾や竹束を押し立て、舟橋を渡ってくる寄手を防ぎようがない。

やがて、城に到達した兵が一斉に土塁を這《は》い上り、突入を始めた。

一番乗りを果たした者が城内の建築物に火をつけたらしく、瞬く間に、黒煙が中天を焦がし始める。

「平押しに押せ！」

平押しとは、全軍が横一線になって攻めることである。構えは一重になるので、敵の反撃に遭えばもろいが、反撃がないと踏んだ場合は最も有効な陣形となる。

喊声が一段と高まり、得物を打ち合う音や断末魔の絶叫が、風に乗って流れてくる。

城の近くまで前進した弓隊は、火矢を射始めた。

南曲輪から中曲輪、そして北曲輪と、道寸が恃みとした曲輪群から、次々と火の手が上がる。すでに寄手は南曲輪を制圧したらしく、曲輪の端で、合図の旗を激しく振る者の姿も見えた。

「陣を進める」

宗瑞は、岡崎台から城に向けて陣を進めることにした。

その頃、道寸は戦闘時の本曲輪である北曲輪にいた。

ここで踏みとどまるべく、道寸は後陣に控えていた予備兵力も投入した。

北曲輪をめぐる激しい白兵戦が始まった。

この時の戦いを、『北条五代記』では、「敵（伊勢方）、御方（三浦方）の鬨の声、大山も崩れて海に入り、地軸も折れて沈むかと覚ゆるばかりの有様なり。三つ鱗《うろこ》の旗（伊勢方）と中白《なかじろ》の旗（三浦方）と入り交り、十文字に破りて通り、巴《ともえ》の字に追い回し、東西南北に馳せ違って戦いしが、運や尽きけん、さしもの至剛の三浦介、散々に打ち破られ、一、二の木戸も攻め破られて、詰の城にぞ籠りける」と記している。

遂に北曲輪を攻め取られた道寸は、平時の本曲輪である無量寺曲輪も放棄し、東四半里にある城所《きどころ》城まで引いた。

しかし、ここで退勢を挽回《ばんかい》するのを困難と見た道寸は、中郡全土を放棄し、三浦郡まで引いていった。

『北条五代記』によると、この地で自害することを主張する道寸に対し、家の子郎党が走り寄り、「ひとまず落ちて、重ねて兵を促し、この鬱憤《うつぷん》を遂《と》ぐべし」と懇願したので、ようやく道寸も納得し、三浦郡の入口を扼《やく》する逗子《ずし》の住吉城まで落去《らっきょ》したという。

激戦の終わった城跡には、多くの死骸が放置され、凄惨《せいさん》な様相を呈していた。

死者を手厚く葬らせることを指示した宗瑞は、兵をいったん休めるべく、この日の追撃を中止すると、焼け残った櫓に登って東の空を見つめた。

――三浦一族を倒せば、東国に民のための楽土を築けるのか。そのためには、あと何人の犠牲が必要なのか。

戦の空《むな》しさを知りながらも、戦い続けねばならない己に対し、宗瑞は憤りを感じていた。しかし、関東の守旧勢力の前面に立つ道寸と戦わずに、両上杉家や古河公方を倒すことはできない。

道寸という男に共感を抱くがゆえに、宗瑞は道寸と戦うという矛盾《むじゅん》を力ずくで抑えねばならなかった。

八月十三日の夕日が相模平野を橙色《とうしょく》に染める頃、空には無数の烏《からす》の群れが舞い踊り、宴《うたげ》の時を待っていた。

翌日、岡崎城を自落した道寸を追って鎌倉に至った宗瑞は、そこでいったん進撃を止めた。

道寸が、三浦郡の入口にあたる住吉城に拠《よ》ったと聞いたからだ。

ちなみに、ここで言う住吉城は、かつて宗瑞が取り立てた平塚の住吉要害とは別の城である。

鎌倉でいったん兵を休めた宗瑞は、三浦領中郡と、扇谷上杉家が放棄したに等しい東郡の平定を優先させた。

伊豆や相模西郡で施行したのと同じように、宗瑞はそれまで五公五民だった年貢を四公六民に改正し、農民から歓呼の声をもって迎えられた。

さらに宗瑞は、中郡と東郡の村や寺社に制札《せいさつ》を下し、誰が支配者であるかを明確にすると、鎌倉の大社大寺の別当《べっとう》や住持《じじゅう》と会い、従前通りに所領を安堵することを伝えた。

寺社の代表者たちは、とにかく鎌倉を戦火に巻き込まないことを懇願し、そのためであれば協力は惜しまないと言ってきた。

それに応えた宗瑞は、逗子《ずし》から鎌倉に至る道を封鎖し、掻盾《かいだて》を幾重にも並べて阻塞と成し、三浦勢を鎌倉に入れないようにした。

しかし敵は、三浦勢だけではない。

三浦家の危機を聞けば、扇谷上杉勢が駆けつけてくるはずである。そのためには、北方にも配慮せねばならない。

南北から迫る敵を防ぐ拠点城を、宗瑞は早急に築く必要があった。

九月いっぱいを、新たに領国に組み入れられた地の統治と、拠点城の選地に費やした宗瑞は十月、かつて扇谷上杉家が取り立てた玉縄要害を修復し、拠点城とすることにした。

これが玉縄城である。

玉縄の地は、藤沢から神奈河に至る東海道（鎌倉街道下道）と、三浦半島に向かう道、さらに六浦《むつら》湊へと続く道が交差する交通の要衝であり、武蔵国の扇谷上杉勢と三浦半島の三浦勢の連携を断つ位置にあった。

さらに、東は柏尾川《かしおがわ》、南は境川《さかいがわ》、西は滝ノ川《たきがわ》、北は大面川《おおもがわ》に囲まれ、それを外堀と見立て、防衛線を布くこともできる。

宗瑞は、城というものに新たな可能性を見出《みいだ》していた。

これまでのように、武士たちが争う拠点としての城ではなく、危急の折は地域の民が牛馬を引いて逃げ込めるようにしたものを、宗瑞は城と考えた。

――城とは、大規模な救恤《きゅうじゅつ》小屋なのだ。

宗瑞は軍事拠点としてだけでなく、地域の民の避難所として玉縄城を築くことを考えていた。

戦乱が絶えない関東では、城の利用範囲が拡大し、陣と呼ばれる一時的な駐屯地、籠城だけを目的とした山城、交通を管制する関城等、様々な用途を持った城が急速に出現しつつあった。

宗瑞は、そうした概念の一つに、救恤小屋としての城を加えた。

後年、宗瑞の子孫たちはこの思想を受け継ぎ、小田原をはじめとした拠点城のいくつかに惣構《そうがまえ》という概念を取り入れ、城の一部を、大規模な避難所兼救恤小屋として民に開放した。

永正十年（一五一三）、鎌倉を挟んで三浦勢と対峙《たいじ》したまま、宗瑞は、五十八歳の正月を玉縄城で迎えた。

小田原には氏綱と松田一党を配し、領国の統治に当たらせている。嗣子《しし》を安定した領国に置き、高齢の当主が前線に出張るのは、この時代では、よくあることである。

この頃の宗瑞にとっての関心は、山内・扇谷両上杉勢の動向である。

権現山城を攻略された時のように、彼らが大軍を率いて南下してくれば、普請成ったばかりの玉縄城など物の数ではない。

宗瑞の懸念はそこにあったが、上杉方にとっても、事はそう容易には運ばなかった。

永正九年六月、山内上杉憲房が顕実を鉢形城から追った前後から、永正の乱は頂点を迎えており、北関東各地では大小の戦いが頻発していた。

関東管領の座は憲房が奪取したものの、政氏と高基が争う公方家の内訌は、いまだ決着がついていない。

それゆえ岡崎城陥落の一報が入ったにもかかわらず、朝良は動けなかった。

宗瑞は、この機に住吉城まで攻め寄せることも考えたが、城攻めは多大な犠牲を伴う。そのため、またしても一計を案じた。

三浦氏は逗子に強力な地盤があり、三浦半島の北部で獲れた米穀は、逗子沼間《ぬまま》の代官所に集められ、住吉城に籠る三浦勢の兵糧となっていた。

しかし一千にも及ぶ軍勢の滞陣は、その地に負担がかかる。しかも端境期《はざかいき》に入りつつあり、領民に不安が広がっていた。

そこを宗瑞は突いた。

沼間周辺の郷村に使者を派した宗瑞は、彼らに保護を約束して今後の協力を取り付けると、正月明け早々、山中才四郎に小部隊を率いさせて代官所を襲撃させた。

これにより、住吉城に搬入される予定だった兵糧が焼き尽くされ、たちまち三浦勢の食料は枯渇した。しかも宗瑞と示し合せた農民が、宗瑞の勢力圏に逃げ込んだため、今後の兵糧調達の見通しも立たなくなった。

しかし相手は道寸である。

「三浦勢北上」の報に接した宗瑞は、衾《ふすま》を撥《は》ねのけて飛び起きた。控えの間には、すでに軍装がそろっており、宗瑞が現れると、三人の小姓が近づき、瞬く間に寝衣を剝《は》ぎ取った。

「敵は、どこまで来ておる」

大道寺太郎が、額に汗を浮かべて答える。

「はっ、九品寺《くほんじ》の線で、多米権兵衛が防戦しておるとのこと」

宗瑞の腰に新しい褌《ふんどし》が巻かれ、その上に鎧下着《よろい》と袴《はかま》が着けられる。

「して、後詰はどうした」

鎧櫃《ひつ》に腰掛けさせられると、足袋《たび》と草鞋《わらじ》が瞬く間に履かされていく。

「荒川又次郎《あらかわまたじろう》と遠山左京亮《とおやまさきょうのすけ》に出陣の支度をさせております」

続いて脛当《すねあて》、佩楯《はいだて》、胴の順に着けられていく。

「荒川と遠山は鶴岡八幡宮の守りに回せ」

「はっ」

「で、どのくらいで送り出せる」

宗瑞が両手を肩の高さまで上げると、籠手《こて》が通された。

「あと小半刻ほどかと」

「遅い」

「急がせます」

「わしも出陣する」

「承知！」

太郎が足早に下がっていった。宗瑞が出張るということは、太郎率いる馬廻衆も出陣となるからだ。

気づくと両肩に袖《そで》が付けられ、すでに太刀と脇差も腰に差されている。

「行くぞ」

兜を小姓に預けた宗瑞は、茶人頭巾をかぶった。

――これは、容易ならざる戦いになる。

宗瑞は、無二の一戦が行われるであろう気配を感じ取っていた。

小雨《こさめ》の中、長谷寺《はせでら》の辺りまで来ると、彼方に火の手が上がっていた。

――滑川《なめりがわ》の線を突破されたのだな。

さらに馬を駆けさせ、由比《ゆい》ヶ浜《はま》まで出ると、こちらに引いてくる味方が見える。

「引くな、引くな！」

何とかその場に踏みとどまらせようとしたが、いったん敗走が始まると、止めるのは容易でない。敵の矢箭に追い立てられるようにして、味方勢が逃げてくる。

その背後から迫る敵は、鶴岡八幡宮方面に向かわず、海沿いの道を進み、由比ヶ浜から長谷を経て、玉縄城を目指しているようだ。

三浦勢の進撃は、整然とした手順を踏んでいた。

しばらく矢を射ていたかと思うと、騎馬隊が突撃して敵陣をかき回す、さらにそれを槍隊が援護する。その繰り返しによって敵を蹴散らし、前進してくる。

和賀江《わかえ》と滑川に、それぞれ構えた防衛線を突破された伊勢方は、すでに及び腰となっていた。

――このまま防戦に努めたところで、犠牲が増えるばかりだ。

「退き陣に移るぞ」

宗瑞の命に従い、引き太鼓が叩かれると、撤退用に温存していた弓隊が前線に出る。

――これで、しばし時が稼げる。

海沿いの道は広いが、長谷道に入ると急速に道幅が狭《せば》まる。退き陣には、もってこいの地形である。

しかし、ここを先途《せんど》とばかりに攻め寄せる三浦勢の鋭鋒《えいほう》は、その勢いを衰えさせない。

敵の正面に当たる部隊を頻繁《ひんぱん》に交代させつつ、じわじわと下がる伊勢勢だが、時折、仕掛けてくる三浦勢の突撃により、退き陣は敗走と変わらなくなってきた。

それでも何とか退き陣の体裁を保っていたものの、柏尾川《かしおがわ》に突き当たる手広《てびろ》で急に道が広くなるため、遂に壊乱《かいらん》した。

背を見せて逃げる者は、襟首《えりくび》を摑まれ、足を掛けて引き倒されると、馬乗りになって首を掻《か》かれる。追いすがる敵に立ち向かおうとした者、負傷して逃げ遅れた者たちは、押し包まれて討ち取られていく。

暁闇《ぎょうあん》の空には、無数の矢箭が降り、運の悪い者の背や首筋を射抜いていく。その度に断末魔の悲鳴が聞こえる。

殿軍《しんがり》を担う者たちを救えない口惜しさを嚙《か》み締《し》めつつ、宗瑞は馬廻衆に守られて、玉縄城に撤収した。

間髪入れず、三浦勢による城攻めが始まった。

三浦勢は火矢を射掛け、四辺から一気に攻め上ってきた。

勝機を知る将は勢いを大切にする。ここで休んでしまえば、寄手は疲労を覚え、城方は落ち着きを取り戻す。そうした心理を知り抜いている道寸に躊躇《ちゅうちょ》はない。

土塁を這い上がろうとする敵勢に、上方《じょうほう》の曲輪から激しく矢が射掛けられる。それをものともせず、三浦勢は押し詰めてくる。

――このままでは城を取られる。

三浦勢も、ここが切所《せっしょ》と心得ているのか必死である。

その時、鶴岡八幡宮《つるがおかはちまんぐう》の守備に回していた荒川又次郎と遠山左京亮が戻ってきた。

この軍勢が、たまたま城攻めの最中だった三浦勢の側背を突く形になった。

突如として現れた伏兵《ふくへい》に浮足立った三浦勢は、押されるままに西方に逃れようとした。

「今だ、城を出て討ち果たせ!」

宗瑞の命により、防戦に当たっていた伊勢勢が攻勢に転じる。

戦は勝機をいかに摑むかだ。

――戦は呼吸と同じ。吸っては吐くを繰り返す。敵が大きく息を吐いた今こそ、勝機なのだ。

すでに宗瑞は、そうした戦の極意を会得していた。

浮足立っていた城方が嘘《うそ》のように生気を取り戻し、喊声を上げながら城を飛び出していく。

三浦勢は遂に崩れ立った。

「ひた押しに押せ!」

手のまめがつぶれるほど、宗瑞は軍配を振った。

――寄手は攻める力が強ければ強いほど、何かのきっかけで退勢に陥りやすいのだ。

寄手の攻勢限界点は突然、訪れる。そこを突くことで、それまでの攻勢が嘘のように敵は退勢に陥る。逆にそれを察知できずにいると、敵は息を吹き返す。

宗瑞の直感が、ここが切所だと教えていた。

「一気に蹴散らせ！」

己の出番を覚った宗瑞は、兜をかぶると馬にまたがった。

「出陣！」

大将出陣の銅鑼《どら》が冬空に鳴り響く。

西に逃れていく三浦勢を追って、伊勢勢は全軍が出陣した。

さすがの三浦勢も整然と退き戦ができず、散発的に矢を射掛けては逃げていく。それを伊勢方の足軽が追いすがり、背後から押し倒しては首を獲っていく。名など名乗りはしないし、問いもしない。それは、勝者にも敗者にも誇りがあった時代の戦い方とは異なり、応仁・文明の乱の折、宗瑞が都で見てきた足軽や悪党の戦い方と同じだった。

——もう武士の時代ではないのだ。

宗瑞は戦を通じて、新たな時代の胎動を感じていた。

やがて敵は、藤沢《ふじさわ》の清浄光寺《しょうじょうこう》（遊行寺《ゆぎょう》）に踏みとどまって戦いを挑んできた。

清浄光寺は三浦一族と長らく良好な関係にあり、積極的に敗軍を寺内に入れたに違いない。

これまでも清浄光寺からは、宗瑞に安堵状発行の依願はなく、清浄光寺が暗に大檀《だん》那《な》の三浦一族を支持していることは明らかである。それだけであれば、見過ごすこともできる。しかし敵を寺内に引き入れたのは、明らかな敵対行為であり、中世の掟《おきて》として攻撃の対象とされても文句を言えない。

いったん寺を囲んだ宗瑞は、降伏勧告の矢文を射てみたが、反応はない。

——致し方ない。

勝機は今であり、これを逃すわけにはいかない。

宗瑞は苦渋の決断を下した。

伊勢方の攻撃が始まったが、敵は少数であるらしく、散発的に矢を射返してくるだけである。

敵の殿軍は道寸を逃すべく、決死の覚悟で寺に籠ったに違いない。

その勇者たちを、あたら無駄死にさせるのは残念だが、ここで攻撃の手を緩めては、道寸を取り逃がしてしまう。

寺への「乗り崩し」を命じた宗瑞は、心を鬼にして寺に火をかけることを命じた。

天を焦がすほどの黒煙と共に、紅蓮《ぐれん》の炎《ほのお》が本堂から上がった。

炎と煙に耐えきれず、外に飛び出してきた敵兵を、味方が討ち取っている。

同じように逃げてきた坊主たちは保護され、一所に集められたが、皆、焼け落ちる寺に向かって手を合わせ、涙に暮れていた。

戦国の世に生きる者の宿命とはいえ、武士たちの戦いに民や僧侶を巻き込んでしまったことを、宗瑞は深く悔やんだ。

そうした思いを振り払い、宗瑞は追撃を再開した。

何か遮蔽物《しゃへいぶつ》があると、敵は数人ずつ踏みとどまり、矢を射掛けてくる。そうした者たちを逐次、討ち取りつつ進んだため、宗瑞の前を走る者が手薄になってきた。だがここで小休止し、後方から来る部隊を待っていては、追撃の手が緩み、士気が弛緩《しかん》する。

そうした勘所を、宗瑞は心得ていた。

——いったん矢を引き絞ったら、弦《つる》を緩めるわけにはいかぬ。

それは、宗瑞の生き様にも通じるものだった。

宗瑞は、いったん決めたことは成し遂げるまでやめなかった。そうした素志を貫徹する強固な意志がない限り、己の存念を実現する術はないと、宗瑞は信じていた。

馬廻衆と共に先頭を走る格好になった宗瑞は、七里ヶ浜から稲村ヶ崎を回り、由比ヶ浜西端の坂ノ下に出た。

その時である。

「死ねや！」

極楽寺《ごくらくじ》の方角から、一気に坂を駆け下りてくる集団がある。

――道寸か。

黒糸縅《くろいとおどし》の甲冑を身にまとい、黒鹿毛の馬を駆った道寸が、陣羽織《じんばおり》代わりの僧衣を翻しながら突進してくる。その背後からは、道寸の馬廻衆が続く。

「伊勢宗瑞、覚悟せい！」

道寸の持つ十文字槍の穂先が朝日を反射し、鈍色《にびいろ》の光沢を放つ。それは、道寸の内心を表しているかのように血に飢えていた。むろん欲しているのは、宗瑞一個の血である。

槍を横薙《な》ぎに払った道寸は、宗瑞を守ろうとした兵の体を槍先に引っかけ、高く差し上げると、背後に放り投げた。齢《よわい》六十三とは思えない凄まじい膂力である。

「どけ」

宗瑞の前を固めた小姓たちを背後に下がらせた宗瑞は、己の槍を取った。

――やはり、かの御仁とは槍を交えねばならぬのだな。

「宗瑞、それほど死にたいか！」

「そのお言葉、そっくりお返しいたそう」

「望むところだ」

面頬《めんぼお》の間からのぞく道寸の歯列が光る。

「宗瑞、死ねや！」

「わしは死なぬ！」

馬を駆け合わせた両者は、獣のような気合と共に、一合、二合と槍を合わせた。

馬上の槍合わせは、馬が擦れ違う瞬間にだけ刺突の機会がある。しかし狭隘地《きょうあいち》のため、互いに離れては駆け寄るということができない。

そのため二人は接近し、穂先も石突《いしづき》も使えず、柄でのもみ合いとなった。

むやみに馬を走らせ、槍を打ち合っているうち、いつしか周囲に人気はなくなり、二人は極楽寺に至る山道に入り込んでいた。

馬は互いに涎《よだれ》を流しつつ首をぶつけ合い、相手に嚙《か》みつこうとする。

暴れる馬を腿《もも》だけで押さえ付け、腹筋と足腰に力を入れ続けるので、筋肉が悲鳴を上げる。

その時である。一瞬の隙を突いて、道寸の払った槍が宗瑞の兜を吹き飛ばした。道寸は続く一撃で顔を狙ってきたが、それを間一髪《かんいっぱつ》で外した宗瑞は、片手で道寸の槍の柄を摑むと、思いきり手元に引き寄せ、道寸の脇腹に拳を見舞った。

痛みに顔を歪ませた道寸は、それでも体勢を立て直し、槍を捨てて太刀を抜いた。

宗瑞も太刀を抜き、二人は激しく太刀を合わせた。

馬上の叩き合いに剣法はない。互いに殺《や》るか殺られるかである。

遂に鍔迫り合いとなった。

二人は互いの体臭を嗅《か》ぎ、息遣《づか》いを聞き、あらためて死と隣り合わせの戦いをしていることを覚った。

「宗瑞、この国を、そなたのような他国の兇徒《きょうと》には渡さぬ」

「もう時代は、貴殿を必要としておらぬ」

「ほざけ！」

道寸の手に力が籠る。

「道寸殿、わしは貴殿を討ち、民のための世を開くのだ」

「宗瑞、わしは武士の世を守り抜く」

離れ際に薙《な》いだ道寸の一撃により、宗瑞の肩から鮮血がほとばしった。

「覚悟せい」

いったん五間ばかり離れた道寸が、あらためて白刃を頭上に掲げた時である。

宗瑞を探す声が、どこからか聞こえてきた。

「悪運強き男だ」

苦々しげに呟くと、道寸は太刀を鞘《さや》に収めて馬を引いた。

「宗瑞、いつかまた、あい見《まみ》えよう」

そう言い残すと、道寸は長谷の山林に入っていった。

肩を押さえて馬上にうずくまる宗瑞の姿を認めた味方勢が、走り寄ってきた。

この日の戦いで、宗瑞は辛くも三浦勢を撃退した。

鎌倉を戦地とすることは避けられたものの、相模国有数の古刹《こさつ》・清浄光寺を灰にしてしまったことは、宗瑞の心に重くのしかかった。

永正十年（一五一三）正月に行われたこの戦いは、後に鎌倉合戦と呼ばれることになる。

九

宗瑞が住吉城に至った時、道寸率いる三浦勢主力は、すでに退去した後だった。

残っていたのは、道寸の腹違いの弟・道香《どうか》である。

道香は三浦一族の意地を見せて奮戦した後、城に火をつけ、猛火の中で自害した。

道寸を逃がすために時を稼いだのだ。

道香の踏ん張りによって十分な時が稼げた道寸は、敗走という形を取らずに三浦半島を南下できた。

住吉城を抜かれた場合、次の抵抗拠点として、道寸は秋谷《あきや》の大崩《おおくずれ》を考えていた。

秋谷の大崩とは、三浦半島を覆う山塊《さんかい》が海までせり出し、人一人がやっと通れるだけの道が、海沿いに築かれている大難所のことである。ここを通らない限り、三浦半島の南端には、たどり着けない。

そうなれば水軍を使うのが上策だが、すでに本拠の三崎城や新井《あらい》城から押し出してきた三浦水軍が、秋谷湊に入っているため、伊勢方の水軍が、背後に上陸することはままならない。

宗瑞は、長者ヶ崎《ちょうじやさき》付近で進軍を停止せざるを得なかった。

宗瑞とその幕僚たちが頭を悩ませていると、鎌倉合戦で捕虜にした敵の小者が、大崩の南側に出られる山間の獣道を知っているという。

多額の報酬を約束し、その小者を先頭に立たせた宗瑞は山中に踏み込んだ。

この間、残留部隊は敵の注意をそらすべく、大崩の敵に対して断続的に矢戦を仕掛けていた。

一方、宗瑞率いる部隊は、いくつもの山を登り、谷を下り、尾根《おね》伝いに進むと、三浦勢が陣所としている秋谷城の真上に出た。

秋谷城は、秋谷湊の東側に築かれた簡易な陣城で、大崩の線で敵を押しとどめる兵たちの駐屯地にすぎない。そのため地形的に東側の防備が手薄となっていた。

「掛かれ！」

宗瑞の命と同時に掛かり太鼓が叩かれ、伊勢勢は東側の尾根伝いに逆落としに突進した。

予想外の事態に、三浦勢は対処のしようもなく、城を焼くと敗走を始めた。

しかし、それを追って伊勢勢が秋谷湊に着いた時には、道すらを乗せた三浦水軍は、すでに出帆した後だった。

三浦半島最大の難関の一つである秋谷の大崩を抜いたものの、またしても宗瑞は、道寸を取り逃がしてしまった。

三浦半島西岸沿いに南下を続けた宗瑞は三月、遂に半島南端に達した。

そこで宗瑞は、またしても堅固な防衛線に出遭った。

小網代《こあじろ》にある外の引橋である。

この地は、三浦半島南端を東西に分断する地峡部に当たっており、狭隘《きょうあい》な道の左右は断崖となっている。その隘路《あいろ》を、道寸は幅十間余の堀切で切断し、その左右の端を竪堀《たてぼり》として海まで落とした上、堀底からの高さ五間余の土塁を構築していた。

まさに秋谷の大崩に勝る大要害であり、まともに攻めれば、どれだけの犠牲を強いられるか分からない。

捕虜の話によると、外の引橋の内側にある内の引橋は、さらに堅固で、幅十五間余の堀切で道を断ち切り、それを南北に竪堀として落とし、堀底からの高さ五間余の大土塁が築かれているという。

宗瑞は、三浦一族との最後の戦いが消耗戦になることを覚悟した。

四月に入り、膠着《こうちゃく》状態を打破すべく、宗瑞は夜襲を仕掛けてみた。

敵陣に火矢を射こみ、油を染み込ませた松明を投げ込んでも、敵は動揺せず、粛々と矢を射返してくる。

竹束車などを使って前進を試みようとしても、三浦勢の士気は旺盛で、寄手は外の引橋に近づくことさえできない。

宗瑞は長期戦を覚悟し、外の引橋の対面に土塁を築き、堀をうがち、逆に城方を封鎖することにした。

〝つぶら〟と呼ばれる攻城用の陣所である。

こうしておいてから、兵站を断って降伏を促すのだ。

宗瑞は、すでに降伏してきた道寸の舅《しゅうと》の横須賀《よこすか》連秀《つらひで》を使い、城方に投降を呼びかけてみた。しかし、舅であっても裏切り者は容赦しないとばかりに矢を射掛けられたため、この手もあきらめざるを得なかった。

また水軍戦を仕掛けてみたが、三浦水軍は無駄な戦いを避けるべく、油壺《あぶらつぼ》湾と城ケ島に守られた三崎湊深くに逼塞《ひっそく》し、挑発に乗ってこない。

糧道を断つという作戦も、外の引橋以南の耕地面積が十分に広いため、さほど効果がない。

相模国の東端に位置する三浦半島は、北部から中部にかけて低い山が連なり、農地は少ないが、南部にあたる外の引橋から南には、籠城するに十分な農地が広がっており、自給自足体制が確立されているのだ。

三浦半島南端部は、それ自体が巨大な城郭だった。

その中に政庁兼水軍拠点としての三崎城と、海の詰城とも呼ぶべき新井城が南北四半里の距離にあり、互いに連携しているのだ。

この二つの城を中心とした領域すべてを総称し、三浦城と呼ぶことさえある。

とくに、三浦半島南西端に拳のように突き出した小網代《こあじろ》半島に築かれた新井城は、難攻不落の海城として鳴り響いていた。

西に相模湾を臨み、北に小網代、東に油壺《あぶらつぼ》、南に諸磯《もろいそ》という内湾を抱えるこの城で陸続きなのは、油壺湾がえぐるように入り込んでいる東方だけで、その唯一の道を封鎖することで、島同然になるという特異な地に築かれていた。しかも唯一の道も狭隘《きようあい》で、最も狭まった地峡部の幅は五間もない。

『北条五代記』には、「(この城は)東一方ばかりこそ、僅《わず》かに陸地に続きけれ、三方は入り海の島城にて白波岸を洗い」と記されている。

また、この時代の海面は、現在より三メートルも高く、今は姿を現している荒井浜、胴網の浜、横堀海岸は海面下に没していた。

つまり岩礁が多く、水軍を使って海から上陸することも困難なのだ。

さらに東側の三浦海岸沿いの道は、山塊が海までせり出してきている上、唯一、付けられていた道も、籠城戦開始と同時に切り崩されており、通行不能となっていた。

宗瑞はその生涯において、初めて手詰まりとなった。

しかし、道寸の恃みとする扇谷上杉家も、身動きが取れない状態に陥っていた。

同年五月、朝良は憲房の軍勢と武蔵国の菅谷原《すがやはら》で合戦し、勝敗はつかなかったものの、大きな痛手をこうむっていたからである。


それでも九月、膠着した事態が動いた。

道寸の女婿《じょせい》にあたる太田資康《すけやす》が、扇谷上杉勢を率いて南下してきたのだ。

岳父を救うべく、資康も懸命だった。

資康は、文明十八年に父の道灌が主の上杉定正《さだまさ》に謀殺された際、激しく抵抗し、その身を山内上杉方に投じた。その時、資康に同調し、共に山内上杉方となって扇谷上杉方と戦ったのが道寸である。

延徳三年、長享の乱の第一幕が終わった時、資康と道寸は、そろって扇谷上杉家に帰参したが、以後も共同歩調を取っていた。すなわち扇谷上杉傘下に身を置きながら、太田・三浦両家は、独自の攻守同盟を締結しているも同じだった。

「扇谷上杉勢南下」の報に接した宗瑞は即座に玉縄まで戻り、迎撃態勢を整えた。

玉縄城を拠点にした宗瑞と、粟船《あわふね》（大船）に陣を布いた資康は、数度にわたり激しくぶつかり合ったが、結局、伊勢方が押し勝った。

道寸を救えなかった資康は、無念の臍《ほぞ》を噬《か》みつつ、粟船で自害して果てた。

この間、三浦方も逆襲に転じていた。

三浦方は何度かにわたり、外の引橋を下ろすと、さかんに伊勢方の陣所の突破を図った。しかし引橋は、守るに易《やす》いが出戦にも向いていない。一時に多くの人数を渡すことができないからだ。

それゆえ橋を渡っては討たれてを繰り返した三浦方は、無為に屍《しかばね》を築くだけだった。

双方が熾烈《しれつ》な戦いを繰り広げているところに、粟船合戦の一報がもたらされた。

道寸の許に資康の首を届けさせた宗瑞は、丁重に降伏を呼び掛けたが、それに応じる道寸ではない。

しかし、これで攻勢に転じることもできなくなり、三浦方は、再び貝が口を閉じるように外の引橋の内に引き籠った。

栗船合戦で太田資康を破ったとはいえ、情勢はいまだ予断を許さない。

武蔵国には、扇谷上杉勢の主力が健在である。ここで外の引橋の強硬突破を図り、あたら無駄な損害を生じさせてしまえば、そこに付け入られることも考えられる。

よしんば三浦一族を滅ぼすことができても、その後の戦いが続けられず、扇谷上杉家の前に屈する可能性さえある。

――いかな大国も一寸のほころびから滅亡する。力弱きわれらが、ここで無理を通そうとすれば、そこから瓦解《がかい》せぬとも限らぬ。

宗瑞は切所を知るだけでなく、耐えることもできる将に成長していた。


永正十一年（一五一四）三月、宗瑞の恐れていた一報が入った。

古河公方家の内訌と山内上杉家の家督争いに絡み、長らく敵対していた山内・扇谷両上杉家が、和睦を結んだのだ。

他家の争いに介入しているうちに、己の足元に火がついたことを覚った朝良は、なりふり構わず憲房に頭を下げると、共に相模南部に出兵することを懇請《こんせい》した。

扇谷上杉家が膝を屈することで、名実共に関東管領となった憲房は、これを快諾した。

憲房も三浦半島の戦いが気になっており、両家が足並みをそろえて、新興勢力の伊勢家を封じ込めることに異存はない。

四月、大挙して南下を始めた両勢は、武蔵国荏原《えばら》郡（品川・目黒《めぐろ》・大田《おおた》・世田谷《せたがや》区周辺）に展開し、相模国へ侵攻する構えを見せると、先手の太田備中入道永厳《えいげん》を津久井方面に差し向けた。

ちなみに道灌の死後、太田家は二つの系統に分かれていた。

道灌を殺されたことで、扇谷上杉家から離反した嫡男資康の太田家と、道灌の死によって、太田家の名跡を継いだ永厳の太田家の二系統である。宗家は後者となり、後に前者は江戸太田家、後者は岩付《いわつき》太田家となっていく。

太田永厳の津久井方面への侵攻は、明応五年、当時の関東管領・山内上杉顕定が、家臣の長尾右衛門尉景英を先手として津久井から侵攻させ、小田原付近まで攻め寄せた経路と同じである。

ところが五月、小田原に至る街道の途中で伊勢方の待ち伏せに遭った永厳は、呆気《あっけ》なく敗退する。これにより、憲房と朝良の思惑は狂い始める。

小田原を牽制《けんせい》することで伊勢方を浮足立たせ、その間に多摩川を渡河し、玉縄まで攻め寄せようというのが、憲房と朝良の当初の方針だったが、それが最初から齟齬《そご》を来たしたのだ。

まず憲房が、これ以上の作戦継続に難色を示して兵を引き、致し方なく朝良も河越に戻った。

これにより中途半端な形で、永正十一年の両上杉家による三浦半島後詰作戦は終わった。

だからと言って、宗瑞は喜んでばかりもいられない。

この年の後半から、翌永正十二年（一五一五）末頃までの一年半、宗瑞は扇谷上杉家の制する江戸湾と西国をつなぐ〝海の道〟を断つべく、海戦を中心にした戦いを展開した。

当時の江戸湾は、扇谷上杉家の支配下にあり、とくに神奈河湊を拠点とする奥山《おくやま》氏が江戸湾交易を掌握し、東西の物資を流通させることによって巨利を得ていた。

奥山氏は、駿河の小川湊で手広く交易を営んでいた長谷川氏と同様の商人土豪である。

永正十一年夏に、武蔵国神奈河湊を急襲した宗瑞は奥山一族を滅ぼし、江戸湾から伊豆七島までの制海権を奪取した。

これにより、関東の海は宗瑞のものとなる。

真綿で首を絞めるように、宗瑞は、徐々に扇谷上杉方の勢力圏を侵食していた。

この閉塞感に、朝良は耐えられなくなってきた。

永正十三年（一五一六）六月、古河公方政氏を支持する佐竹・岩城《いわき》両氏が、下野国《しもつけ》の縄釣《なわつるし》で、高基に与する宇都宮勢と会戦し、大敗北を喫した。

これにより小山氏の祇園城にいられなくなった政氏は、朝良の岩付城に移った。

佐竹氏らの敗戦は、古河公方家の内訌に決着をつけるものとなり、政氏に勝利の目がなくなったことを、朝良も認めざるを得なくなる。

そうなれば、いよいよ自らの足元についた火を消さねばならない。

朝良は扇谷上杉家を上げて道寸を救うことを決意し、養子の朝興《ともおき》に全軍を率いさせ、相模国に侵入させた。

十

相模湾から、心地よい海風が吹き寄せてきていた。

空は晴れ渡り、金目川《かなめがわ》（花水川《はなみずがわ》）の川面《かわも》をきらきらと輝かせている。

かすかに歓声が聞こえるのは、童子らが川狩《かわがり》（川漁）をしているからだ。

やがて大人が現れて何か叫ぶと、童子らは慌てて川から上がり、どこへともなく走り去っていく。戦が始まるので逃げるように告げられたのだ。

高麗山北麓の殿上砦から、宗瑞は、そうしたのどかな光景を見下ろしていた。

——川水は、さぞ温かいであろうな。

宗瑞の故郷である備中荏原荘を流れる小田川の水は、いつも冷たかった。

宗瑞は足先が冷えてくるのを堪《こら》え、魚が近づくのをじっと待っていたものだ。

思えば摑み漁をしている頃から、宗瑞は耐えることが得意だった。

耐えるということは、誰にもできそうに思えるが、これほど難しいことはない。

しかし宗瑞には、それができた。

ほかの童子が音を上げてしまうのを横目で見つつ、耐えに耐えていると、魚は必ずやってきた。

魚は極度に警戒心が強い。しかし、腹が減ることには耐えられない。それゆえ警戒心の緩む瞬間がある。その隙を突き、宗瑞は魚を摑んだ。誰よりもうまく確実に——。

——魚は、間違いなく近づいてきている。

それを宗瑞は強く感じていた。

「殿、敵は岡崎城を出て鈴川《すずかわ》を渡りました」

物見に出ていた山中才四郎の言葉により、宗瑞は現実に引き戻された。

鈴川とは、岡崎城の南を流れる金目川の支流の一つである。

「敵は、どれほどいる」

「三千は下らぬかと」

「治部少（扇谷上杉朝良）め、随分と気張ったな」

宗瑞が笑い声を上げたので、周囲もそれにつられて笑った。

こうした場合、皆を安心させるために、将は余裕を見せねばならない。

「さて、先手の養子殿（朝興）がいかなる軍配を執るか、見に行くとするか」

宗瑞は、高麗寺山から北方半里の徳延《とくのぶ》まで進出することにした。

総勢一千五百の伊勢方が動いた。

それを知った上杉方は、金目川対岸の寺田縄《てらだなわ》で進軍を止め、こちらの様子をうかがっている。

「あれは太田勢か」

敵方の前衛には、紫地に桔梗紋《ききょうもん》を白抜きした旌旗《せいき》がはためいている。

「いかにも、そのようです」

傍らの氏綱が、緊張した面持ちでうなずく。

「備中入道だな」

敵の先手は太田永厳《えいげん》である。

「備中入道は、どう動くと見る」

「まずは矢戦から始めるべく、風上の位置を取りに来ましょう」

「ははは、よく分かったな」

宗瑞が満足げに微笑《ほほえ》む。

鉄砲のない時代の合戦は、矢戦で敵を圧倒し、腰が引けたと見えたら一気に突入する。すなわち勝利を得るには、いかに風上の位置を取るかに懸かってくる。

いわば風を読んだ陣配置が、合戦の行方を決めると言っても過言ではない。

「よし、備中に風上を取らせてやろう」

「えっ、なぜですか」

「まあ、見ていろ」

そう言うや宗瑞が軍配を振り上げた。

「多米勢は北西に進み、飯島《いいじま》の渡しから渡河を始めよ」

宗瑞の軍配に従い、伊勢方の先手を担う多米権兵衛の手勢が、金目川沿いを北西に向かった。

金目川最下流部の渡しは、徳延と寺田縄の間にある水神《すいじん》と、そこから北西五町ほどにある飯島の二ヵ所である。

伊勢勢の旌旗の移動が始まると、敵陣に緊張が走るのが見て取れた。

側背を突かれることを嫌ったのか、朝興率いる主力勢も北西への移動を開始した。

——豎子《じゅし》、軍配を執るに能《あた》わず。

この時、宗瑞は朝興の技量を見極めた。

こうした場合、山のように動かない軍勢ほど不気味なものはない。敵の動きに応じるように動く軍勢は、しょせん敵に動かされているだけで、自ら勝機を摑むことは難しい。

——人を致して人に致されず、か。

宗瑞は、「常に主導権を握り、主導権を渡さない」という『孫子』の教えの一つを思い出していた。

戦下手な朝良の指導を受けた朝興が、自律的な軍配を執れないと踏んではいたが、案に相違せず、朝興は自ら後手に回った。

この動きに、永厳は戸惑っているように見える。

戦の常道として、この場は風上の位置を占めるべきであり、北西に動いては風下になってしまう。永厳の戸惑いは尤《もっと》もだった。

永厳は、朝興に動かぬよう使者を出したに違いない。それは太田勢が朝興に同調せず、その場にとどまっていることからも分かる。

北西に移動する朝興主力勢と太田勢の距離は、五町ほどに開きつつあった。

——勝機が訪れたようだな。

宗瑞はにやりとすると、軍配を振り下ろした。

「全軍、水神を渡り、太田勢に掛かれ」

「応！」

突然、伊勢勢の渡河が始まった。

これに戸惑った太田勢は、渡河途中を襲うこともなく、朝興主力への合流を図ろうと、北西に移動を開始した。もし永厳がその場を動かず、矢戦を仕掛けてくれば、風上を取られた伊勢方は苦戦を強いられたはずである。しかし衆を頼んだ戦に慣れた将は、孤立することを嫌う。

「掛かれ、掛かれ！」

太田勢が弱気になり、縦列になって移動している今こそ勝機である。

法螺《ほら》や鉦鼓《しょうこ》の音が響き、死の恐怖を忘れるための喊声が地に満ちる。

伊勢勢は矢合わせもせず、ひたすら敵に突き掛かった。

戦場には砂塵が渦巻き、たちまち敵も味方も判然としなくなる。その中で槍の穂先がきらめき、断末魔の絶叫が轟《とどろ》く。

横撃された太田勢は瞬く間に潰走し、そのまま朝興率いる主力勢の許に逃げ込んだ。これにより、煽《あお》られるようにして扇谷上杉勢も逃げ出した。

それを、飯島から金目川を渡った多米勢が追走する。

勝敗は明らかだった。

敵が鈴川を渡り、岡崎の城跡に逃げ込むのを見た宗瑞は、ようやく引き太鼓を叩かせた。

――城に籠った敵は窮鼠《きゅうそ》となり、強い抵抗を示す。八分の勝ちだが、これで十分だ。

この一報が伝われば、武蔵にいる朝良は落胆し、三浦勢への後詰をあきらめるかもしれず、また新井城の三浦勢も意気消沈するに違いない。

宗瑞は相手に損害を与えることより、勝利という事実を確実に刻むことを優先した。

この日の勝利を見届けた後、宗瑞は高麗寺山麓まで兵を引いた。

その後しばらくして、扇谷上杉方は岡崎の地を捨て、武蔵方面に撤退していった。

相模中郡で、後詰決戦を挑んできた扇谷上杉方を阻止することに成功した宗瑞は、すぐに三浦半島南部に戻った。


人はある状態に慣れると、それが半永久的に続くという錯覚を抱く。

錯覚だけならまだしも、それが慢心を生み、変化を促す何かが起こっても、「大したことはない」と己に言い聞かせてしまう。

人とは変化を好まぬ生き物であり、それを促す兆候を軽く見る傾向がある。

その心理を知る宗瑞は周到だった。

この三年、宗瑞は外の引橋に向けて、断続的に攻撃を仕掛けては撃退されていた。

それは、外部の状況がどうであろうと変わらず、太田資康が自害した粟船合戦の後も、三浦方に鉄壁の防御を確認させるだけに終わっていた。

宗瑞は矢を射掛け、鬨の声を上げるだけに終始し、本気で攻めようとはしなかった。

六月中頃から三日と空けず攻撃を仕掛け、または仕掛ける素振りを見せては、兵を引くことを繰り返した。

七月十一日の夜明け、宗瑞は、いつもと同じように矢戦を始めた。

三浦方からは「またか」といった調子で、付き合いのように返し矢があるだけだった。

しかしその日は、いつもと違っていた。

甲冑を着け、前線の防塁まで出てきた宗瑞が、軍配を振り上げた。

「全軍、惣懸《そうがか》り！　平押しに押しまくれ！」

「応！」

突然、防塁から飛び出した伊勢勢は遮二無二《しやにむに》堀を下り、土塁に取り付いた。

当初は茫然としてこの様子を見ていた三浦方も、われに返って防戦態勢を布こうとした。しかし三年という長期の籠城戦が、三浦方の心理に慢心を生み、外の引橋を守る兵の数は、初めの頃に比べると極端に減っていた。

「進め、進め！」

宗瑞は軍配を振り続ける。

兵たちは喊声を上げつつ、次々と敵陣に殺到していく。

やがて堀を上りきった者が逆茂木《さかもぎ》や鹿垣《ししがき》を引き倒し、外の引橋の内側に入る姿が見えた。

「今だ。あと一息ぞ！」

宗瑞は、声の限りに叫びつつ陣所を飛び出した。

その間も、寄手は次々と土塁を越えていく。続いて歓声が聞こえたかと思うと、土塁の中央に鎮座する門が内から開き、木橋が下ろされた。

――やったか。

三年の歳月をかけ、遂に伊勢勢は、外の引橋の制圧に成功した。


外の引橋の四半里ほど先には、新井城と三崎城に向かう分岐がある。

宗瑞は軍を分かち、三崎城方面に氏綱率いる約半数の軍勢を送ると、残る半数で新井城に向かった。

新井城の方角からは、敵兵がばらばらと駆けつけてくる。だが、先頭を行く伊勢勢の弓隊に射られて次々と斃《たお》れる。

敵は混乱し、組織立った反撃態勢をいまだ取れないでいた。

やがて小網代辺りまで来ると、平坦《へいたん》な台地が広がっていた。しかし途中、二ヵ所ほど南北から谷が迫った地峡部があり、そこが戸張《とばり》と呼ばれる三浦方の防御拠点となっていた。

ようやく落ち着きを取り戻した三浦勢は、板材や逆茂木で作られた掻盾に拠り、矢を射掛けてきた。これを見た伊勢勢も突撃を止め、遮蔽物《しゃへいぶつ》の陰に身を隠して応射する。

朝日の中、双方の矢箭が飛び交い、時折、射られた者の絶叫が聞こえる。

しばらくの間、三浦勢の矢箭が雨のように降り、身動きも取れなかったが、三浦勢の矢の勢いは次第に衰え、遂には礫《つぶて》を投げてきた。

矢が底をついたのだ。

それを見た伊勢勢の一部が突撃を試みる。

戸張には堀切や土塁はないものの、数間にも及ぶ厚い掻盾に守られており、容易には押し破れない。

――どうするか。

後方で指揮を執る宗瑞の許に、先手を担う多米権兵衛と清水孫三郎が走り寄ってきた。

「様子はどうだ」

「とても進めません」

「無理に破ろうとすれば、かなりの数の死者や負傷者を覚悟せねばなりません」

二人が難しい顔をする。

「どうするかな」

しばし岩塊のような顎に手をやり、考えに沈んでいた宗瑞が命じた。

「後方から油樽を運ばせろ」

「何をなさるおつもりで」

傍らの大道寺太郎が首をかしげる。

「まあ、見ていろ」

後方から油の入った樽をいくつも運ばせた宗瑞は、封を切った樽を転がした。

多少の傾斜があるので、樽は油を滴らせながら掻盾まで転がっていく。

「火矢を射ろ」

続いて射られた火矢により、瞬く間に炎の海が広がった。

小半刻ほど燃え盛っていた炎が衰えると、焼け崩れた掻盾の隙間から、敵の姿がよく見える。

そこに矢箭を集中された敵は、たまらず戸張を放棄して引いていく。

「よし、今だ。進め！」

する。
宗瑞が軍配を振るうと、焼け崩れた掻盾を左右に押し分けるようにして、兵が突入
少し行くと同様の戸張があったが、敵は浮足立っているのか、そこで防戦しようと
せずに退却していく。
続く戸張も難なく撃破した伊勢勢は、敵を追って尾根伝いに奥へ奥へと進んだ。と
ころが突然、先頭を走る者たちが足を止めた。
内の引橋に突き当たったのだ。
堀幅十五間、堀底からの土塁高五間ほどの防衛線に拠った敵は、さかんに矢を射、
礫を投げてくる。
しかも東側の巨大な土壇《どたん》上に築かれた高櫓からは、十分な射角が得られており、殺
到する伊勢方の兵を次々と射殺している。
外の引橋ですら、あれだけてこずったのだ。さらに巨大な内の引橋を落とすのに、
何年かかるか分からない。
将兵の顔には、落胆と動揺の色が差し始めていた。
一方、敵陣では、身の丈六尺余の美丈夫が鉄扇《てっせん》を振り回し、味方を鼓舞している。
道寸の嫡男・荒次郎《こうじろう》義意である。

ここまで追い込まれながらも、三浦勢の士気は旺盛だった。というのも、この苦境を持ちこたえて時さえ稼げれば、再び扇谷上杉家が後詰を差し向けてくれるからだ。おそらく危機を知らせる船は、すでに三崎湊を出たはずである。

その点、孤立すると打開策がなくなる常の籠城戦と異なり、三浦勢には希望があった。

内の引橋から五十間ほど離れた場所に急造の陣所を築かせた宗瑞は、後方に使番を走らせた。

内の引橋が堅固この上ないことを聞いていた宗瑞は、すでに一計を案じていた。

「合図の狼煙《のろし》を上げろ」

宗瑞の命に応じて狼煙が上がると、多くの平底船が小網代湾と油壺湾に侵入してきた。

内の引橋に南北の海面から迫った伊勢勢は、喊声を上げながら、さかんに矢を射掛ける。

陸地の伊勢勢も、これに呼応して矢の雨を降らせる。

晴天の太陽を暗くするほどの矢箭が空を飛び交う。

さすがの三浦勢も三方から矢を射掛けられ、ひるんだように見えた。

宗瑞も久方ぶりに弓を取った。

——懐かしいな。

宗瑞は伊勢の丹生御所で、荒木兵庫から弓矢を教わった頃を思い出していた。その兵庫も、弥次郎と共に小田原で討ち死にした。兵庫には妻子がおらず、創業期からの功臣の中で唯一、家を廃絶せざるを得なかった。

その無念を宗瑞は矢に託した。

——兵庫、見ていろよ。

すでに老境に入っていても、宗瑞の膂力は人並み以上で、相当の強弓《こわゆみ》が射られる。しかし敵方にも相当の射手がいるらしく、いくつもの矢が宗瑞の足元まで飛んできた。

宗瑞の身を守ろうとする大道寺太郎を制し、宗瑞は敵陣を睨《ね》めつけた。

黒煙の間に見える敵陣で、六尺余の大漢《たいかん》が、髪を振り乱しながら矢を射ている。

——あれが荒次郎か。

道寸の嫡男、荒次郎義意に違いない。

矢戦は半刻を超えて続き、遂に日は中天に達した。

「休むな、放て、放て」

宗瑞は声を嗄《か》らして味方を鼓舞しつつ、矢を射続けた。

右腕は、血が固まって石のように固くなり、弦を引き絞る度に、筋肉が悲鳴を上げる。

それでも宗瑞は、矢を射続けた。

海上にも次々と後方から矢が補給され、南北から射込まれる伊勢方の矢も衰えを見せない。

しかし敵の矢は、次第に数が減ってきたように感じられた。

三浦方は、射込まれた伊勢勢の矢を使えばいいので、矢が足りなくなるということはないが、弓弦《ゆづる》が切れ、射手の腕が限界に達するのだ。

しかし三浦水軍が、三崎城から駆けつけつつあるという一報が入り、水軍衆を撤退させる時期も迫っていた。

「頃合いだな」

「そろそろ行きますか」

太郎の顔が引き締まった。

「惣懸り！」

弓を置いて軍配を執った宗瑞が喚《わめ》く。

「応《おう》！」

背後に控えていた山中才四郎率いる突撃隊が、陣所から飛び出した。

「一気に乗り崩せ！」

続いて笠原、荒川、遠山らの部隊が続く。

かくして、新井城攻防戦最大の山場となる内の引橋の攻防が始まった。

ここで一気に内の引橋を抜けなければ、戦線は再び膠着《こうちゃく》する恐れがある。

――ここが切所だ。

堀際まで進んだ才四郎の部隊が竹束を並べると、笠原隊以下がその背後から矢を射る。これまでの曲射攻撃と違い、特定の敵に狙いを定めての直射攻撃である。

これに敵が怯《ひる》むと、寄手の一部が堀を下りて土塁に取り付こうとする。しかし功を焦った者は高櫓から集中攻撃を浴び、全身針鼠《はりねずみ》のようになって堀底に落ちていく。

いつしか堀底には、寄手の死骸が積み上げられていった。

それを見た宗瑞は心中、「許せ」と思いつつ、顔色一つ変えずに「進め、進め！」と軍配を振り続けた。

ここを先途と襲い掛かる伊勢勢に対して、三浦勢も必死に応戦する。

この線を突破されれば、落城は必定であり、それは三浦一族の滅亡を意味するからだ。

激戦は、いつ果てるともなく続いていた。

十一

だが敵兵にも、明らかに疲れが見え始めていた。唯一、平然と矢を射続けているのは、道寸の息子の義意である。

獣のように喚きつつ矢を射る義意の姿を見て、三浦勢は何とかその場にとどまっていた。

陣所を出た宗瑞は最前線まで行くと、幾重にも重ねられた竹束の陰に身を潜めた。

「太郎、弓を持て」

「何を申される」

「ここが切所だ」

「殿は幾度、切所を迎えれば気が済むのか」

ぶつぶつ言いながら、後方に下がった太郎が弓を持ってきた。

「殿、この矢頃(射程)で、矢を射るのはあまりに危うい。機会は一度だけですぞ」

「分かっておる」

宗瑞が立ち上がった。

「どけろ」

「えっ」

宗瑞の前で竹束を支える兵が、怪訝《けげん》な顔をした。

竹束の間から射る矢は正確性を欠く。

「殿、一度だけですぞ」

「分かっておる」

太郎が宗瑞の前に身をかがめ、自ら竹束を支えた。もしもの場合は、竹束を立てるつもりである。

宗瑞はゆっくりと呼吸を整えると、矢をつがえた。

――距離は二十五間ほどか。

右腕の筋肉が悲鳴を上げる。

それを堪《こら》え、宗瑞は矢を引き絞った。

――貴殿には何の恨みもない。だが黎明《れいめい》を導くためには、貴殿を討ち取る必要があるのだ。

宗瑞の気の力が頂点に達する。

「殿、よろしいか」

「ああ」

太郎が竹束を下ろしたその時、義意の爛々《らんらん》と輝く瞳が、宗瑞の姿を認めた。

すでに矢をつがえていた荒次郎の鏃《やじり》が、宗瑞の方を向く。

――成仏せいよ。

宗瑞の指先を離れた矢は、義意めがけて一直線に飛んでいった。

遅れじと義意も矢を放つ。

二本の矢が空中ですれ違う。

次の瞬間、宗瑞の放った矢が義意の眉間に命中した。

「ぐわっ!」

それでも義意は倒れなかった。

獣のような雄叫《おたけ》びを発すると、義意はその矢を引き抜き、宗瑞の方を見た。眉間から は、鮮血と共に白い脳漿《のうしょう》が流れ落ちている。

しかし宗瑞の姿は、すでに竹束の陰となっており、義意が見たのは、竹束に刺さった己の矢だった。

己の放った矢が宗瑞を射殺せなかったと知った義意は、口惜しげに顔を歪めると、どうとばかりにその場に倒れた。

一瞬沈黙の後、伊勢勢から歓声が上がった。

「えい、えい」

「応！」

それは勝鬨と化し、後陣まで伝播《でんぱ》していく。

「平押しに押せ！」

弓を軍配に持ち替えた宗瑞が、声を嗄《か》らして叫ぶ。

ここを先途と伊勢勢が堀底に下り、土塁に取り付いていく。

義意が討たれたことで三浦勢は浮足立ち、内の引橋を放棄して引いていく。

「殿、危ういところでしたな」

太郎が額の汗をふきつつ言った。

「まだ序の口だ」

「序の口と申されると」

「道寸殿を雑兵に討たすわけにはまいらぬ。わしの手で冥途に送る」

「何を馬鹿な」

太郎は大きなため息をつくと、天を仰いだ。

内の引橋を突破した伊勢勢は、後に合戦場《かっせんば》と呼ばれる広い台地に殺到した。そこで待ち構えていたのは、三浦一族と重代相恩の家人郎党たちである。

凄まじい白兵戦が始まった。

四囲を海に閉ざされて逃げ場のない三浦勢は、決死の覚悟で抵抗してきた。

槍の穂先が日光に明滅し、鮮血が宙を飛び交う。

得物を打ち合う音が錯綜《さくそう》し、断末魔の叫びが幾重にもなって耳を覆う。

しかし時が経《た》つにしたがい、新手の兵を順次、投入できる伊勢方が有利となった。

三浦の兵は数人に囲まれ、槍で体を膾《なます》のようにされながら斃されていく。

やがて三浦勢を押し切った伊勢勢は、新井城の中核部目指して殺到した。

ところが新井城の本曲輪は、十間余の幅を持つ堀と五間余の土塁が二重にめぐっており、堅固この上ない。しかも、その中央には巨大な櫓台が築かれ、そこから三浦一族と、その重臣とおぼしき者たちが、源平時代さながらの大鎧を身にまとい、矢を射掛けてくる。

彼らは先祖伝来の甲冑に身を包み、先祖と共に最期の時を迎えようとしているのだ。

本曲輪の周囲は、出隅《でずみ》、出枡形《でますがた》、折歪《おれひずみ》といった技巧が凝らされており、常であれば、寄手は相当の損害を覚悟せねばならない。

しかし、すでに刀折れ矢尽きた三浦一族の気持ちは、いかに誉れある死を遂げるかにあった。

やがて三浦の武士たちは、ある者は寄手の中に飛び込み、ある者は負傷して自害し、またある者は互いに刺し違え、思い思いの死を遂げていった。

紅蓮《ぐれん》の炎が夕闇迫る薄墨《うすずみ》色の空を焦がし、櫓が次々と焼け落ちていく。

四年にわたる壮絶な戦いも、いよいよ最後の時を迎えようとしていた。


戦が一段落したとの報が入ったので、宗瑞は内の引橋を渡った。

土壇の上に築かれていた高櫓は、すでに焼け落ち、その下には、敵兵が折り重なるように斃れている。

――どうか心安らかに成仏して下され。

すでに冥土の旅路に就いている者たちへ、宗瑞は手を合わせた。

その時、後方から使番が駆けつけてきた。

「申し上げます。若殿（氏綱）は、三崎城から寄せてきた敵を諸磯《もろいそ》で撃破、そのまま三崎城まで攻め寄せるとのこと」

三崎城は、三崎十人衆と呼ばれる三浦氏傘下の国人衆に守られていた。十人衆は諸磯で伊勢勢に決戦を挑んだが、その猛攻を支えられず、結局、三崎城に引き籠るしかなかった。

「分かった。ただし敵を三崎城に押し込めたら、こちらに来るよう伝えよ」

宗瑞は、氏綱に道寸の最期を見届けさせたかった。

十二

黒ずんだ裹頭を風になびかせ、男は海を見ていた。

周囲には、自害した小姓や近習《きんじゅ》の遺骸《いがい》が折り重なり、血の臭いが漂っている。

その背後から、いま一人の男がゆっくりと近づいていった。

「やはり来たか」

「はい」

「貴殿の手で、荒次郎を討ち取ったそうだな」

「道寸殿の嫡男にふさわしい、見事な最期でした」

「彼奴も三浦の男。当たり前のことだ」

道寸は満足げに微笑み、裹頭を解くと、それを海に投げた。裹頭は風に舞い、やがて波濤《はとう》の間に落ちていった。

「貴殿のことだ。わしを雑兵に討ち取らせることなどせぬと思うていた」

「もとより」

「して、自害の支度はできておるか」

「いいえ」

「まさか」

道寸が顔色を変えた。

「お察しの通りにございます」

宗瑞が、腰に差した太刀の柄を叩いた。

「大将たる者が馬鹿をいたすな」

「いいえ、実は――」

油壺湾を飛ぶ海鳥を仰ぎ見つつ、天気の話でもするように宗瑞が語る。

「どうやら、それがしの命運も尽きたようなのです」

「何だと」

道寸が目を剝《む》く。

「ここ数年、腹が痛みまして。胃の腑《ふ》を強く押してみると、固い塊があります。これは膈《かく》に違いないかと」

膈とは胃癌《いがん》のことである。

「そなたが膈とはな――」

「唐渡りの書物によると、間違いないかと」

「あと、どれくらい生きられる」

「一年から二年も生きられればよい方でしょう」

「そうか」

道寸の顔が悲しみに歪む。

「そなたの申していた新しき世を、そなたは迎えられぬのだな」

「どうやらそのようです。しかしそれは、わが子らが引き継いでくれるはず」

しばし黙した後、笑みを浮かべて道寸が言った。

「これまで、どうしても出てこなかった辞世の歌が今、浮かんだ」

「ぜひ、お聞かせ下され」

討つ者も討たるる者もかわらけよ　くだけて後はもとのつちくれ

かわらけとは、儀式のために一度だけ使われ、捨てられる素焼きの盃《さかずき》のことである。

「見事な辞世ではないかと――」

「ははは」

道寸が高笑いすると言った。

「そなたもわしも土から生まれ、土に返るだけだ」

「仰せの通り」

「それではやるか」

「しばし、お待ちあれ」

一礼した宗瑞は背後を振り向いた。

そこには、伊勢勢全軍が咳《しわぶき》一つたてずに拝跪《はいき》していた。

「皆の者、よく聞け」

宗瑞が己の身をむしばむ病のことを伝えると、氏綱や重臣たちの顔色が変わった。

「父上、なぜそれを今――」

「これから道寸殿と刃を交えるからだ」

「えっ」

一同は、唖然《あぜん》として顔を見交わすことしかできない。

「わしの命は持って一年から二年。ここで死しても悔いはない。そなたらは、道寸殿が勝った際のために、自害の座を用意しておけ」

氏綱をはじめとした重臣たちは、あまりの衝撃に声もない。

それを見て満足そうにうなずいた宗瑞は、道寸の許に戻った。

「お待たせしました」

「よいか」

「はっ」

そう言うやいなや、二人は飛び下がって太刀を抜いた。

二人とも、六十の坂を超えてるとは思えぬ身のこなしである。

身を前傾させて下段に構える宗瑞に対し、道寸はやや上体を起こし、宗瑞に間合いを計らせないよう、脇に太刀を隠すように構えた。

二人とも身をかがめ、前の膝に体重をかけ、跳躍しやすいように後ろ足を伸ばしている。

これが、後に上泉伊勢守《かみいずみ》がまとめることになる介者《かいじゃ》剣術の基本姿勢である。

撞木《しゅもく》に置いた足をずらすようにして位置を変えつつ、二人は相手の隙をうかがう。

その気魄《きはく》に圧倒された配下の者どもは、固唾《かたず》をのんで勝負の行方を見守っている。

眼下に砕ける波濤と海鳥の声だけが聞こえる中、二人の男は死を懸けて対峙していた。

――道寸殿を倒すことで、わしは新たな時代の黎明を呼び寄せるのだ。

宗瑞にとってこの一騎打ちは、武士のために武士が生きた時代を終わらせ、民のための為政者としての武士の時代を呼び込むために、避けては通れない道だった。

一陣の風が、宗瑞の背後から吹きつけてくる。

「せやー!」

砂塵を避けるべく、瞬きした道寸の隙を突いて宗瑞が跳躍した。

次の瞬間、渾身《こんしん》の力を込めて振り下ろした宗瑞の一撃を、道寸がはっしと受け止めた。

即座に太刀の反りを返した道寸は、太刀の峰を宗瑞の刃に当てようとする。それを許しては、宗瑞の刃は外に向けられ、道寸の太刀の切っ先が首筋を襲う。

手首を返してそれを阻止しようとする宗瑞と、無類の膂力で刃を滑らせようとする道寸のせめぎ合いが続く。

やがて互いの力が均衡して体勢が崩れると、自然に鍔迫り合いとなった。

宗瑞は道寸の体臭を嗅《か》ぎ、道寸は宗瑞の息遣《づか》いを聞いた。

「宗瑞、人の運命《さだめ》とは不思議なものよの」

「と申されると」

「この世で最も似た者どうしが、こうして殺し合いをしておる」

二人が同時に跳び下がる。

「さすがだな、宗瑞」

「道寸殿こそ、見事なお手筋」

笑みを交わしながら、二人は円を描くように回った。それにつられて、周囲を取り巻く伊勢勢も動く。

正眼に構えた宗瑞と八双に構えた道寸は、示し合せたように、じりじりと間合いを詰めた。

「とやー！」

「せいい！」

八双から突き出された道寸の一撃を間一髪でかわした宗瑞は、その腕を脇に挟み、体をひねるように道寸を倒した。

道寸が起き上がろうとした時、宗瑞の刃は、道寸の喉元に突き立てられていた。

「わしの負けだ」

「何の。見事な太刀さばきでござった」

宗瑞が太刀を引く。

「そなたもな」

「最後は、わずかな年の差が物を言いましたな」

「まったくだ」

道寸が苦笑いを漏らす。

「討ち取らぬのか」

「その必要はありませぬ」

その場に拝跪した宗瑞は、背後に用意させた自害の座を示した。

そこには白絹が布かれ、中央の三方《さんぼう》には、短刀が一振り置かれている。

しかし起き上がった道寸は、自害の座には向かわず、天に遊ぶ海鳥を眩《まぶ》しそうに眺めつつ、ゆっくりと断崖に向かった。

「宗瑞」

「はっ」

崖際に至った道寸が振り向く。

「これで武士の時代は終わりを告げる。これからは、足軽雑兵が入り乱れる修羅の世となる。そうした時代に、そなたは民の世を築けるのか」

「天の許す限り――」

宗瑞の声音が力を帯びる。

「必ずや築いてみせまする」

「それを聞いて安堵した」

皺深い顔に会心の笑みを浮かべた道寸は、腹巻を外して脇差を抜くと、躊躇《ちゅうちょ》なくそれを腹に突き立てた。

「宗瑞、命の続く限り、己の存念を貫け！」

「はっ、しかと心得ました」

左から右へと脇差を差し回した道寸の腹から、真紅の腸《はらわた》がこぼれ落ちる。

それでも道寸は笑みを絶やさない。

「さらばだ」

一歩、二歩とあとずさった道寸は、背後を振り向くことなく波濤《はとう》に身を投じた。

その瞬間、源平の昔より連綿と続いた武士の世は終わりを告げた。

――道寸殿、それがしは、必ずや新しき世の扉を開きます。

西方に沈む夕日が海を真紅に染める中、宗瑞とその配下の者たちは、武士の時代の終わりを惜しむかのように、いつまでも拝跪していた。


新井城を制圧した翌日、宗瑞は三崎城の攻略に向かった。

伊勢勢の容赦ない猛攻を受けた三崎衆は、城に火をつけて城ケ島に逃げ込んだが、最後には、抵抗をあきらめて投降する。

宗瑞は彼らの忠節をたたえ、その場で所領や権益の安堵をした。この後、宗瑞は彼らを江戸湾制圧の先駆けとして重用していく。

かくして三浦一族との死闘は終わりを告げ、宗瑞は相模一国を制した。


だが宗瑞は、休むことを知らない。己の寿命が尽きるまでに、やっておきたいことがあったからだ。

十一月末、宗瑞は江戸湾を渡海し、上総《かずさ》国の茂原《もばら》に進出した。

宗瑞は江戸城の扇谷上杉家に攻撃の矛先を向けず、〝海の道〟の制覇を優先させた。扇谷上杉家との戦いに自らの限られた命を費やすよりも、江戸湾を制圧し、交易を独占することに使おうと思ったからだ。

この時の侵攻作戦は、上総国衆の抵抗に遭って頓挫《とんざ》するが、二年後の永正十五年（一五一八）半ば、氏綱に家督を譲って隠居となった宗瑞は、茂原一帯を支配下に置くことに成功する。

この後も頻繁に上総国に進出した宗瑞は、沿岸各地の国人を傘下に収めつつ、江戸湾交易の安全を図った。

自らの余命がいくばくもないことを覚った宗瑞は、この頃、子孫たちに「民のための楽土を築く」という存念を忘れさせないため、己の掛真《けしん》（肖像画）を描かせた。

すでに膈は末期に入ったらしく、宗瑞の体は骨と皮だけになり、顔も土気色《つちけいろ》に変わっている。

それを見た絵師が「少し、ふくよかにしましょうか」と問うたが、宗瑞は頭《かぶり》を振り、「真容《しんよう》を写せ」とだけ言った。

自らの余命を一年から二年と診たてた宗瑞だったが、天は宗瑞に三年の猶予を与えた。

永正十六年（一五一九）七月二日、三崎から上総国への渡海途中、船中で発熱した宗瑞は、そのまま人事不省に陥る。

氏綱の命により、この時の上総への渡海は中止され、宗瑞は三崎城で床に就いた。

しかし病状は回復せず、八月十五日、宗瑞は永眠する。

波乱に満ちた六十四年の生涯だった。

宗瑞の命の灯は尽きたが、子孫たちはその存念を全うすべく、民のための楽土を築くことに邁進《まいしん》した。

しかしその努力もむなしく、宗瑞の死から約七十年後、己の栄華だけを求めた男・豊臣秀吉《とよとみひでよし》の前に、宗瑞の子孫たちは膝を屈する。

宗瑞と子らが耕した楽土は、再び武士によって荒らされ、民は三百年近く、忍従を強いられた。

ようやく民の世が黎明を迎えたのは、明治維新となってからである。

終章

いつの間に寝入ってしまったのか、周りを見回すと水小屋の中だった。

規則正しい水車の軋《きし》み音が、耳に心地よい。

大きく伸びをして起き上がると、体がやけに軽い。

違和感を抱きつつ水小屋の外に出ると、いつもと変わらぬ光景が広がっていた。家《いえ》の子《こ》郎党は新九郎《しんくろう》を気にも留《と》めず、それぞれの仕事に従事し、馬や牛はのんきに草を食《は》んでいる。

振り向くと、背後にそびえる高越山《たかこしやま》のなだらかな稜線《りょうせん》に夕日が差していた。

いつ寝入ったのか、どうして寝入ったのか思い出せないが、とにかく「常と変わらぬ日」に違いない。

ふらふらと館の外に出た新九郎は、ふと立ち止まると、小川に下りて顔を洗った。

川水はいつものように冷たい。

すると、館に通じる道を、弥次郎《やじろう》と平三郎《へいざぶろう》が歩いてくるではないか。

その顔を見た新九郎は、思わず噴き出した。

二人の顔が、少年の頃そのままだったからである。

新九郎が「いったいどうしたのだ」と問う前に、弥次郎が口を開いた。

「兄者、どこにおった」

その声が、やけに若々しいのを不可解に思いつつ、新九郎は答えた。

「水小屋で寝ていた」

平三郎が呆《あき》れたように応じる。

「どうりで探しても見つからぬはずだ。しかし、あんなうるさい場所でよく寝られるな」

「あの音が心地よいのだ」

三人は、天にも届けとばかりに笑い合った。

「どうも不思議なのだが――」

宗瑞《そうずい》が、何とも言えない違和感の理由《わけ》を問おうとすると、平三郎が言った。

「菜穂《なほ》もおぬしを探しておるぞ。川で深みにはまり、流されたのではないかと心配しておった」

「今、何と申した」

宗瑞の胸が大きく鼓動を打つ。

「菜穂が探しておると申した」

「菜穂は――、菜穂はどこにおる！」

胸倉を摑《つか》む宗瑞の手を払いつつ、平三郎が答えた。

「裏の田だ」

それを聞くや、宗瑞は駆け出していた。

防風林を抜けると、見慣れた荏原荘《えばらのしょう》の平野が広がっていた。

稲は刈《か》り入れ直前で、よく実った穂をぶつけ合い、豊穣《ほうじょう》の音を奏でている。

「菜穂！」

その無限に広がる黄金色の中に、宗瑞は小さな影を見つけた。

――まさか。

振り向いたその顔は、やはり菜穂だ。

「菜穂、生きていたのか！」

宗瑞は懸命に畔《あぜ》を駆けた。

菜穂に会える喜びに、すべての違和感はかき消された。

「新九郎様」

菜穂はよく日焼けした顔に、あの愛くるしい笑みを浮かべていた。

「菜穂、どこにおった。今まで何をしておったのだ！」

宗瑞はその場に膝《ひざ》をついた。

あまりのうれしさに、止《と》め処《ど》なく涙がこぼれる。

だが、すでに宗瑞は気づいていた。

あまりに鮮明なため夢と思えなかったが、これは夢に違いないのだ。

――これまでも幾度となく、だまされてきたではないか。菜穂を抱きしめようとした瞬間、わしはまた、あの修羅の世に戻されるのだ。

「菜穂、もうたくさんだ」

宗瑞は立ち上がると、目が覚めるのを待つかのように天を仰いだ。

鰯雲《いわしぐも》がゆっくりと動いていく。その様は現実と見まがうばかりである。

「どうか、わしの心を乱さないでくれ」

「何を仰せになられるのです。新九郎様はお帰りになられたのです」

一歩、二歩と菜穂が近づいてくる。

「来るな。わしを苦しめるのは、もうやめてくれ。わしはただ、早くそなたの許《もと》に――」

その時、ようやく宗瑞は気づいた。

「まさか、わしは――」

「新九郎様」

菜穂が宗瑞の手を取る。

その柔らかい感触は、まごうかたなき菜穂のものだった。

「菜穂――」

それでも用心深く、宗瑞は、ゆっくりと菜穂を抱き寄せた。

――頼むから消えないでくれ。

宗瑞の胸に菜穂が顔を埋める。

だが菜穂は消えなかった。

日向《ひなた》に干した飼葉《かいば》のような菜穂の香りが、宗瑞の鼻腔に広がっていく。

「新九郎様、これからは、ずっと一緒です」

「菜穂、もう放しはせぬ。放しはせぬぞ！」

秋の夕日が稲穂の海を橙色《とうしょく》に染める中、常と変わらぬ備中《びっちゅう》荏原荘の一日が、静かに終わろうとしていた。

【おわりに】

本書の主人公である北条早雲は、その生前、伊勢宗瑞ないしは早雲庵宗瑞と名乗り、北条早雲と名乗ったことはありませんでした。彼の一族が北条という苗字を名乗るようになるのは、二代氏綱以降です。それゆえ本書では、北条早雲という名を一切、使いませんでした。

また、読みやすさを重視し、当時、使われていない用語でも、あえて使ったものがあります。「幕府」や「秩序」という用語です。このあたりは致し方ないこととして、ご了解いただけると幸いです。

【参考文献】

『戦国誕生　中世日本が終焉するとき』渡邊大門　講談社
『奔る雲のごとく　今よみがえる北条早雲』小和田哲男監修　北条早雲フォーラム実行委員会
『戦国北条氏五代』黒田基樹　戎光祥出版
『北条早雲と家臣団』下山治久　有隣堂
『後北条氏』鈴木良一　有隣堂
『後北条氏家臣団人名辞典』下山治久編　東京堂出版
『横浜の戦国武士たち』下山治久　有隣堂
『長尾景春』黒田基樹編　戎光祥出版
『扇谷上杉氏と太田道灌』黒田基樹　岩田書院
『図説　太田道灌』黒田基樹　戎光祥出版
『戦国関東の覇権戦争』黒田基樹　洋泉社
『北条早雲とその一族』黒田基樹　新人物往来社
『戦国　北条一族』黒田基樹　新人物往来社
『関東管領・上杉一族』七宮涬三編　新人物往来社

『北条五代記』矢代和夫・大津雄一　勉誠出版
『小田原北条記』上下巻　江西逸志子原著、岸 正尚訳　ニュートンプレス
『関東の名城を歩く』北関東編・南関東編　峰岸純夫・齋藤慎一編　吉川弘文館
『村人の城・戦国大名の城』中田正光　洋泉社
『歴史群像アーカイブ volume6 戦国合戦入門』学習研究社
『中世城郭研究　第23号』「三浦半島の城」田嶌貴久美　中世城郭研究会
『平塚と相模の城館』（図録）平塚市博物館
別冊歴史読本『戦国の魁　早雲と北条一族』新人物往来社
歴史群像シリーズ『真説　戦国北条五代　早雲と一族、百年の興亡』学習研究社
各都道府県の自治体史、論文・論説、事典類等の記載は、省略させていただきます。

解説

末國善己

　北条早雲《ほうじょうそううん》は、後に関東最大の戦国大名となる北条家の祖であり、他国から東国に乗り込み、一代で伊豆《いず》・相模《さがみ》の二国を奪う下剋上を成し遂げたことでも有名である。老《ろう》獪《かい》な戦略家だった早雲は、頼山陽『日本外史』、福本日南『英雄論』、大町桂月『七英八傑』などが取り上げており、古くから高く評価されていたことがうかがえる。

　早雲には素浪人から戦国大名になり、六十歳を過ぎてから本格的な国取りを始めたとの通説が根強かった。前半生に不明な点が多い早雲の出自には、素浪人説、伊勢《いせ》国説、京都伊勢氏説、備中《びっちゅう》伊勢氏説などがあったが、一九八一年に発表された小和田哲男「駿河時代の北条早雲」により、早雲は、室町幕府政所頭人《まんどころとうにん》伊勢氏の一族で、備中伊勢氏の庶家《しょけ》・伊勢盛定《もりさだ》の子・盛時《もりとき》であるとされ、現在はこれが定説になっている。

　また一九九四年には、家永遵嗣《じゅんじ》「堀越公方府滅亡の再検討」によって、早雲が、明《めい》応《おう》の政変で将軍をすげ替えるなど、力による幕政改革を進めた細川政元《ほそかわまさもと》と連携しながら、伊豆侵攻を行った事実が明らかになった。

さらに一九九五年に発表された黒田基樹「北条早雲の事蹟に関する諸問題」は、江戸初期には北条家においても早雲の享年は不明とされていたが、江戸中期以降に享年八十八が出てくるのは「一種の『創作』」とし、信頼性が高い軍記物『異本小田原記』『北条五代記』などの記述を手掛かりに、早雲の生年を従来の永享《えいきょう》四（一四三二）年よりも二十四年後の康正《こうしょう》二（一四五六）年とする新説を示した。そうなると早雲の享年は六十四。黒田は、これまで早雲の享年とされてきた八十八は、米寿の年であり、江戸前期に既に伝説化していた早雲の年齢に「長命の祝年」があてられたと推測している。この早雲＝康正二年誕生説も、現在では浸透しつつある。

こうした最新の歴史研究を踏まえ、まったく新しい早雲像を描いたのが、本書『黎明に起《た》つ』である。伊東潤の新史料へのこだわりは、後世に広まった通称の「北条早雲」を作中で一度も用いず、「宗瑞《そうずい》」で通していることでも明らかである。

著者は、最新の歴史研究を物語を駆動するエンジンにして、スピーディでダイナミックな戦国史を描いてきたが、それは本書でも遺憾《いかん》なく発揮されている。本書は、応《おう》仁《にん》・文明《ぶんめい》の乱、山内上杉《やまのうちうえすぎ》家と扇谷《おうぎがやつ》上杉家の抗争（長享《ちょうきょう》の乱）、明応の政変と、どの勢力とどの勢力が戦っているのかさえ判然としない複雑怪奇な政治情況が背景にあるので、最初は戸惑うかもしれない。ただ史実を的確にまとめながら、敵の裏をかく凄《すさ》まじい謀略戦もあれば、寡兵《かへい》で大軍を打ち破る迫力の合戦シーンもあるスリリングな展開が連続するので、すぐに物語へ没入できるだろう。

著者は、宗瑞を狂言回しにして、太田道灌《おおたどうかん》の死から宗瑞の相模平定までを切り取った連作短編集『疾《はや》き雲のごとく』、本書の後半で宗瑞とかかわりを持つ長尾景春《ながおかげはる》を主人公にした『叛鬼《はんき》』など、デビューから一貫して戦国の関東にこだわり続けている。その意味で、著者が宗瑞を主人公にしたのは必然だったのである。本書と『疾き雲のごとく』『叛鬼』をあわせて読むと、著者の歴史観をより深く理解できる。

早雲といえば、司馬遼太郎の名作『箱根の坂』を思い浮かべる方も多いはずだ。司馬は当時の常識だった早雲＝享年八十八をベースにしているので、普段から粗衣粗食を心がけ、政治、軍事の才能を民の苦難を取り除くために使う早雲を、沈着冷静な名将としていた。これに対し、早雲＝享年六十四を採る著者は、十二歳の時に、一族が敵味方にわかれて戦う応仁・文明の乱に直面し、実の兄を斬った宗瑞が、この苦い経験を胸に秘め、社会を改革するという目標に向かって突き進む熱い物語を作っているので、青春小説としても楽しめるようになっている。

また司馬は、駿河《するが》の守護大名・今川義忠《いまがわよしただ》の側室になった名目上の妹・千萱を憎からず思っていた早雲が、千萱とその子・竜王丸《りゅうおうまる》（後の氏親《うじちか》）の危機を救うため東下する展開を、古典文学『伊勢物語』に重ねるなど、恋愛小説のエッセンスも盛り込んでみせた。本書にも、少年時代の宗瑞が、野心家の公家で、八代将軍足利義政《あしかがよしまさ》の正室・日《ひ》野《の》富子《とみこ》の信任を得ていた武者小路隆光《むしゃこうじたかみつ》の娘・満《まん》に抱く淡い恋、最初の妻・菜穂《なほ》との悲劇的な別れ、土倉《どそう》（貸金業者）の女主人・阿茶《あちゃ》との関係などが描かれている。足利政《まさ》知《とも》に嫁いだ満が、息子の潤童子《じゅんどうじ》と共に足利茶々丸《ちゃちゃまる》に殺されたことが、宗瑞の茶々丸討伐の原動力の一つとされているが、著者はさほどロマンスを強調していない。

ここからは、早雲のイメージを作ったといっても過言ではない巨大な壁『箱根の坂』に挑み、司馬の歴史観を乗り越えようとする著者の意気込みが伝わってくる。宗瑞は、応仁・文明の乱で町が灰燼《かいじん》に帰し、罪なき民の死体があちこちに転がっているのに、民を安寧《あんねい》に導くはずの幕府の重鎮が、地位と財を守るために騒乱を拡大させている現状に絶望する。折しも当時は、貨幣経済が発達し、「金融の時代」になっていた。京の関所から徴収した関銭などを諸大名に貸していた日野富子は、莫大《ばくだい》な富を蓄えていたのだ。民間では土倉と呼ばれる貸金業者が力をつけ、領地を担保に土倉から金を借りた中小の武士は、借金が返せず土地を取り上げられることもあった。

経済の構造が変わり、時流に乗った一部の富裕層と、取り残された大多数の格差が広がっていたにもかかわらず、政治が対策を怠《おこた》った室町の状況は、驚くほど現代に似ている。しかも備中を領する宗瑞が、疫病から民を救うために土倉から借りた金の返済に苦しんだように、真っ先に犠牲になるのは当時も今も地方なのである。

阿茶から、為政者の役割は、民が生産した物を流通させ、そこで生まれた富を民に分配する仕組みを構築することにあるという「経世済民」の思想を教えられた宗瑞は、民の困窮《こんきゅう》など歯牙《しが》にもかけない為政者が政争に明け暮れる伏魔殿のような京を離れ、自分の注意が及ぶ小さな国で「経世済民」を実現し、それを子孫が全国に広める壮大な計画を思い付く。姉と甥《おい》の竜王丸を救って駿河に地歩を固めた宗瑞は、京でクーデターを計画している細川政元に、決起に合わせて伊豆にいる足利茶々丸を討って欲しいともちかけられ、理想郷建設の候補地を東国に定める。

中央の力が及ばない地で、年貢を軽減したり、新たな産業を興したりして、民が飢えず安心して経済活動に専念できる国を作ろうとする宗瑞は、地方から日本を変えようとしている改革派知事に近い。守旧派の激しい抵抗、中央政界の混乱などに苦しみながらも、着実に夢に向けて進む宗瑞は、小さな国でも知恵と勇気があれば、中央と互角に渡りあえる事実を示しているので、地方へのエールになっている。

宿敵の太田道灌に何度も敗れながら、リベンジを繰り返した長尾景春を主人公にした『叛鬼』が、再チャレンジが難しい現代への批判とするなら、地方から日本を変えるビジョンを描いた本書は、地方創生の重要性に迫った作品なのである。

宗瑞が、茶々丸を討つため伊豆に兵を進めていた明応七（一四九八）年八月、現在の静岡県南方沖で推定マグニチュード八・二から八・四とされる巨大地震が発生、紀《き》伊《い》半島から房総《ぼうそう》半島にかけての沿岸を大津波が襲った。作中にも明応の大地震と津波のシーンがあり、常人とは違う発想をする宗瑞は、こうした危機的状況だからこそ「奇襲は成功する」と判断して進軍を継続しながらも、被災民には炊《た》き出しを行い、宗瑞に感謝した地元の人たちは陣夫になることを申し出る。

これは著者の創作とも思えるが、一九九九年に家永遵嗣が発表した「北条早雲の伊豆征服―明応の地震津波との関係から―」によると史実のようだ。本書の連載が東日本大震災の翌年に始まったことを考えれば、明応の大地震と津波は、明らかに東日本大震災と重ねられている。著者が、被災者に救いの手を差し伸べる宗瑞のエピソードを取り上げたのは、東日本大震災の復興が進まない現状への怒りと、東北の復興が地方の時代の一つの象徴になると考えたからではないだろうか。震災から時間が経ち、全国的には被災者のその後や復興への関心が薄れているだけに、著者のメッセージは今こそ重く受け止める必要がある。

室町幕府を支えていた伊勢家に生まれた宗瑞は、将軍家の一族である茶々丸を討つことに戸惑いを感じていた。その時、家臣の大道寺太郎《だいどうじたろう》に、備中で「借金をしても民」を救い、今回の地震でも「伊豆の民を救いに行」ったように、「殿」は常に「己のためでなく民のために戦える唯一の人」といわれた宗瑞は、当時はタブー視されていた下剋上をする決意を固める。被災者救済が、棘《いばら》の道を歩いてでも中央と繋《つな》がる政治体制と決別し、東国に理想郷を作るという宗瑞の想いを新たにしたことからも、この場面が、地方の活性化を描く本書のテーマを凝縮しているのは間違いあるまい。

茶々丸を倒した宗瑞の前に立ちはだかる最後にして最大の敵が、三浦道寸《みうらどうすん》である。古くから相模を支配している道寸は、国人衆《こくじんしゅう》からの信任が厚く、宗瑞が兵の少なさを補うために考案した画期的な新戦術を、それよりも早く考案していた名将でもある。同じように軍略の天才でありながら、武士が民を支配する従来の体制を守りたい道寸と、民を社会の主役にする新制度の構築を急ぐ宗瑞が、文字通り一騎打ちをするクライマックスは、そのまま守旧派と改革派の対決になっている。いつの時代も改革派と守旧派はせめぎ合い、どちらが勝つか分からない。それだけに、二人の天才が己の信念をかけて戦う場面は、たとえ結果を知っていても驚きと感動が味わえるのである。

若い頃は夢を持っていても、大人になり、社会の汚い部分に触れたり、自分の限界を知ったりすると、人は夢を諦《あきら》めたり、適当なところで妥協したりする。だが宗瑞は、どれだけ汚辱に満ちた政治の世界を見ても、挫折《ざせつ》も方向転換もせず、夢を追い続けた。これが難しいことを誰もが知っているだけに、宗瑞は理想の人物に思える。

だが著者は、宗瑞の真の偉大さは、その大義が後世に受け継がれたことにあるとしている。後継者の北条氏綱《うじつな》は、宗瑞の大義を体現した「禄と寿は応に穏《まさ》やかなるべし」（民の財産と生命は北条家が守ることを約束する）を意味する「祿壽應穩《ろくじゆおうおん》」を印判の文字に刻み、北条家は豊臣秀吉に滅ぼされるまで、この大義を守り通した。

秀吉《ひでよし》は、弱肉強食の論理で天下統一を図ろうとした主君・織田信長《おだのぶなが》の政策を受け継いだが、現代の政治家、経営者に信長、秀吉の信望者が多いことからも分かる通り、信長・秀吉の確立した路線は今も続いている。このような時代だからこそ、本書を読むと、秀吉が切断した宗瑞の大義を現代に繫ぐことの大切さがよく分かるはずだ。

本書とほぼ同じ時期に、海道龍一朗『早雲立志伝』と富樫倫太郎『北条早雲　青雲飛翔篇』が刊行された。興味深いことに三人の作家は同年代で、同じように最新の歴史研究を踏まえている。時代が求める武将になった早雲が、どのように描かれているか、読み比べてみるのも一興である。

本書は二〇一三年十月、ＮＨＫ出版より刊行されました。文庫化にあたり、加筆修正をいたしました。

|著者|伊東 潤　1960年神奈川県横浜市生まれ。早稲田大学社会科学部卒業。2013年『国を蹴った男』で第34回吉川英治文学新人賞、『義烈千秋　天狗党西へ』で第2回歴史時代作家クラブ賞作品賞、『巨鯨の海』で第4回山田風太郎賞および第1回高校生直木賞（2014年）、2014年『峠越え』で第20回中山義秀賞を受賞する。いま最も注目を集める歴史小説作家の一人である。このほか『黒南風の海　加藤清正「文禄・慶長の役」異聞』（第1回本屋が選ぶ時代小説大賞受賞）『武田家滅亡』『城を噛ませた男』『天地雷動』『王になろうとした男』『池田屋乱刃』『天下人の茶』『敗者烈伝』『横浜1963』『江戸を造った男』『走狗』などがある。

黎明《れいめい》に起《た》つ

伊東《いとう》　潤《じゅん》

2017年3月15日第1刷発行

発行者——鈴木　哲
発行所——株式会社　講談社
東京都文京区音羽2-12-21　〒112-8001
電話　出版（03）5395-3510
　　　販売（03）5395-5817
　　　業務（03）5395-3615

Printed in Japan

講談社文庫
定価はカバーに
表示してあります

デザイン—菊地信義
本文データ制作—講談社デジタル製作
印刷———株式会社廣済堂
製本———株式会社若林製本工場

ISBN978-4-06-293424-4

講談社文庫刊行の辞

二十一世紀の到来を目睫に望みながら、われわれはいま、人類史上かつて例を見ない巨大な転換期をむかえようとしている。

世界も、日本も、激動の予兆に対する期待とおののきを内に蔵して、未知の時代に歩み入ろうとしている。このときにあたり、創業の人野間清治の「ナショナル・エデュケイター」への志を現代に甦らせようと意図して、われわれはここに古今の文芸作品はいうまでもなく、ひろく人文・社会・自然の諸科学から東西の名著を網羅する、新しい綜合文庫の発刊を決意した。

激動の転換期はまた断絶の時代である。われわれは戦後二十五年間の出版文化のありかたへの深い反省をこめて、この断絶の時代にあえて人間的な持続を求めようとする。いたずらに浮薄な商業主義のあだ花を追い求めることなく、長期にわたって良書に生命をあたえようとつとめるところにしか、今後の出版文化の真の繁栄はあり得ないと信じるからである。

同時にわれわれはこの綜合文庫の刊行を通じて、人文・社会・自然の諸科学が、結局人間の学にほかならないことを立証しようと願っている。かつて知識とは、「汝自身を知る」ことにつきていた。現代社会の瑣末な情報の氾濫のなかから、力強い知識の源泉を掘り起し、技術文明のただなかに、生きた人間の姿を復活させること。それこそわれわれの切なる希求である。

われわれは権威に盲従せず、俗流に媚びることなく、渾然一体となって日本の「草の根」をかたちづくる若く新しい世代の人々に、心をこめてこの新しい綜合文庫をおくり届けたい。それは知識の泉であるとともに感受性のふるさとであり、もっとも有機的に組織され、社会に開かれた万人のための大学をめざしている。大方の支援と協力を衷心より切望してやまない。

一九七一年七月

野間省一

井川香四郎　吹《すい》花《か》の風〈梟与力吟味帳〉
井川香四郎　ホトガラ彦馬〈写真探偵開化帳〉
井川香四郎　飯盛り侍
井川香四郎　飯盛り侍　鯛評定
井川香四郎　飯盛り侍　城攻め猪
井川香四郎　飯盛り侍　すっぽん天下
井川香四郎　御三家が斬る！
伊坂幸太郎　チルドレン
伊坂幸太郎　魔王
伊坂幸太郎　モダンタイムス(上)(下)
伊坂幸太郎　PK
岩井三四二　逆ろうて候
岩井三四二　戦国連歌師
岩井三四二　銀閣建立
岩井三四二　竹千代を盗め
岩井三四二　村を助《たす》くは誰《た》ぞ
岩井三四二　一所懸命
岩井三四二　鬼《き》弾《だん》〈鹿王丸、翔ぶ〉
絲山秋子　逃亡くそたわけ

絲山秋子　袋小路の男
絲山秋子　絲的メイソウ
絲山秋子　絲的炊事記〈豚キムチにジンクスはあるのか〉
絲山秋子　ラジ&ピース
絲山秋子　絲的サバイバル
絲山秋子　北緯14度〈セネガルでの2ヵ月〉
石黒　耀　死都日本
石黒　耀　震災列島
石黒　耀　富士覚醒
石黒　耀　忠臣蔵異聞〈家老　大野九郎兵衛の長い仇討ち〉
石井睦美　レモン・ドロップス
石井睦美　白い月黄色い月
石井睦美　キャベツ
石井睦美　皿と紙ひこうき
犬飼六岐　筋違い半介
犬飼六岐　吉岡清三郎貸腕帳
犬飼六岐　桜《おう》下《か》の決闘〈吉岡清三郎貸腕帳〉
犬飼六岐　囲碁小町　嫁入り七番勝負
犬飼六岐　蛻《もぬけ》

石川大我　ボクの彼氏はどこにいる？
石松宏章　マジでガチなボランティア
池澤夏樹　虹の彼方に
伊藤比呂美　とげ抜き〈新巣鴨地蔵縁起〉
伊東　潤　戦国無常　首獲り
伊東　潤　疾《はや》き雲のごとく
伊東　潤　戦国鬼譚　惨
伊東　潤　虚《うつ》けの舞
伊東　潤　戦国鎌倉悲譚　剋
伊東　潤　叛《はん》鬼《き》
伊東　潤　国を蹴った男
伊東　潤　峠越え
伊東　潤　黎明に起《た》つ
石塚健司　特捜崩壊
市川森一　蝶々さん(上)(下)
池田清彦　すこしの努力で「できる子」をつくる
市川拓司　吸涙鬼
石飛幸三　「平穏死」のすすめ〈口から食べられなくなったらどうしますか〉
石井光太　感染宣告〈エイズウィルスに人生を変えられた人々の物語〉

講談社文庫　目録

磯﨑憲一郎　赤の他人の瓜二つ
池田邦彦　カレチ　車掌純情物語1
池田邦彦　カレチ　車掌純情物語2
池田邦彦　カレチ　車掌純情物語3
岩明　均　文庫版　寄生獣1
岩明　均　文庫版　寄生獣2
岩明　均　文庫版　寄生獣3
岩明　均　文庫版　寄生獣4
岩明　均　文庫版　寄生獣5
岩明　均　文庫版　寄生獣6
岩明　均　文庫版　寄生獣7
岩明　均　文庫版　寄生獣8
伊藤理佐　女のはしょり道
石黒正数　外《げ》天《てん》楼《ろう》
石川宏千花　お面屋たまよし
石川宏千花　お面屋たまよし　彼岸ノ祭
伊与原　新　ルカの方舟《はこぶね》
稲葉圭昭《よしあき》　恥さらし〈北海道警　悪徳刑事の告白〉
稲葉博一《ひろいち》　忍者烈伝

稲葉博一　忍者烈伝ノ続
伊岡　瞬　桜の花が散る前に
石川智健　エウレカの確率〈経済学捜査員　伏見真守〉
石川智健　エウレカの確率〈よくわかる殺人経済学入門〉
戌井昭人　ぴんぞろ
石田　千　きなりの雲
内田康夫　シーラカンス殺人事件
内田康夫　パソコン探偵の名推理
内田康夫　「横山大観」殺人事件
内田康夫　江田島殺人事件
内田康夫　琵琶湖周航殺人歌
内田康夫　夏泊殺人岬
内田康夫　平城山《ならやま》を越えた女
内田康夫　「信濃の国」殺人事件
内田康夫　鐘
内田康夫　風葬の城
内田康夫　透明な遺書
内田康夫　鞆《とも》の浦《うら》殺人事件
内田康夫　箱庭

内田康夫　終幕《フィナーレ》のない殺人
内田康夫　御堂筋殺人事件
内田康夫　記憶の中の殺人
内田康夫　北国街道殺人事件
内田康夫　蜃気楼
内田康夫　「紅藍《くれない》の女《ひと》」殺人事件
内田康夫　「紫《むらさき》の女《ひと》」殺人事件
内田康夫　藍色回廊殺人事件
内田康夫　明日香の皇子
内田康夫　伊香保殺人事件
内田康夫　不知火《しらぬい》海《かい》
内田康夫　華の下にて
内田康夫　博多殺人事件
内田康夫　中央構造帯(上)(下)
内田康夫　黄金の石橋
内田康夫　金沢殺人事件
内田康夫　朝日殺人事件
内田康夫　湯布院殺人事件
内田康夫　釧路湿原殺人事件

内田康夫　貴賓室の怪人〈「飛鳥」編〉
内田康夫　イタリア幻想曲 貴賓室の怪人2
内田康夫　靖国への帰還
内田康夫　若狭殺人事件
内田康夫　化生の海
内田康夫　日光殺人事件
内田康夫　不等辺三角形
内田康夫　ぼくが探偵だった夏
内田康夫　怪談の道
内田康夫　逃げろ光彦〈内田康夫と5人の女たち〉
内田康夫　皇女の霊柩
内田康夫　悪魔の種子
内田康夫　戸隠伝説殺人事件
内田康夫　歌わない笛
内田康夫　新装版 死者の木霊
内田康夫　新装版 漂泊の楽人
梅棹忠夫　夜はまだあけぬか
歌野晶午　死体を買う男
歌野晶午　安達ヶ原の鬼密室

歌野晶午　新装版 長い家の殺人
歌野晶午　新装版 白い家の殺人
歌野晶午　新装版 動く家の殺人
歌野晶午　密室殺人ゲーム王手飛車取り
歌野晶午　新装版 ROMMY 越境者の夢
歌野晶午　増補版 放浪探偵と七つの殺人
歌野晶午　新装版 正月十一日、鏡殺し
歌野晶午　密室殺人ゲーム2.0
歌野晶午　密室殺人ゲーム・マニアックス
内館牧子　リトルボーイ・リトルガール
内館牧子　切ないOLに捧ぐ
内館牧子　あなたが好きだった
内館牧子　ハートが砕けた！
内館牧子　BU・SU〈すべてのプリティ・ウーマンへ〉
内館牧子　別れてよかった
内館牧子　愛しすぎなくてよかった
内館牧子　あなたはオバサンと呼ばれてる
内館牧子　養老院より大学院
内館牧子　愛し続けるのは無理である。

内館牧子　食べるのが好き 飲むのも好き 料理は嫌い
宇都宮直子　人間らしい死を迎えるために
薄井ゆうじ　竜宮の乙姫の元結いの切りはずし
薄井ゆうじ　くじらの降る森
内田洋子　皿の中に、イタリア
宇江佐真理　泣きの銀次
宇江佐真理　晩鐘〈続・泣きの銀次〉
宇江佐真理　虚ろ舟〈泣きの銀次参之章〉
宇江佐真理　室の梅〈おろく医者覚え帖〉
宇江佐真理　涙堂〈琴女《ことじょ》癸酉《きゆう》日記《にっき》〉
宇江佐真理　あやめ横丁の人々
宇江佐真理　卵のふわふわ〈八丁堀喰い物草紙・江戸前でもなし〉
宇江佐真理　アラミスと呼ばれた女
宇江佐真理　富子すきすき
浦賀和宏　眠りの牢獄
浦賀和宏　記憶の果て(上)(下)
浦賀和宏　時の鳥籠(上)(下)
浦賀和宏　頭蓋骨の中の楽園(上)(下)
上野哲也　ニライカナイの空で

講談社文庫　目録

上野哲也　五五五文字の巡礼〈魏志倭人伝トーク 地理篇〉
魚住 昭　渡邉恒雄 メディアと権力
魚住 昭　野中広務 差別と権力
氏家幹人　江戸老人旗本夜話
氏家幹人　江戸の性談〈男たちの秘密〉
氏家幹人　江戸の怪奇譚
内田春菊　愛だからいいのよ
内田春菊　ほんとに建つのかな
内田春菊　あなたも奔放な女と呼ばれよう
魚住直子　非・バランス
魚住直子　超・ハーモニー
魚住直子　未・フレンズ
魚住直子　ピンクの神様
植松晃士　おブスの言い訳
内田也哉子　ペーパームービー
上田秀人　密封〈奥右筆秘帳〉
上田秀人　国禁〈奥右筆秘帳〉
上田秀人　侵蝕〈奥右筆秘帳〉
上田秀人　継承〈奥右筆秘帳〉

上田秀人　簒《さん》奪《だつ》〈奥右筆秘帳〉
上田秀人　秘闘〈奥右筆秘帳〉
上田秀人　隠密〈奥右筆秘帳〉
上田秀人　刃傷〈奥右筆秘帳〉
上田秀人　召《めし》抱《かかえ》〈奥右筆秘帳〉
上田秀人　墨《ぼっ》痕《こん》〈奥右筆秘帳〉
上田秀人　天下〈奥右筆秘帳〉
上田秀人　決戦〈奥右筆秘帳〉
上田秀人　前夜〈奥右筆外伝〉
上田秀人　軍師の挑戦〈上田秀人初期作品集〉
上田秀人　天主信長〈表〉〈我こそ天下なり〉
上田秀人　天主信長〈裏〉〈天を望むなかれ〉
上田秀人　波乱〈百万石の留守居役㈠〉
上田秀人　思惑〈百万石の留守居役㈡〉
上田秀人　新参〈百万石の留守居役㈢〉
上田秀人　遺臣〈百万石の留守居役㈣〉
上田秀人　密約〈百万石の留守居役㈤〉
上田秀人　使者〈百万石の留守居役㈥〉
上田秀人　貸借〈百万石の留守居役㈦〉

上田秀人　参勤〈百万石の留守居役㈧〉
上田秀人　梟《ふくろう》の系譜〈宇喜多四代〉
内田 樹　下流志向〈学ばない子どもたち 働かない若者たち〉
内田 樹／釈 徹宗　現代霊性論
上橋菜穂子　獣の奏者〈Ⅰ闘蛇編〉
上橋菜穂子　獣の奏者〈Ⅱ王獣編〉
上橋菜穂子　獣の奏者〈Ⅲ探求編〉
上橋菜穂子　獣の奏者〈Ⅳ完結編〉
上橋菜穂子　獣の奏者〈外伝 刹那〉
上橋菜穂子　物語ること、生きること
上橋菜穂子原作　武本糸会漫画　コミック 獣の奏者 Ⅰ
上橋菜穂子原作　武本糸会漫画　コミック 獣の奏者 Ⅱ
上橋菜穂子原作　武本糸会漫画　コミック 獣の奏者 Ⅲ
上橋菜穂子原作　武本糸会漫画　コミック 獣の奏者 Ⅳ
上田紀行　ダライ・ラマとの対話
上田紀行　スリランカの悪魔祓い
ヴァシィ章絵　ワーホリ任侠伝
内澤旬子　おやじがき〈絶滅危惧種中年男性図鑑〉
We are 宇宙兄弟!編　宇宙小説

講談社文庫　目録

嬉野　君　妖怪極楽
嬉野　君　黒猫邸の晩餐会
上野　誠　天平グレート・ジャーニー〈遣唐使・平群広成の数奇な冒険〉
うかみ綾乃　永遠に、私を閉じこめて
植西　聰《あきら》　がんばらない生き方
遠藤周作　ユーモア小説集
遠藤周作　ぐうたら人間学
遠藤周作　聖書のなかの女性たち
遠藤周作　さらば、夏の光よ
遠藤周作　最後の殉教者
遠藤周作　反逆(上)(下)
遠藤周作　ひとりを愛し続ける本
遠藤周作　深い河《ディープ・リバー》
遠藤周作　周作塾〈読んでもタメにならないエッセイ〉
遠藤周作　『深い河』創作日記
遠藤周作　新装版 海と毒薬
遠藤周作　新装版 わたしが・棄てた・女
永六輔 矢崎泰久　バカまるだし
永六輔 矢崎泰久　ふたりの品格
永六輔 矢崎泰久　ははははハハハ
江波戸哲夫　小説盛田昭夫学校(上)(下)
江波戸哲夫　ジャパン・プライド
衿野未矢　依存症の女たち
衿野未矢　依存症の男と女たち
衿野未矢　依存症がとまらない
衿野未矢　「男運の悪い」女たち
衿野未矢　男運を上げる15歳ヨリウエ男〈悩める女の厄落とし〉
衿野未矢　恋は強気な方が勝つ！
江上　剛　頭取無惨
江上　剛　不当買収
江上　剛　小説金融庁
江上　剛　絆
江上　剛　再起
江上　剛　企業戦士
江上　剛　リベンジ・ホテル
江上　剛　起死回生
江上　剛　瓦礫の中のレストラン
江上　剛　非情銀行
江上　剛　東京タワーが見えますか。
江上　剛　慟哭の家
江上　剛　家電の神様
江國香織　真昼なのに昏《くら》い部屋
R・アンダーソン 江國香織訳 荒井良二画　レターズ・フロム・ヘヴン
江國香織・文 松尾たいこ・絵　ふりむく
M・モーリス 江國香織訳 宇野亜喜良絵　青い鳥
江國香織他　彼の女たち
遠藤武文　プリズン・トリック
遠藤武文　トリック・シアター
遠藤武文　パワードスーツ
遠藤武文　原調
円城　塔　道化師の蝶
大江健三郎　新しい人よ眼ざめよ
大江健三郎　宙返り(上)(下)
大江健三郎　取り替え子《チェンジリング》
大江健三郎　鎖国してはならない
大江健三郎　言い難き嘆きもて
大江健三郎　憂い顔の童子

大江健三郎 河馬に嚙まれる
大江健三郎 M/Tと森のフシギの物語
大江健三郎 キルプの軍団
大江健三郎 治療塔
大江健三郎 治療塔惑星
大江健三郎 さようなら、私の本よ！
大江健三郎 水死
大江健三郎 晩年様式集《イン・レイト・スタイル》
大江健三郎・文 大江ゆかり・画 恢復する家族
大江健三郎・文 大江ゆかり・画 ゆるやかな絆
小田 実 何でも見てやろう
大橋 歩 おしゃれする
大石邦子 この生命ある限り
沖 守弘 マザー・テレサ〈あふれる愛〉
岡嶋二人 七年目の脅迫状
岡嶋二人 あした天気にしておくれ
岡嶋二人 開けっぱなしの密室
岡嶋二人 とってもカルディア
岡嶋二人 ビッグゲーム

岡嶋二人 ちょっと探偵してみませんか
岡嶋二人 記録された殺人
岡嶋二人 ツァラトゥストラの翼〈スーパー・ゲーム・ブック〉
岡嶋二人 そして扉が閉ざされた
岡嶋二人 どんなに上手に隠れても
岡嶋二人 タイトルマッチ
岡嶋二人 解決まではあと6人〈5W1H殺人事件〉
岡嶋二人 なんでも屋大蔵でございます
岡嶋二人 眠れぬ夜の殺人
岡嶋二人 珊瑚色ラプソディ
岡嶋二人 クリスマス・イヴ
岡嶋二人 七日間の身代金
岡嶋二人 眠れぬ夜の報復
岡嶋二人 ダブルダウン
岡嶋二人 殺人者志願
岡嶋二人 コンピュータの熱い罠《わな》
岡嶋二人 殺人！ザ・東京ドーム
岡嶋二人 99％の誘拐
岡嶋二人 クラインの壺

岡嶋二人 増補版 三度目ならばABC
岡嶋二人 ダブル・プロット
岡嶋二人 新装版 焦茶色のパステル
岡嶋二人 チョコレートゲーム 新装版
太田蘭三 密殺源流
太田蘭三 殺人雪稜
太田蘭三 失跡渓谷
太田蘭三 仮面の殺意
太田蘭三 被害者の刻印
太田蘭三 遭難渓流
太田蘭三 遍路殺《ころ》がし
太田蘭三 奥多摩殺人渓谷
太田蘭三 白の処刑
太田蘭三 闇の検事
太田蘭三 殺意の北八ヶ岳
太田蘭三 高嶺の花殺人事件
太田蘭三 待てば海路の殺しあり
太田蘭三 殺人猟域〈警視庁北多摩署特捜本部〉
太田蘭三 夜叉神峠死の起点〈警視庁北多摩署特捜本部〉

講談社文庫　目録

講談社文庫　目録

講談社文庫　目録

乙武洋匡　だから、僕は学校へ行く！
乙武洋匡　だいじょうぶ3組
大崎善生　聖《さとし》の青春
大崎善生　将棋の子
大崎善生　編集者T君の謎〈将棋業界のゆかいな人びと〉
大崎善生　ユーラシアの双子(上)(下)
押川國秋　十手人
押川國秋　勝山心中
押川國秋　捨て首〈臨時廻り同心日下伊兵衛〉
押川國秋　中山道の雨〈臨時廻り同心日下伊兵衛〉
押川國秋　母の剣法〈臨時廻り同心日下伊兵衛〉
押川國秋　佃の渡し〈臨時廻り同心日下伊兵衛〉
押川國秋　八丁堀日和〈臨時廻り同心日下伊兵衛〉
押川國秋　辻斬り
押川國秋　見習い用心棒〈本所剣客長屋〉
押川國秋　左利きの剣法〈本所剣客長屋〉
押川國秋　射手座の侍〈本所剣客長屋〉
押川國秋　秘恋の雪〈本所剣客長屋〉
押川國秋　春雷の女房〈本所剣客長屋〉

大平光代　だから、あなたも生きぬいて
小川恭一　江戸の旗本事典〈歴史・時代小説ファン必携〉
落合正勝　男の装い　基本編
大場満郎　南極大陸単独横断行
小田若菜　サラ金嬢のないしょ話
奥野修司　皇太子誕生
奥野修司　放射能に抗う〈福島の農業再生に懸ける男たち〉
奥泉　光　プラトン学園
奥泉　光　シューマンの指
大葉ナナコ　怖くない育児〈出産で変わること、変わらないこと〉
小野一光　彼女が服を脱ぐ相手
小野一光　風俗ライター、戦場へ行く
岡田斗司夫　東大オタク学講座
小澤征良　蒼いみち
大村あつし　無限ループ〈右へいくほどゼロになる〉
大村あつし　エブリ リトル シング〈クワガタと少年〉
大村あつし　恋することのもどかしさ〈エブリ リトル シング 2〉
折原みと　制服のころ、君に恋した。
折原みと　時《とき》の輝き

折原みと　天国の郵便ポスト
折原みと　おひとりさま、犬をかう
面高直子　ヨシアキは戦争で生まれ戦争で死んだ
岡田芳郎　世界一の映画館と日本一のフランス料理店を山形県酒田につくった男はなぜ忘れ去られたのか
大城立裕　小説　琉球処分(上)(下)
大城立裕　対馬丸
太田尚樹　満州裏史〈甘粕正彦と岸信介が背負ったもの〉
大島真寿美　ふじこさん
大泉康雄　あさま山荘銃撃戦の深層(上)(下)
大山淳子　猫弁〈天才百瀬とやっかいな依頼人たち〉
大山淳子　猫弁と透明人間
大山淳子　猫弁と指輪物語
大山淳子　猫弁と少女探偵
大山淳子　猫弁と魔女裁判
大山淳子　雪猫
大山淳子　イーヨくんの結婚生活
大倉崇裕　小鳥を愛した容疑者
大倉崇裕　蜂に魅《ひ》かれた容疑者〈警視庁いきもの係〉
大鹿靖明　メルトダウン〈ドキュメント福島第一原発事故〉

大野更紗 開沼博 1984 フクシマに生まれて
緒川怜 冤罪死刑
荻原浩 砂の王国 (上)(下)
荻原浩 家族写真
小野展克 JAL虚構の再生
小野正嗣 獅子渡り鼻
大友信彦 釜石の夢〈被災地でワールドカップを〉
乙一 銃とチョコレート
織守《おりがみ》きょうや 霊感検定
織守きょうや 霊感検定〈心霊アイドルの憂鬱〉
尾木直樹 尾木ママの「思春期の子どもと向き合う」すごいコツ
海音寺潮五郎 新装版 江戸城大奥列伝
海音寺潮五郎 新装版 孫子 (上)(下)
海音寺潮五郎 新装版 赤穂義士
海音寺潮五郎 列藩騒動録 (上)(下)〈レジェンド歴史時代小説〉
加賀乙彦 新装版 高山右近
加賀乙彦 ザビエルとその弟子
金井美恵子 噂の娘
柏葉幸子 霧のむこうのふしぎな町

柏葉幸子 ミラクル・ファミリー
勝目梓 悪党図鑑
勝目梓 処刑猟区
勝目梓 獣たちの熱い眠り
勝目梓 昏《くら》き処刑台
勝目梓 眠れない
勝目梓 生《いけ》贄《にえ》
勝目梓 剥《は》がし屋
勝目梓 地獄の狩人
勝目梓 鬼畜
勝目梓 柔肌は殺しの匂い
勝目梓 赦《ゆる》されざる者の挽歌
勝目梓 毒と蜜
勝目梓 秘戯
勝目梓 鎖の闇
勝目梓 呪縛
勝目梓 恋情
勝目梓 覗く男
勝目梓 小説家

勝目梓 死《しに》支《じ》度《たく》
勝目梓 ある殺人者の回想
鎌田慧 空港〈25時間〉
鎌田慧 新装増補版 自動車絶望工場
鎌田慧 橋の上の「殺意」〈畠山鈴香はどう裁かれたか〉
鎌田慧 残夢〈大逆事件を生き抜いた坂本清馬の生涯〉
桂米朝 米朝ばなし〈上方落語地図〉
笠井潔 梟《ふくろう》の巨《おおい》なる黄昏《たそがれ》
笠井潔 群衆の悪魔〈デュパン第四の事件〉
笠井潔 ヴァンパイヤー戦争《ウォーズ》 1〈吸血神ヴァーオゥの復活〉
笠井潔 ヴァンパイヤー戦争《ウォーズ》 2〈月のマジックミラー〉
笠井潔 ヴァンパイヤー戦争《ウォーズ》 3〈妖僧スペシネフの陰謀〉
笠井潔 ヴァンパイヤー戦争《ウォーズ》 4〈魔獣ドゥゴンの跳梁〉
笠井潔 ヴァンパイヤー戦争《ウォーズ》 5〈謀略の礼部クーデタ〉
笠井潔 ヴァンパイヤー戦争《ウォーズ》 6〈秘境アフリカの女王〉
笠井潔 ヴァンパイヤー戦争《ウォーズ》 7〈蛮族トゥトゥインガの逆襲〉
笠井潔 ヴァンパイヤー戦争《ウォーズ》 8〈ブドゥールの黒人王国〉
笠井潔 ヴァンパイヤー戦争《ウォーズ》 9〈ルビヤンカ監獄大襲撃〉

講談社文庫　目録

講談社文庫　目録

講談社文庫 目録

かわぐちかいじ 藤井哲夫 原作 僕はビートルズ 6
風野真知雄 隠密 味見方同心(一)〈くじらの姿焼き騒動〉
風野真知雄 隠密 味見方同心(二)〈干し卵不思議味〉
風野真知雄 隠密 味見方同心(三)〈幸せの小福餅〉
風野真知雄 隠密 味見方同心(四)〈恐怖の流しそうめん〉
風野真知雄 隠密 味見方同心(五)〈フグの毒鍋〉
風野真知雄 隠密 味見方同心(六)〈鵺《ぬえ》の闇鍋〉
風野真知雄 隠密 味見方同心(七)〈絵巻寿司〉
カレー沢 薫 負ける技術
カレー沢 薫 もっと負ける技術〈カレー沢薫の日常と退廃〉
下野《かばた》康史 ポルシェより、フェラーリより、ロードバイクが好き〈熱狂と悦楽の自転車ライフ〉
野崎雅人 佐々原史緒 戦国BASARA3〈真田幸村の章/猿飛佐助の章〉
矢野 隆 映島 巡 戦国BASARA3〈伊達政宗の章/片倉小十郎の章〉
タタツシンイチ 鏡 征爾 戦国BASARA3〈長曾我部元親の章/毛利元就の章〉
タタツシンイチ 梶 よう子 戦国BASARA3〈徳川家康の章/石田三成の章〉
風森章羽《しょう》 渦巻く回廊の鎮魂曲《レクイエム》〈霊媒探偵アーネスト〉
風森章羽 清らかな煉獄〈霊媒探偵アーネスト〉
加藤千恵 こぼれ落ちて季節は
神田 茜 しょっぱい夕陽

岸本英夫 死を見つめる心〈ガンとたたかった十年間〉
北方謙三 君に訣別の時を
北方謙三 われらが時の輝き
北方謙三 夜の終り
北方謙三 帰路
北方謙三 錆びた浮標《ブイ》
北方謙三 汚名の広場
北方謙三 夜の眼
北方謙三 逆光の女
北方謙三 行きどまり
北方謙三 真夏の葬列
北方謙三 試みの地平線〈伝説復活編〉
北方謙三 煤煙
北方謙三 そして彼が死んだ
北方謙三 旅のいろ
北方謙三 新装版 活路(上)(下)
北方謙三 夜が傷つけた
北方謙三 新装版 余燼(上)(下)
北方謙三 抱影

菊地秀行 魔界医師メフィスト〈黄泉姫《よみひめ》〉
菊地秀行 魔界医師メフィスト〈影斬士《えいざんし》〉
菊地秀行 魔界医師メフィスト〈怪屋敷〉
菊地秀行 吸血鬼ドラキュラ
北原亞以子 深川澪通り木戸番小屋
北原亞以子 深川澪通り燈ともし頃
北原亞以子 新地橋〈深川澪通り木戸番小屋〉
北原亞以子 夜の明けるまで〈深川澪通り木戸番小屋〉
北原亞以子 澪つくし〈深川澪通り木戸番小屋〉
北原亞以子 たからもの〈深川澪通り木戸番小屋〉
北原亞以子 降りしきる
北原亞以子 風よ聞け〈雲の巻〉
北原亞以子 贋作《うそばっかり》天保六花撰《えどのはなし》
北原亞以子 花冷え
北原亞以子 歳三からの伝言
北原亞以子 お茶をのみながら
北原亞以子 その夜の雪
北原亞以子 江戸風狂伝
岸本葉子 三十過ぎたら楽しくなった!

講談社文庫　目録

岸本葉子　女の底力、捨てたもんじゃない
桐野夏生　顔に降りかかる雨
桐野夏生　天使に見捨てられた夜
桐野夏生　OUT《アウト》(上)(下)
桐野夏生　ローズガーデン
桐野夏生　ダーク(上)(下)
京極夏彦　文庫版 姑獲鳥《うぶめ》の夏
京極夏彦　文庫版 魍魎《もうりょう》の匣《はこ》
京極夏彦　文庫版 狂骨《きょうこつ》の夢《ゆめ》
京極夏彦　文庫版 鉄鼠《てっそ》の檻《おり》
京極夏彦　文庫版 絡新婦《じょろうぐも》の理《ことわり》
京極夏彦　文庫版 塗仏《ぬりぼとけ》の宴《うたげ》—宴の支度
京極夏彦　文庫版 塗仏の宴—宴の始末
京極夏彦　文庫版 百鬼夜行—陰
京極夏彦　文庫版 百器徒然袋—雨
京極夏彦　文庫版 百器徒然袋—風
京極夏彦　文庫版 今昔続百鬼—雲
京極夏彦　文庫版 陰摩羅鬼《おんもらき》の瑕《きず》
京極夏彦　文庫版 邪魅《じゃみ》の雫

京極夏彦　文庫版 死ねばいいのに
京極夏彦　分冊文庫版 姑獲鳥《うぶめ》の夏(上)(下)
京極夏彦　分冊文庫版 魍魎《もうりょう》の匣《はこ》(上)(中)(下)
京極夏彦　分冊文庫版 狂骨《きょうこつ》の夢《ゆめ》(上)(中)(下)
京極夏彦　分冊文庫版 鉄鼠《てっそ》の檻《おり》全四巻
京極夏彦　分冊文庫版 絡新婦《じょろうぐも》の理《ことわり》(一)(二)
京極夏彦　分冊文庫版 絡新婦《じょろうぐも》の理《ことわり》(三)(四)
京極夏彦　分冊文庫版 塗仏《ぬりぼとけ》の宴《うたげ》 宴の支度《したく》(上)(中)(下)
京極夏彦　分冊文庫版 塗仏《ぬりぼとけ》の宴《うたげ》 宴の始末《しまつ》(上)(中)(下)
京極夏彦　分冊文庫版 陰摩羅鬼《おんもらき》の瑕《きず》(上)(中)(下)
京極夏彦　分冊文庫版 邪魅《じゃみ》の雫(上)(中)(下)
京極夏彦　分冊文庫版 ルー=ガルー〈忌避すべき狼〉(上)(下)
京極夏彦　分冊文庫版 ルー=ガルー2〈インクブス×スクブス 相容れぬ夢魔〉(上)(下)
京極夏彦・原作 志水アキ・漫画　コミック版 姑獲鳥《うぶめ》の夏(上)(下)
京極夏彦・原作 志水アキ・漫画　コミック版 魍魎《もうりょう》の匣《はこ》(上)(下)
京極夏彦・原作 志水アキ・漫画　コミック版 狂骨の夢(上)(下)
北森　鴻　狐罠
北森　鴻　メビウス・レター
北森　鴻　花の下にて春死なむ

北森　鴻　狐闇
北森　鴻　桜宵
北森　鴻　親不孝通りディテクティブ
北森　鴻　螢坂
北森　鴻　香菜里屋《カナリヤ》を知っていますか
北森　鴻　親不孝通りラプソディー
北村　薫　盤上の敵
北村　薫　紙魚家崩壊〈九つの謎〉
北村　薫　野球の国のアリス
岸　恵子　30年の物語
霧舎　巧　ドッペルゲンガー宮〈《あかずの扉》研究会流氷館へ〉
霧舎　巧　カレイドスコープ島〈《あかずの扉》研究会竹取島へ〉
霧舎　巧　ラグナロク洞〈《あかずの扉》研究会影郎沼へ〉
霧舎　巧　マリオネット園《ランド》〈《あかずの扉》研究会首吊塔へ〉
霧舎　巧　霧舎巧 傑作短編集
霧舎　巧　名探偵はもういない
きむらゆういち あべ弘士 絵　あらしのよるにI
きむらゆういち あべ弘士 絵　あらしのよるにII
きむらゆういち あべ弘士 絵　あらしのよるにIII

2017年3月15日現在